Joint Publishing (H.K.)

方言裏的中國

鄭子寧 著

目錄
CONTENTS

p/b
t/d
k/g

字母的前世今生

清濁

要想強國，
先學吳語？

> 濁音字甚雄壯，乃中國之元氣。德文濁音字
> 多，故其國強；我國官話不用濁音，故弱。
>
> —— 民國·吳稚暉

　　整體而言，漢語各方言都並不算語音特別豐富的語言。今天所有漢語方言的音節結構都遵循一些嚴格的限制條件。譬如普通話一個音節的開頭只有有限的二十幾個聲母，然後搭配有限的三十多個韻母，這三十幾個韻母如果以輔音結尾，則只有 -n、-ng 兩個輔音可作韻尾。再加上四個聲調，這就基本窮盡了普通話一個音節所有可能的組合。漢語各方言雖然聲母、韻母、聲調的數目各有上下，但是大體上逃不出這個模式。因此漢語的音節結構高度受限，如英語 strength、twelfth 這樣的音節，對於任意一種漢語方言來說幾乎都是天方夜譚。

　　相應的，即便有聲調助力，普通話實際使用的音節數量也並不算多。如果清點普通話中實際使用的音節數量，大約有 1300 個。其他方言，音系簡單的如上海話只有不到 700 個音

節；華南各方言則一般語音要相對複雜一些，音系能支撐更多的音節，廣州話大概可以到 1900 個，閩南話可達 2200 個以上。雖然中國方言的音節數量多過普通話不少，但要和英語這樣音節限制較少的語言相比，那還是小巫見大巫。

音節數量較為稀少帶來的問題自然就是比較容易出現同音字。1300 個音節對應數以萬計的漢字，簡單的統計就可以得知漢字嚴重的同音現象是不可避免的。哪怕只管三千多最常用的漢字，讓 1300 個音節承擔這個重擔也是個苦差事。

在實際使用中，同音字真正帶來麻煩的場合是比較稀少的，很多時候同音字出現的語境很不一樣。譬如"守"和"手"雖然同音，但是這兩個字甚少出現在類似的語境中，很難造成歧義。在其他情況下，語言的使用者總會有辦法通過其他方式來儘量避免同音現象可能造成的歧義或誤解。不過這些規避措施一般都會付出一定的代價，最常見的就是要多說幾個字。這也正是漢語從上古到現代的演變規律 —— 伴隨語音系統的不斷簡化，我們把很多上古常見單說的字都改成了兩個字的詞，比如"鯉"和"禮"單說雖然不好區分，但是說成"鯉魚"和"禮物"就沒有混淆的可能。

這樣的補償措施雖然實用，但終究多一個字，還是付出了一定的成本。偶爾規避可能還比較麻煩，譬如"權力"與"權利"，"定金"與"訂金"，就算變成兩個音節它們還是完全同音，使用的場合還很接近。如果漢語能多一些可供使用的音節，這樣的問題就能得到一定的緩解了。

如果你是持這樣的觀點，大概會被漢語方言的現狀氣到七窮生煙：在任何一種漢語方言中，本來就不大富餘的音節組合中，還有大量的聲母、韻母和聲調的可用組合是空置的。仍然以普通話為例，23 個聲母、39 個韻母、4 種聲調，理論上可以構成 23×39×4 = 3588 種組合。也就是說，以現有的普通話音系，理論上就可輕鬆達到 3588 個音節，遠遠超過音節豐富的粵語、閩南語等南方方言。然而現實是殘酷的，普通話實際使用的音節數量還不到理論組合的一半。

這些不存在的音節絕大多數不是由於人類發音器官生理上的發音機制限制而導致它們不可能存在，相反，這些聲母、韻母、聲調在其他的音節中都正常存在於普通話的發音體系中。如果讓一個會說普通話的人來模仿這些發音一般不困難。普通話中沒有 fai 這個音節，但是現在的年輕人口中借自英語的 Wi-Fi 簡直是個常用詞，幾乎沒有人會出現 Fi/fai/ 發音困難的現象。能說 "卡車" 的人沒有任何理由會說不出 kà 來。普通話裏有 t 也有 īn，偏偏愣是沒有 tīn 這個隨隨便便就能發出來的音。

這些空缺有的是有緣由的。如 gīn 和 zīn 不存在，是因為歷史上的 gīn（金）和 zīn（津）都演變成了 jīn；有的如 cuí 的缺失，則是意外的巧合。這裏我們可以先把注意力集中在非常有特色的一類空缺上：b、d、g、j、zh、z 配帶鼻音的 an、ang、in、ing、ian、iang、en、eng、un、ong、ün、iong 的第二聲。這是普通話，甚至可說是絕大多數北方話中集體出缺的一大類音節。不信可以仔細想想有沒有字讀 bán、dán、gán、jián、zhán、dóng、góng、jióng、zóng、zhóng、bén、 zhén、zén……？

除了一些中古以後來自合音的新造的後起字如"咱""甭"外，這條規律幾乎是顛撲不破的。甚至也不必限於北方話，西南地區的官話、江西的贛語、珠三角地區的粵語、粵東的客家話大體都受到這條鐵律制約。

這麼一整批的音節出缺並不是意外巧合，而是一個源頭可以追溯到古漢語的大問題，即清濁問題。

許多人在學生年代都有過這樣的經歷。某節英語課上，有學生提出英語 spend、open 和 happy 的 p，stand 的 t，skin 的 k，讀起來不像 p、t、k，反倒像 b、d、g。這時，英語老師胸有成竹地說："英語的 p、t、k 在 s 後面或某些詞中間會'濁化'。"問題解決，課堂繼續。

乍一看這個說法還是頗有道理的，然而仔細想想可能會有新的問題出現——既然 p、t、k 已經"濁化"成了 b、d、g，那麼為甚麼英文拼寫還是 spend、open、happy、stand、skin，而不是 sbend、oben、habby、sdand、sgin 呢？

更有甚者，不少學習了法語或者西班牙語的中國人會覺得，法語和西班牙語的發音中，p、b 一模一樣，t、d 沒有任何區別，k（c）、g 完全可以混為一談。法語的 cadeau（禮物）和 gâteau（蛋糕）的發音，許多中國人聽起來一模一樣，沒有區別。反過來說，如果留意一下法國人或者西班牙人學習漢語普通話的情形，也會發現他們中不少人，至少是初學者，並不能分清漢語拼音的 p/b、t/d、k/g。在中國人聽來，他們學出來的中國話只有 b、d、g。

分辨 p/b、t/d、k/g，是個困擾學習法語、西班牙語、意大利語的中國人的重大問題，甚至在網上有言論認為法國人、西班牙人、意大利人其實也分不出來，只是靠記憶裏正確的拼寫方法強行區分。這當然是不可能的，如果真是這樣，那麼法國人、西班牙人、意大利人的祖先大概根本就不會用不同的字母拼寫了。

　　實際上，法語、西班牙語、意大利語的 b、d、g 與漢語拼音的 b、d、g 並不一樣，在這些語言裏，用 b、d、g 表示的是濁音，而漢語拼音的 b、d、g 表示的是不送氣清音 —— 在法語、西班牙語、意大利語中，不送氣清音恰恰是用 p、t、k 表示的，而漢語拼音的 p、t、k 則是送氣清音。

　　清濁到底是甚麼概念？語音學上，最典型的清濁是“帶不帶音”，也就是發聲時聲帶是否振動。在我們說話的時候，如果把食指放在聲帶位置，就會發現聲帶會振動，但是這種振動並不是連續不斷的。也就是說，發有些音時聲帶在振動，發有些音時聲帶並不振動。

　　典型的會振動的音包括絕大多數情況下的元音。在多數漢語方言中，除非是在偷偷耳語，否則發元音時聲帶都在振動。反過來說，在發大多數聲母的時候，我們的聲帶並不會振動。譬如說“小山”的時候，在發到“山”的聲母時，聲帶會短暫地停止振動。在多數漢語方言中，濁音聲母主要是一些鼻音（m、n、ng）、邊音（l）、近音（r），如果是說“小滿”，則聲帶的振動就幾乎會貫穿始終。而對 b、d、g 這樣的爆破音來說，鑒別是不是濁音最重要的是在爆破，也就是口腔內阻力消除的階段聲帶是否已經開始振動。

送氣，顧名思義，指的是發音時從肺部向外吹出較為強烈的氣流。可以做個小小的實驗，點一根蠟燭，對著蠟燭的火焰說話，可以發現在說 p、t、k 為聲母的字的時候，火焰會受到氣流的擾動發生搖晃。這是因為在發這些聲母的時候，除阻以後到元音出現前還有相對長的一段時間，這期間肺部的氣流會通過口腔向外流出，形成氣流。因此這幾個聲母叫作送氣音。

如果一個輔音發音的時候既沒有明顯的氣流流出，聲帶也不振動，那麼就是不送氣清音，如漢語拼音的 b、d、g。

實際的情況則要更加複雜，如傳統上一般認為清濁對立的英語，發音時 b、d、g 很多時候聲帶振動在除阻以後。一般認為主要以送氣、不送氣對立的包括普通話在內的部分現代漢語方言，如果不送氣音出現在語流當中（如"旁邊"中"邊"的聲母），聲帶也未必會在當中停止振動。在各種語言中，"清濁"體現的方式仍然會有一定區別。

但是無論如何，對於大多數中國人來說，由於我們語言中塞音的對立仍然主要體現為送氣與不送氣之分，因此我們對清濁對立並不算十分敏感。歐洲語言塞音的對立則主要是清濁之分。英語由於清音習慣性地送氣，因此我們對英語的 p/b、t/d、k/g 分辨起來較為容易。但是對清塞音大多數情況下並不送氣的法語、西班牙語、意大利語中的 p/b、t/d、k/g，中國人分辨起來就難得多了。

對自己不熟悉的語言中語音分辨困難並不罕見。如英語 thing 中 th 表示的音，很多中國人聽來和 s 沒有甚麼區別；

bad、bed 之分，也是有些中國人學習英語的難點；普通話的 in、ing，很多南方人都覺得聽來差不多。但是對於以這些語言為母語的人士來說，分辨它們卻往往不費吹灰之力。

沒有哪種語言會把人類發音器官可以發出的所有聲音都利用起來，幾乎所有語言都是發音器官能夠發出的聲音的一個很小的子集。不同語言的語音複雜程度可以天差地別，但是都不可能利用上人類大腦在生理上能夠分辨的所有分別。

對哪些音的區別比較敏感並不是由基因決定的。一個出生不久的、在學習語言關鍵時期的嬰兒可以分辨出所有人類語言中能夠區分的音。這樣的一個人類嬰兒，不管是何族裔，生長在哪種語言環境，都能完善地掌握這種語言的語音系統。生長在美國、母語是英語的華裔可以講一口和其他美國人別無二致的英語。同樣，從小在西班牙長大的華裔就不會像他父母那樣對 p/b、t/d、k/g 的區分而頭疼。

然而一旦掌握了母語之後，大腦中區分各種聲音的能力就開始減弱。鑒別母語中存在的區別的能力會得到保留，而母語中不存在的區別就會漸漸變成 "聽不出" 的玄學了。也因此，成年人再學習一門新的語言，發音就很難再達到母語水平了，總會受到母語的影響，有 "口音"。

表面上看，這似乎是大腦的一種退化，但是這其實對處理母語信息是有利的。在真實的語言環境中，不是所有的語音區別都是重要的，譬如普通話裏面有是否送氣的對立，沒有清濁對立，但是在快速語流中受前後的音的影響，有些單獨唸讀不送氣清輔音的 b、d、g 會發生濁化。對於一個說普通話的人來說，就不用在大腦中認真處理清音和濁音的區別，因為這只是變體而已，假如大腦真的投入更多資源處理這個無效區別，只是徒然浪費腦力。

不過，雖然今天大多數中國人對濁音並不算敏感，但是華夏大地仍有數以千萬計的人說的方言裏面存在濁音，這些中國人大部分居住在江蘇南部、上海、浙江以及湖南部分地區。以江蘇南部的常州話為例，"貴"讀 /kuai/、"愧"讀 /kʰuai/、"跪"讀 /guai/，三個字的聲母分別是不送氣清音、送氣清音和濁音。在包括普通話在內的大多數官話中，"跪"的聲母和"貴"一樣。常州話"當"讀 /taŋ/、"湯"讀 /tʰaŋ/、"唐"讀 /daŋ/，絕大多數官話則"湯"和"唐"聲母相同，兩個字只有聲調上的區別。

在這一點上，江浙的吳語和湖南地區的一部分湘語遠遠比大部分其他方言保守，這些語言普遍繼承了古代漢語的濁音。而在中國大部分方言中，濁音都發生了各種各樣的變化。說到這裏，可能你已經發現了，為甚麼普通話裏不存在 b、d、g、j、zh、z 配帶鼻音的 an、ang、in、ing、ian、iang、en、eng、un、ong、ün、iong 的第二聲：因為普通話的第二聲陽平基本都來自古代的濁音，這些古代的濁音在普通話裏都變成了送氣的聲母。所以普通話裏只會有 pán、tán、qián、chán、tóng、cóng、chóng、pén，而不可能有 bán、dán、jián、zhán、dóng、zóng、zhóng、bén。

篇首引文中吳稚暉濁音強國的高論是在積貧積弱的民國時期出現的怪異謬論。當時中國各省代表正在討論在全國推廣的國語應該是甚麼樣的。部分南方代表提出國語中應該有濁音和入聲，甚至說南方人說話不帶濁音和入聲就不舒服。這自然是無稽之談。在這次討論之後數年，北京話被選擇為國語的基礎，和大多數官話一樣，北京話無濁音。此後迄今，中國推行的普通話都是以北京話為基礎，普通話沒有濁音也並未影響古老中國復興的腳步。

儘管濁音跟強國與否沒有一丁點兒關係，有一點卻難以否認：在遙遠的古代，清濁對立是古漢語聲母體系的重要特徵。假設古代的中國人穿越到現代學習法語、西班牙語、意大利語，恐怕會比他們的後代 —— 也就是今天的我們 —— 容易很多。

02

吳語中的濁音
如何追溯到
古代的中國字母？

> 字母者，謂三十三字十四音……將前十四音，
> 約後三十三字，出生一切。此等能生一切字故。一切
> 諸義皆能攝故，故名為母。
>
> —— 唐·窺基《瑜伽師地論略纂》

今天的我們能夠確信，江浙地區方言如今的輔音格局是繼承自古代漢語，古代的中國人不但對送氣與不送氣能夠分辨，對清濁也同樣敏感。這樣的認知得歸功於古代中國發明的字母。早在中古時代，中國人就已經通過創造字母的方式，較為完善地總結出了漢語的聲韻體系。

今天中國人熟悉的字母主要是 26 個拉丁字母，當下全世界大部分語言採用的就是以古代羅馬人使用的拉丁字母為基礎的文字體系。拉丁字母自發明以來，就是一種純表音的文字體系，這也是拉丁字母今天在世界各地如此盛行的重要原因之一：任何一種語言，只要把拉丁字母拿過來，頂多稍加改造，就可以較方便地拼讀語音，這樣的拼讀書寫下來就可以當

作文字使用。

除了拉丁字母以外，當今世界上其他幾種主要的文字體系也都是以拼讀讀音為主。然而，中國人使用的漢字則是其中的另類。自遠古時期中國人的祖先發明漢字以來，中國人一直使用漢字記錄漢語，漫長的幾千年間，漢字和漢語緊密結合，形影不離。在全世界主要文字體系中，漢字可謂獨樹一幟，是極其少有的、土生土長的、從遠古沿用至今的自源文字。

儘管漢字高度適配漢語，在歷史長河中忠實記錄了漢語，然而對想要知道某個漢字的發音的人來說，漢字卻也製造了一些障礙。總體而言，漢字並不直接記錄發音，儘管有形聲字存在，一個漢字的讀音卻也不是一目了然的。

因此，儘管從上古時代開始，中國人就用 "目" 來表示眼睛，但是作為一個象形文字，我們並不能直接知道發明 "目" 的人到底是怎麼讀 "目" 這個字的。理論上說，如果硬要用漢字表達英語，"目" 讀 "eye" 也未嘗不可。要想知道 "目" 在古代的發音，就必須通過古人對 "目" 的注音來探得。

習慣用漢語拼音打字的當代中國人已經很難體會注音上的困難。但是對於沒有拼音，甚至根本沒見過拉丁字母的古代中國人來說，他們缺乏如漢語拼音這般稱手的工具。在古代，我們的祖先為了能夠給漢字注音，堅持不懈地進行了諸多探索。

對於一個稍微生僻的漢字，最直接的方法當然是用同音字標音。今天生活中，我們仍然可以經常見到很多這樣用同音字注音的例子，譬如在描述上海話的時候，可能會有人說 "上海話 '人' 的讀音就是 '寧'"。這種用同音字標註的方法簡單方便，從古至今都相當流行。中國古人把這種注音方法稱作"直音法"。

然而在簡單方便的同時，直音法也存在一些重大的缺陷，它對使用者的文化水平有較高要求。想要使用直音法，就必須事先知道大量常用字的讀音，否則就可能出現雖然知道兩個字讀音相同卻兩個字都不知道怎麼讀的窘境。更尷尬的局面也時有出現：如果一個字並沒有常用字和它同音，那要麼就得用一個不大常見的字，要麼就得選個只是讀音接近的字。於是直音法就會竹籃打水一場空。

實踐中，有時候確實會用讀音接近的字來注音，如"珣，讀若宣"之類，經常出現於沒有合適同音常用字的情況。無論是直音法還是讀若法，都存在難以迴避的缺陷，我們的祖先自然是不會滿足於這些方法的。大約在漢末到南北朝時期，一種嶄新的注音方式 —— 反切法的出現，解決了直音法、讀若法存在的問題，成為漢語主流注音方式。反切法的原理是把一個字的讀音用兩個字"切"出來。如"南"字，反切法注為"那含"，也就是用"那"的聲母和"含"的韻母以及聲調去拼合，就可以得出"南"的讀音。

自反切法發明以來，漢語的注音體系可以說有了質的飛躍。相對直音法或讀若法，反切法需要一定的基礎知識才能理解，然而反切法的出現意味著幾乎所有的漢字都能準確地切出讀音。儘管如此，反切法仍然存在一些明顯的可改進之處，最明顯的恐怕就是反切的用字存在很高的自由度。譬如"冬"在著名的宋朝韻書《廣韻》中為"都紅切"，"丁"為"當經切"。這兩個字的聲母本是一樣的，但反切的切語選擇了不同的上字。如果僅僅只是以能讀出讀音為目標，這不是甚麼大問題，可倘若要總結漢語的語音體系，就稍嫌有些不完善了。

到了唐朝，通過進一步梳理總結漢語的語音體系，中國人發明了漢語"字母"。傳統上，中國人把漢語"字母"的發明歸功於唐末沙門守溫，他創造了"三十字母"。

除了發明了"三十字母"外，守溫可以說生平不詳。和中古時期許多漢語語音的研究整理者一樣，他也是佛教僧人。這和中古時期僧人接觸過梵語有密切關係。佛教源自印度，早期的佛經多是從印度的語言翻譯而來。中古時期開始，中國內地主要流傳的一直是大乘佛教，大乘佛教的原始經典在印度一般以梵語書寫。和世界上大多數文字一樣，梵語也是採用一套表音的字母拼寫。

事實上，"字母"這個詞在漢語中出現就是為了描述梵語的書寫體系。漢文書寫的基本結構是"字"，一個"字"是一個獨立存在的個體，表示漢語中的某個音節。由於漢語本身語素多為單音節的性質，一個"字"通常也表示某個語素，有自身的含義。但是梵語的書寫則很不一樣，用唐朝著名僧人玄奘的徒弟窺基在《瑜伽師地論略纂》中對"字母"的解釋就是："字母者，謂三十三字十四音……將前十四音，約後三十三字，出生一切。此等能生一切字故。一切諸義皆能攝故，故名為母。"梵文中的單個字母並沒有含義，只是為了表音，但是把這些字母拼合起來，卻能拼出一切詞句，所以才叫"字母"。

古代印度的語言學發展到了相當的高度，佛教中的"聲明學"就是主要研究語言的學問。哪怕梵文字母也在許多方面體現了古印度語言科學的成果：與拉丁字母 A、B、C、D、E、F、G、H、I、J、K、L、M、N、O、P、Q、R、S、T、U、V、W、X、Y、Z 的排序本質而言是無規律的亂序不同，梵語字母是按照相當科學合理的順序排列的。梵文字母的排列順序大致遵循這樣的原則：首先排列塞音和鼻音，根據發音部位分成 5 組；從發音位置最靠後的組開始排列，漸次向前，每組內部又按照清不送氣、清送氣、濁不送氣、濁送氣、鼻音分 5 類；把這些聲母排列完成之後，再將不便歸於任何一類的字母附在之後。也就是說，梵文的塞音和鼻音字母排列構成一個規律而科學的 5×5 矩陣。

क（ka）	ख（kha）	ग（ga）	घ（gha）	ङ（ṅa）
च（ca）	छ（cha）	ज（ja）	झ（jha）	ञ（ña）
ट（ṭa）	ठ（ṭha）	ड（ḍa）	ढ（ḍha）	ण（ṇa）
त（ta）	थ（tha）	द（da）	ध（dha）	न（na）
प（pa）	फ（pha）	ब（ba）	भ（bha）	म（ma）

梵語的語音相對複雜，尤其是輔音系統很大程度上有較為足夠的字母兼容其他語言的輔音。加之這樣的字母排序科學合理，在大多數以印度婆羅米字母為基礎創造的文字中，基本保留了這樣的順序。如和婆羅米字母關係很密切的藏文、傣文的字母順序大體都是照搬該排序。

當佛教傳入中國後，印度語言學的成果 —— 字母也很快對中國人對語言的認識產生了相當大的影響。

對於接觸過梵文的僧人，尤其是其中參與過翻譯工作的，幾乎不可避免地會比較梵語語音和漢語語音。中古時代的僧人尤其對梵文字母頗多讚美，相比數以萬計、隨時代演進不斷出現的漢字，只用幾十個字母拼寫世間萬物的梵文在某些僧人看來頗有亙古未變的天賜之物感。唐初高僧道宣在《釋迦方誌》中就曾讚美："故五天竺諸婆羅門，書為天書，語為天語，謂劫初成梵天來下，因味地肥，便有人焉。從本語書天法不斷……漢時許慎方出《說文》，字止九千，以類而序。今漸被世，文言三萬，此則隨人隨代，會意出生，不比五天，書語一定。"

更為誇張的是玄奘和尚的另一位弟子彥悰和尚。他主張不要再進行不精確的佛經翻譯，而是應該中國人全體學習梵語。如果中國人全都學了梵語，那就"五天正語，充布閻浮；三轉妙音，普流震旦"。"閻浮"是梵語 जम्बु（jambu），本是一種果樹，也就是蓮霧（蓮霧正是這個詞的音譯），在佛教世界觀中，長了閻浮樹的大洲即為人類所居的南贍部洲，所以閻浮指代世界。"震旦"則是梵語 चीनस्थान（cīnasthāna），是梵語中中國的稱呼。在彥悰和尚心裏，一個人人都會梵語的中國與世界才是理想的。武周時期著名僧人義淨頗為贊同與其翻譯不如讓大家都學會梵語的論調，他甚至身體力行編寫了《梵語千字文》這樣的教科書，並號稱只要認真學習一兩年就可以當翻譯。

唐朝幾位名僧和尚的言論在現實中並未產生任何可見的影

響。一方面，漢語和漢字具有強大的生命力，要讓中國人全民改掉自己的母語去學習一種異國語言，無異於癡人說夢。另一方面，拼音文字簡單的前提是一個人得會說這種語言，如果連說都不會說，就算學會了一套字母，也甚麼都拼不出來。與之相比，漢字雖然確實需要較高的學習成本，但是經過幾千年的磨合，它和漢語早已經高度適配，對於社會中有讀寫需求的那部分人來說，學漢字並不是甚麼無法完成的困難任務 —— 至少是比學會梵語、梵文要容易多了。

在整個中古時代，中國社會中能夠真正掌握梵語的人仍然是鳳毛麟角。就算是高僧群體中，能以梵語交流乃至著書的仍然少之又少，恐怕只有彥悰的老師玄奘和尚這樣有過長期在印度學法經歷的僧人才能真正做到梵語水平出神入化。事實上，玄奘和尚確實組織把漢語的《道德經》翻譯成了梵文，但這是唐太宗給他的任務，他本人並不情願。辛苦翻譯的梵文版《道德經》很快失傳，也說明梵文原文讀物在中國社會中實際上並無市場。

但是梵語的影響仍然逐漸滲透。終於，唐朝有僧人提出，漢語其實也可以像梵語一樣總結出"字母"。每個"字母"其實就是漢語中的一個聲母，用一個屬於這個聲母的特定漢字代替。唐朝僧侶一開始發明的是三十字母，發現於敦煌的《歸三十字母例》就體現了這種"字母"。譬如第一個字母為"端"，下方又舉了"丁當顛战"四個屬於"端"母的字作為例證。

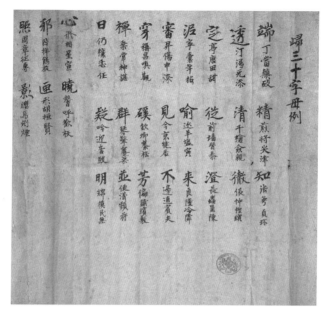

《歸三十字母例》

　　通過三十字母，可以明顯地看出梵文字母在當時的影響。以"端透定泥"為例，它們分別是清不送氣音、清送氣音、濁音和鼻音，與梵語字母每組內部的排序完全相同。和梵語的差別只在於，漢語的濁音並沒有送氣與不送氣的對立，自然也就不需要用兩個字母表示濁音，其他組別的漢語字母如果和梵語語音可以對應，也都是按照清不送氣音、清送氣音、濁音、鼻音的順序排列的。不過如果碰上和梵語語音難以一一對應的組別，就出現了一些不規律的現象，如把"審穿禪日"放一起，反倒把"照"放在了矩陣外的附加組。

到了沙門守溫的時代，守溫進一步整理了三十字母。他將三十字母按照發音部位進行了進一步的梳理，最終整理出：

唇音：不芳並明
舌音：端透定泥是舌頭音
　　　知徹澄日是舌上音
牙音：見君溪群來疑等字是也
齒音：精清從是齒頭音
　　　審穿禪照是正齒音
喉音：心邪曉是喉中音清
　　　匣喻影亦是喉中音濁

以上總結來自在敦煌發現的《守溫韻學殘卷》。這是一個相當潦草的抄本，抄寫者很可能對語音學本身一無所知，因此有不少疑似抄錯的地方，不過仍然可以看出守溫本人的研究已經到了比較高的水平。與梵語從口腔後部向前的排列順序有所不同，守溫字母的排序是從口腔最前部的唇音開始向後排列，並且歸納了每組音的發音部位。當然，這裏的發音部位總結和現代人的感受有所不同。譬如"見君溪群來疑"發音部位是"牙音"，此處的"牙"指的是後牙，因為這幾個聲母發音位置已經很靠後。其中"來"母顯然是守溫或者抄寫者歸類錯誤，剩下的幾個字母在今天中國南方廣東、福建等地的大部分方言中，發音位置仍然很靠後，如廣州話"見"/kin/、"君"

/kʷɐn/。但是在大部分方言中，則因為腭化 ❶ 關係，這些字的發音位置出現了前移。

這套守溫字母在中古以後不斷改進，到了宋朝，完善為三十六字母。由於守溫和尚的影響力，三十六字母也經常偽託守溫和尚的名義，稱 "守溫三十六字母"。三十六字母對發音部位的歸類和分析比守溫三十字母要精準很多，而且脫離了生搬硬套梵語的桎梏，對聲母體系的分析更加契合漢語的實際，基本可以準確反映中古後期漢語的語音體系。

		全清	次清	全濁	次濁	全清	全濁
唇音	重唇	幫	滂	並	明		
	輕唇	非	敷	奉	微		
舌音	舌頭	端	透	定	泥		
	舌上	知	徹	澄	娘		
齒音	齒頭	精	清	從		心	邪
	正齒	照	穿	床		審	禪
牙音		見	溪	群	疑		
喉音		影			喻	曉	匣
半舌					來		
半齒					日		

三十六字母雖然是在宋朝出現的，但是宋朝人本是想描述

---

❶ 輔音發音時舌面抬高，接近硬腭，發出的音具有舌面音色彩，稱為腭化。如今普通話聲母 j、q、x 即由古聲母 g、k、h 經腭化而成。

隋朝陸法言所編撰的《切韻》中體現的中古漢語早期的語音體系，只是由於時間上差了小幾百年，出現了一些當時語音的成分。在進一步分析中古漢語早期的語音體系後，中古時代的字母表應為：

		全清	次清	全濁	次濁		全清	全濁
唇音	幫組	幫 p	滂 pʰ	並 b	明 m			
舌音	端組	端 t	透 tʰ	定 d	泥 n			
	知組	知 ʈ	徹 ʈʰ	澄 ɖ	娘 ɳ			
					來 l			
齒音	精組	精 ts	清 tsʰ	從 dz			心 s	邪 z
	莊組	莊 tʂ	初 tʂʰ	崇 dʐ			生 ʂ	俟 ʑ
	章組	章 tɕ	昌 tɕʰ	常 dz	日 ȵ		書 ɕ	船 z
牙音	見組	見 k	溪 kʰ	群 g	疑 ŋ			
喉音	影組	影 ʔ			雲 ɦ	以 j	曉 h	匣 ɦ

自從字母出現之後，我們的祖先就一直習慣用這些漢字充當的"字母"總結語音。雖然其中中古的字母影響最為深遠，但是後來出現的各地韻書也統統使用這樣的格式。譬如描述明朝北方話的《韻略易通》就精心挑選了二十個字來代表當時北方話的二十個聲母，並且這二十個字還可以連綴成詩，即："東風破早梅，向暖一枝開，冰雪無人見，春從天上來。"明朝戚繼光在福建地區抗擊倭寇時，為了讓戚家軍能和當地百姓交流，還先後出現了描寫福州話的《戚參將八音字義便覽》，裏面把福州話的聲母總結為"柳邊求氣低波他曾日時鶯蒙語出

喜"。據傳戚家軍還曾經用十五字的聲母和其他字的韻母編成軍事密碼。由於福州方言和閩南方言同屬閩語，音系有相近之處，隨後十五聲母南流至閩南和潮汕地區，在當地形成所謂十五音，廣為流傳。

嚴格來說，這類並非為純粹表音而設計的漢字，如果真代替漢字直接用作表音書寫，還是顯得相當不方便。中古時期的中國人也不是沒有過用表音字母來拼寫漢語的情況，敦煌就有一些用藏文字母拼成的漢語，于闐也有用于闐字母拼的漢語，這恐怕是中古時代中國最接近"拼音化"的嘗試。但是可以發現，這些嘗試一般都發生在遠離中原，非漢族影響較強的地區。而且總的來說，此類嘗試要麼是出現在學習對方語言的材料之中，要麼是出現在非正式的文體之中。由於沒有系統梳理音系，直接生搬其他語言的字母，拼寫上一般比較隨意，也不能完整地反映當時漢語的語音系統。

相對來說，有意識地整理描述當時漢語發音的"字母"，會使我們對當時漢語發音體系的認識更直接。稍留意一下中古時代的中國人總結的聲母字母，就會發現當時的語音系統要比今天的任何一種漢語都複雜得多，而且古人把清不送氣音、清送氣音、濁音和鼻音分別命名為全清音、次清音、全濁音和次濁音。以"端透定泥"為例，"端"屬全清音，"透"屬次清音，"定"屬全濁音，"泥"屬次濁音。結論很明顯，古代中國人對濁音是相當敏感的，他們在整理字母的時候把濁音歸入"全濁音"類別。

今天江浙地區的吳語和湖南婁底、邵陽等地的語言仍然能夠完整保留中古時代字母中“全清”“次清”“全濁”的對立，江浙人如果讀字母表中同一行全清、次清、全濁三欄的字母，一般都能讀出三個聲母。然而如果你沒有出生在上述區域，這三欄字母你讀起來一般只會有兩個聲母。一般來說，中國大部分方言“全清”“次清”聲母的讀音比較一致，但是“全濁”欄裏的則各地大不相同，可謂千奇百怪。今天中華大地上各類方言的形成，就和濁音的變化有著絕大的干係。

03

陝西人把"稻子"唸作"討子"
是怎麼回事？

關中人呼稻為討。

—— 唐 · 李肇《唐國史補》

　　我們仍然以"端透定泥"為例。在多數漢語方言中，"端""透"的聲母不同，而且發音大體是較為接近的。"端"的聲母是 /t/，透的聲母是 /tʰ/。只有少數方言，如海南話有比較嚴重的出入。同樣在能夠區分 n、l 的大多數漢語方言中，"泥"的聲母都是 n 或者和 n 接近的鼻音，其他組別的聲母大體也遵循類似的規律。如在"幫滂並明"這一組中，大多數漢語方言"幫""滂""明"的聲母讀音都較為相近。

　　然而屬於"全濁"的"定"的聲母，則在各地方言中千奇百怪：在有些方言，譬如普通話、廣州語、廈門話、長沙話中，和"端"相同，讀 /t/；在另一些方言，如梅州話、南昌話中，則和"透"相同，讀 /tʰ/；在聲母相對保守的上海話、蘇州話、溫州話、雙峰話等方言中，和"端""透"都不一樣，讀 /d/，也就是維持了中古時期的發音。

幾乎所有的全濁聲母在各地方言都會發生類似的紊亂。中古屬於全濁的"並定群從床禪"等聲母莫不如此，這樣的局面得歸咎於濁音清化。

　　濁音清化本身並不是一件奇怪的事情，尤其是 /b/、/d/、/g/ 這樣的濁塞音。塞音發音時發音器官在口腔內形成封閉的共鳴腔，由於濁塞音發音時，聲帶必須不斷振動，而聲帶的振動需要氣流催動，會導致肺部空氣進入共鳴腔，但是封閉的共鳴腔容量有限，隨著空氣不斷進入共鳴腔，共鳴腔內氣壓不斷升高，當共鳴腔內氣壓升高至與聲帶下方氣壓相同時，氣流停止，聲帶也就不能振動了。因此濁塞音非常容易發生各種變化，其中清化就是非常典型的演變路線。

　　全世界許多語言都經歷過清化，被吳稚暉盛讚的所謂"濁音字"多的德語，恰恰是清化的重災區。德語歷史上經歷過至少兩輪清化，其中第一輪清化規則的發現者中國人很熟悉——格林。

　　對於許多八零後和九零後來說，《格林童話》無疑是美好的童年回憶。《格林童話》的作者格林兄弟本是語言學家，其中哥哥雅各布·格林最重要的貢獻是發現了格林定律，即英語、德語這樣的日耳曼語言比起它們的其他親屬語言發生了明顯而系統的濁音清化。譬如英語 2 說 two，而拉丁語的 2 就是 duo。隨後相比英語，德語又發生了一輪清化，所以英語的 day 在德語中是 Tag。

　　就漢語和其他漢藏語系的親屬語言來說，早期的漢藏語可能是清濁對立為主。以漢語的親屬語言——藏語為例，今天的藏文字母清塞音區分送氣和不送氣，但是前古典時代的藏語就很難找到送氣和不送氣對立的例子。在當時，送氣和不送氣的聲母更像是一種變體，如果是單獨的清輔音就送氣，如果前面還有其他輔音則不送氣，非常類似今天英語 p、t、k 和 sp、st、sk 的情況。反過來說，清輔音和濁輔音在古代的藏語中則是扎扎實實對立的。

單就漢語來說，至少自上古時代開始，送氣和不送氣就已經有了相當明顯的對立，而這兩類輔音又和濁音存在對立。因此，從上古時期開始，漢語的塞音就是清送氣、清不送氣和濁三系對立。這樣，當濁音清化時，就有兩個選擇，併入清不送氣音或清送氣音。

歷史上的濁音清化在東亞和東南亞的語言中尤其常見，這些語言往往也有清送氣和清不送氣的對立，清化的結果卻大不相同。如中國雲南的西雙版納傣語，歷史上也有過濁音，甚至在西雙版納傣文發明的時代，有一整套專門用來拼濁音的聲母。然而在現代的傣語當中，古代的濁音也已經變成了不送氣的清音。

西雙版納的 "版" 本是傣語中 "千" 的意思，西雙版納即 "十二千田"，在古代的傣語中 "千" 的聲母是個濁音的 /b/，但是在現代的西雙版納傣語中則讀不送氣的 /p/，而在泰語和老撾語當中，"千"（ພັນ）現在的聲母也已經清化，不過變為了送氣的 /pʰ/。

古代藏文中的濁音，在現代的拉薩話中也已經清化，其規則相對複雜，大體上如果是光桿的濁音聲母會送氣，如果前面有其他輔音則會變不送氣。藏族自稱在藏文中本來是 བོད（bod），但是在拉薩話中變成了送氣的 /pʰøʔ/，"飯"在藏文中本寫作 འབྲས（'bras），由於 b 前面仍然有另外一個輔音'，因此在拉薩話中讀不送氣的 /tʂɛʔ/。

就漢語來說，從上古到中古，清濁對立都相當穩定，直到中古早期，所有有關漢語方言的記錄幾乎沒有記載某地方言清濁發生混淆的問題。儘管在《切韻·序》中有"吳楚則時傷輕淺，燕趙則多涉重濁"這樣的描述，但是作者陸法言並沒有舉例，難以推知這裏的"輕淺"和"重濁"的實際含義，也很難從這樣語焉不詳的描述中看出太多。

中古以後，除了保留濁音的江浙方言和湖南部分方言外，其他方言都陸續發生了清化。有意思的是，漢語方言的清化有著很神奇的特點，那就是經常和聲調有關。

以普通話為例。中古歸屬"定"母的平聲字，如"庭""談""曇""圖"等，其聲母都變成了送氣的 /tʰ/，這也是普通話第二聲最主要的來源；而如果碰上其他聲調，如"地""敵""弟""蝶"，則基本都變成了不送氣的 /t/。最有意思是"彈"，中古時代和現在一樣都是多音字，但是中古時代這個字的兩個讀音只是純粹的聲調不同，一讀平聲、一讀去聲，到了普通話裏，卻由於濁音清化規律的關係，讀音分別變成 tán（/tʰan³⁵/）和 dàn（/tan⁵¹/）了。

這樣的清化模式也是當前中國方言中的主流，華北、東北以及江淮地區和長江流域的官話絕大部分都是這樣的清化模式。此外，華南地區的粵語，如廣州話大體也遵照這樣的模式。只是廣州話在碰上中古上聲的濁音字時，不少字會送氣並讀陽上調，與官話不同。如"抱"，廣州話讀 /pʰou¹³/。湖南地區沒有保留濁音的方言則多不管聲調統統變成不送氣清音，如長沙話"長"讀 /tsan¹³/，並不送氣，所以"長沙"聽起來有些像漢語拼音的"zánsō"。山西中部地區部分方言，如太原話以及膠東半島尖端的文登話和榮成話也走了如此路線，"爬"太原話說 /pa¹¹/，聽起來像普通話的"把"；榮成話"爬"說 /pa³⁵/，聽起來像普通話的"拔"，"盤"說 /pan³⁵/，倒差不多是普通話裏不存在的 bán。不過太原和榮成、文登因為近代受到華北方言以及普通話的強烈影響，許多平聲的濁音字背離了本有的模式，也讀成了送氣音。福建方言的清化模式則神鬼莫測，表面上看並無甚麼特別的規律，大部分古代的濁音變成了不送氣的清音，但是又有為數不少的字變成了送氣清音，這和福建方言較為複雜的歷史和更早的分化時間有很大關係。

不過要說起漢語方言比較古老、覆蓋面也很廣的一種清化，可能還當數一種從唐朝開始延續到今天的清化模式，即不分聲調全部清化為送氣清音。

唐憲宗年間有一位叫李肇的官員，他著有《唐國史補》，該書主要補記一些唐朝中前期的歷史，也兼帶提一些逸聞軼事。其中提道："今荊襄人呼提為堤，晉絳人呼梭為莘，關中人呼稻為討，呼釜為付，皆訛謬所習，亦曰坊中語也。"

雖然這些語音現象被李肇毫不留情地批判為"訛謬所習"，貶之為"坊中語"，即俚俗之語，上不得大雅之堂，但是這樣的坊中語卻是語音發生變化的先聲。可以看出，此時湖北和陝西的百姓口中濁音都發生了清化現象，在湖北濁音變成了不送氣清音，在陝西變成了送氣清音。

今天的湖北方言濁音清化規律和大多數官話相同，並不符合"呼提為堤"的特徵，沒有繼承古代的湖北方言。但是關中地區的方言，"稻"至今都說"討"，哪怕是受外界影響比較嚴重的大城市西安的方言亦然。

不消說，所謂"稻"讀"討"是典型的濁音清化成了送氣清音。許多北方話中，都有零零星星的幾個本來的濁音仄聲字清化後變成送氣音，甚至普通話也不例外。如普通話的"特"字就是一個來自古代濁音的入聲字。絕大多數的官話方言本來是濁音上聲字的"筒"，也變成了送氣清音，並且維持了上聲讀音，和"呼稻為討"的情況如出一轍。江淮以南的官話"族"幾乎都讀送氣清音，譬如昆明話讀 /tsʰu⁴²/，成都話讀 /tɕʰio²¹/，南京話讀 /tsʰuʔ⁵/。在大多數官話中，這些字為數不多，然而在關中、晉南以及甘肅南部，長江江蘇段北岸的泰州南通地區的語言，江西以及廣東東部的客家話中，濁音不論聲調則大規模變成了送氣清音。

以一張網絡流傳的"陝西人買菜"圖為例。這張圖雖然頗有惡搞成分，但是讀音卻是地道的關中讀音。其中"透膚"為"豆 /tʰəu⁴⁴/ 腐"，"賠菜"為"白 /pʰei²⁴/ 菜"，"積碳"為"雞蛋 /tʰã⁴⁴/"，"紅落浦"為"紅蘿蔔 /pʰu³¹/"，"透鴨子"為"豆 /tʰəu⁴⁴/ 芽子"。這些迥異於普通話和大多數北方官話的讀音都是把古代的濁音變成了送氣清音的緣故。

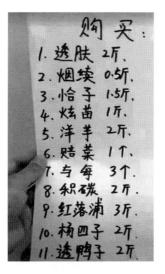

"陝西人買菜" 圖

當然，圖中這樣的"陝西話"目前只有在關中比較偏僻的地區才存在。由於近代以來華北地區官話和普通話對陝西關中方言的強烈影響，其古代濁音變送氣的字越來越少，很多仄聲字出現了類似普通話的不送氣讀法。尤其在西安這樣的中心城市，大部分濁音字送不送氣已經與普通話一致。但是在關中東部渭南地區，尤其是關中東北部臨近山西的韓城、合陽、大荔等地，"陝西人買菜"圖中的方言仍然是真實存在的。假如買菜的關中人按照關中習慣把賣菜的店老闆稱"掌櫃的"，"櫃"還會讀 /kʰuei⁴⁴/。

哪怕是在西安城，口語中部分濁音仄聲字，如著（火著咧）、倍、避、舵、造，仍然讀送氣音。或許是冥冥之中的巧合，儘管關中並非稻子的主產區，西安城的市民更加不會種稻，但是 "稻" 仍然是西安話中讀送氣音的古全濁仄聲字之一。也就是說，雖然今天的關中方言和唐朝關中話相比已經發生了翻天覆地的變化，但是 "關中人呼稻為討" 的特點在整個關中範圍仍然較為頑固地保留至今。

這種濁音變送氣的模式在中晚唐就已經頗具規模了。除了李肇簡短的記錄之外，藏文的記錄也相當鮮明地體現了這個特點。

幾乎整個唐朝時期，吐蕃帝國都是東亞不可小覷的一支軍事力量。現在甘肅的河西走廊地區曾經一度被吐蕃佔據，敦煌就是被佔領的重要城市之一。吐蕃佔領敦煌後，敦煌成為重要的抄經中心，大量漢人受僱抄寫佛經。在這一過程中，許多漢人對佔領者的語言 —— 藏語逐漸熟悉起來，而有些吐蕃人也有學習漢語的興趣。

漢語和藏語雖然同屬於漢藏語系，但在文字上卻大相徑庭。漢字是一種土生土長的自源文字，表音並不是漢字設計的核心考量，藏文則是從南亞次大陸引進的拼音文字，表音相當精確。事實上，直到今天，書面藏文仍然保留了引入藏文後不久的藏語發音，藏文也堪稱是整個漢藏語系中最早的精確系統表音的文字。

中晚唐河西地區漢族和藏族的文化交流，導致出現了用藏文字母充當拼音來拼寫漢語的做法。這樣的做法有的出現在漢族人和藏族人學習對方語言的教科書中，有的則是漢人覺得藏文拼寫的做法比寫漢字更加簡單便捷，因此在一些筆記或者塗鴉等非正式行文時樂得用藏文拼寫。

無論用藏文拼寫漢語到底是何目的，這些藏文標音的漢語都極其重要。這是歷史上第一次有人成規模地用一種拼音文字來直接拼出漢字的讀音。由於藏文字母怎麼讀是相對確定的，用藏文字母來拼寫就讓我們可以直接得知當時漢語的讀音。

地域原因使得河西地區的藏文注音表示的多為當時的西北方言。宋朝以後隨著西北地區人口的流失和遷移，西北地區的方言發生了很大的改變，重新出土的敦煌漢藏對音材料成為我們瞭解唐朝到五代時期的中古西北方言的重要證據。

由於藏文具備不送氣清音、送氣清音、濁音字母，我們可以非常清晰地看出唐朝西北地區濁音的變化軌跡。在早期的漢藏對照佛經《金剛經》和《阿彌陀經》中，中古漢語的濁音用藏文的濁音字母來表示。

但是時代較晚的材料裏面，卻出現了新的動向。五代或者宋初出現的雙文版《大乘中宗見解》中，"獨"拼寫為 ཐོག（thog），"鼻"拼寫為 ཕྱི（phyi），"帛"拼寫為 ཕེག（pheg），"造"拼寫為 ཚེའུ（tshe'u），中古時代的濁音已經變成了送氣清音。同時期的另一些敦煌文獻則有濁音不論聲調都與不送氣清音混併的趨勢，較接近所謂"荊襄人呼提為堤"，只是這種模式在西北地區並無明顯的後續承繼。

反之，濁音變送氣清音的格局則順利延續到了宋朝。西夏時期的漢語和西夏語詞典同樣體現了全濁清化為送氣清音的格局。宋朝以後，伴隨西北地區政治、經濟、文化地位的下滑，西北地區的方言也越來越多地受到中原和華北地區方言的影響，西北地區方言全濁清化的軌跡發生了改變，越來越和華北地區趨同。但是在甘肅南部、關中、晉南的東西向條狀區域，則仍然相當程度上保留了這種中古晚期的西北特色語音。

而在遙遠的南方，長江北岸的南通、泰州以及江西、粵東地區也與這樣的清化模式遙相呼應。與北方的"呼稻為討"區不同，這些位置更南的方言近古以來受到華北官話的影響更小，全濁仄聲送氣也就保留得更加完整。在這些地方，雖然韻母和關中話很難對得上，但"陝西人買菜"圖裏"豆"聲母為 /tʰ/，"白"聲母為 /pʰ/，"蛋"聲母為 /tʰ/，則仍然是司空見慣的真實語音。

zh
ch
sh

最具爭議的
捲舌音

捲舌音

04

北方話的捲舌音
是其他語言帶來的嗎？

The ch sound is, however, not unfrequently heard, but the Hankow native cannot realise a difference between it and the ts; this initial may be said to be, to a certain extent, in a transition state. （然而 ch 音並不是不能頻繁聽到，不過漢口本地人不能區分它和 ts；這個聲母或許可以說，在一定程度上處於轉變狀態。）

—— 莊延齡（Edward Harper Parker）《漢口方言》（*The Hankow Dialect*），1875 年

幼時受教於家長和京語前輩，每發 š、c、j 三音時，常受申斥說："這不是漢話，別咬得那麼重，舌頭鬆點兒。" 甚至有時責罵說："你也不怕舌頭尖兒把上膛頂穿了！"

—— 瀛生《滿語雜識》

恐怕漢語中再沒甚麼東西比捲舌音更具爭議性了，這大概得歸功於捲舌音的分佈天然地就為地域話題提供了無窮無盡的彈藥。就大部分中國人的模糊印象，北方人說話有捲舌音，南方人說話沒有捲舌音。

　　中國各地方言千差萬別，特徵各異，差別絕不僅僅只在捲舌音上。偏偏捲舌音不光分佈廣，而且很容易聽出來 —— 就算是說話不帶捲舌音的南方人，也能輕易聽出北方人說話時有一類和自己截然不同的發音。反過來說，北方人聽沒有捲舌音的南方話，則往往也是怎麼聽怎麼彆扭。相比而言，要讓母語中沒有清濁對立的多數中國人聽出江浙吳語有濁音，或者絕大多數嶺北人聽出廣東話有非常豐富複雜的韻尾，和自己的方言不同，可就不是那麼簡單了。

　　由於捲舌音鮮明的特徵，人們對捲舌音的態度可謂愛憎分明。喜歡捲舌音的覺得沒有捲舌音的話這也不分那也不分，不夠精確，彷彿不會使用舌頭；而不喜歡的人則覺得捲舌音發音費事，不好聽，甚至"矯揉造作"。更有甚者，還有人聲稱漢語本來並沒有捲舌音，北方話裏的捲舌音是"北方少數民族語言帶進來的"。

　　在討論捲舌音是不是和北方少數民族的語言有關之前，不妨先來確認一下，捲舌音是否真的是可以用來區分南北漢語的特徵。

　　對於很多南方人來說，如果聽到瀋陽話，大概會驚訝於這種位於東北地區的方言居然全是平舌音，沒有捲舌音的痕跡。這種方言可是夠北了。巧合的是，瀋陽往南不算太遠的錦州方言在平捲舌方面和瀋陽話截然相反，只有捲舌音沒有平舌音。

沒有捲舌音的北方話也並不僅僅是瀋陽話。瀋陽之外，遼寧其他地區的不少方言也都沒有捲舌音。遼寧也並非北方唯一沒有捲舌音的省份，山西太原話、內蒙古呼和浩特話也是只有平舌音。甚至山東也有沒有捲舌音的地方，如濟寧、聊城，他們學習普通話和不分平捲舌的南方人一樣，也得經歷痛苦的記憶過程。

反過來說，北方人對"南方話"沒有捲舌音的印象也未必合理。去過雲南的人大概不難發現大部分雲南話都有捲舌音；湖南不少地方的方言也有捲舌音；雖然四川話的代表成都話沒有捲舌音，但是川東北的巴中等地卻不難找到說話帶捲舌的四川人，川南自貢人捲舌頭在四川尤其出名，很多四川人甚至以此編了些諸如"我們自貢人說話從來不捲舌頭"此類的笑話取樂；江蘇常熟方言也有捲舌音；甚至就算在天南之地的兩廣，也能找到不少有捲舌音的地方，如廣東大埔、五華，廣西象州等地。

事實上，如果我們能夠乘坐時空機器回到 1800 年左右的中國，會發現現在許多已經沒有捲舌音的南方城市當年說話都帶捲舌。儘管當時的中國並沒有錄音設備，但是卻有一幫熱衷於記錄各地方言的人，他們的身份可能有些令人意外：我們今天能如此確定 19 世紀中國版圖上捲舌音的分佈比現在廣得多，得歸功於在中國各地活動的西方傳教士 —— 為了方便傳教，他們熱衷用字母記錄當地方言。作為副產品，無形之中竟然留下了不少當時方言的記錄。

以在成都活動的英國傳教士鍾秀芝（Adam Grainger）為例。作為傳教士他並不算很出名，然而他在成都活動期間撰寫了一本名為《西蜀方言》（*Western Mandarin, or the Spoken Language of Western China*）的書，出版於 1900 年，大致是成都方言字典與教材的綜合體。這本書的注音方法相當簡單明了，利用了鍾秀芝的母語——英語的拼寫規則。因此在書中，平舌音拼為 ts、ts'、s，捲舌音拼為 ch、ch'、sh。

如果今天我們要為成都話設計一套拼音，大可不必這麼麻煩，因為今天的成都話只有平舌音。不過《西蜀方言》中的四川話可能會讓很多成都人感到既熟悉又陌生。在這本書中，"成都"注音為 Ch'en^2 Tu^1，"層"則注為 Ts'en^2。也就是說，當時的成都話裏，"成"和"層"有類似普通話一樣的平捲舌對立。而在 21 世紀的當代成都話中，捲舌音已經完全消失，"成"和"層"完全成了同音字。

19 世紀後期西南大城市的方言有捲舌音的並不只有成都。無獨有偶，稍早一些的 1869 年，法國傳教士童保祿（Paul Perny）也曾經出版過一本《西語譯漢入門》（*Dictionnaire français-latin-chinois de la langue mandarine parlée*），這是一本漢語口語、法語、拉丁語的三語詞典。童保祿一直在貴州地區活動，所謂的 "mandarine parlée（官話口語）"實際上指的是貴州省城貴陽的方言。

在這本字典裏，童保祿用貴陽話來翻譯法語，並且給出了漢字和注音，如 "abandoner une entreprise" 就翻譯為 "改主

意 /Kày tchòu ý"，因此可以很方便地得知當時貴陽話的字音。

當時的貴陽話區分平捲舌，例如在書中，平舌音的"字"注音為"tsé"，"嘴"注音為"tsòuy"，"三"注音為"sān"。反觀捲舌音的字，則"失"注音為"chě"，"志"注音為"tché"，"瘡"注音為"tchouāng"，"山"注音為"chān"。結合法語的拼讀規則，毫無疑問是用 ch、tch 表示當時貴陽話裏的捲舌音，而用 s、ts 等表示平舌音。

由於傳教士的目的是學會當地方言方便傳教，一般不會出現中國人自己編纂辭典韻書常見的崇古重官傾向。這兩本書的存在無疑說明在 19 世紀後期，成都話和貴陽話都有相當完整的平捲舌對立，就如今天四川自貢、巴中等地的方言和大部分雲南話一樣。現代不分平捲舌的四川話和貴州話僅僅是近一百多年的產物。

如果說 19 世紀後期成都話和貴陽話的捲舌音還比較穩定的話，另一座大城市 —— 漢口的捲舌音則已在風雨飄搖中。

本篇開始引用了英國人莊延齡（Edward Harper Parker）記錄的漢口話。和 19 世紀熱衷學習中國方言的各路傳教士不同，莊延齡是一名律師、外交官和漢學家。他在 19 世紀後期為各英國領事館服務期間，廣泛記錄了包括上海、溫州、漢口、揚州、寧波等多地在內的中國方言，在當時的西方漢學界和對華外交界廣受尊崇，甚至有傳說他可以和各地中國人用對應的各地方言對話。尤為值得一提的是，莊延齡對中國語言的興趣還擴展到了一些非漢語上，他曾經於 19 世紀 90 年代調查過海南瓊山的石山話（即今天海口秀英區石山鎮一帶的方言，屬臨高語）。

　　莊延齡記錄漢口話是 1875 年，不知是否因為當年的漢口人脾氣和今天一樣火爆，莊延齡對漢口方言極為怨念。他對漢口方言做出了如下評價："相當貧乏，只有 316 個音節，相比之下北京話有 420 個。""這種方言是處理過的最令人不滿的方言之一…… 漢口方言處於自發變動的過渡狀態，另外還受到聚集於此的眾多商人的語音影響（This dialect is one of the most unsatisfactory to deal with... the dialect of Hankow is in a transitory state of its own proper motion, and is moreover largely affected by the speech of the numerous traders who congregate at that centre）。"

　　儘管如此，他仍然記錄了捲舌音處於消失前最後一瞬的漢口話，莊延齡記錄的漢口話捲舌音僅用於 chun、ch'un 這樣極少數幾個音節，此外他對 ch 聲母的描述可能暗示仍然有一些漢口人話語中有更多的帶捲舌音的字。20 多年後，1899 年，美國傳教士殷德生（James Addison Ingle）撰寫了《漢音集字》（*The Hankow Syllabary*），其中捲舌音就已經消失得無影無蹤，至此漢口話比成都話和貴陽話更早地完成了捲舌歸入平舌的變化。

　　捲舌音在南方的消退並不局限於西南地區，就算是總給人分不清楚平翹舌印象的江浙一帶，在 100 年前仍然是有不少地方有捲舌音。當時的蘇州和無錫均有捲舌音，20 世紀早期蘇州人陸基曾經用注音符號設計了一套蘇州話的拼音，注音符號本來是用來標注國語（普通話）的，存在平舌和捲舌的對立。陸基設計蘇州話拼音時，則是繼續沿用了注音符號本有的平舌音和捲舌音。今天的蘇州評彈因為語音比平時說的蘇州話更加保守一些，也仍然存在捲舌音，甚至蘇州與無錫的許多村莊的方言也有捲舌音。

甚至在更南方，捲舌音也曾經普遍存在過。今天的粵語已經不分捲舌音和平舌音了，然而當時西方殖民者剛抵達香港時，廣州話還是能夠區分這兩組聲母的，因此香港人名和地名使用的習慣拼音也基本區分平舌和捲舌。普通話讀捲舌音的字在這套粵語拼音中往往用 ch、sh 來表示，譬如香港機場所在的地名"赤鱲角"寫作 Chek Lap Kok；平舌音則用 ts、s 來表示，如"尖沙咀"寫作 Tsim Sha Tsui。人名當中"錫"一般寫作"sek"，而"石"則寫作"shek"。今天廣州和香港的粵語當中，"錫"和"石"除了聲調不同以外，發音已經沒有區別了。

語言學大師，被尊為"漢語語言學之父"的趙元任在第二次世界大戰期間曾經給盟軍寫過學習漢語的教材，共有官話和粵語兩個版本。他明確地寫道，當時廣州的粵語平捲舌已經不分，然而由於 20 世紀初期的粵語教材都分平捲舌，因此他的《粵語入門》（Cantonese Primer）中仍然予以區分。今天這樣的區別在某些廣西的粵語中還保留尚好。

19 世紀後期以來捲舌音的消亡速度是相當驚人的。尤其考慮到國語和後來普通話所依託的北京方言平捲舌對立很穩定，這樣的消退更是接近奇觀。儘管存在捲舌音會對學習普通話有很大幫助，普通話的存在理論上也可以幫助各地方言維持捲舌音，然而，在最近 100 多年間，捲舌音仍然在經歷劇烈的退潮，不少曾經有捲舌音的地方的人再也懶得把舌頭捲起了。在一些地方，我們甚至還能親眼見證捲舌音的消亡。譬如江蘇南京，就處在捲舌音消亡的進行時，和 19 世紀末的武昌如出一轍。耄耋之年的南京人說話時還有捲舌音的存在，但是他們的孫輩卻一口平舌音，"層"和"成"完全同音，只有"四"和"是"這樣特定韻母的字還有平捲之分。當代的南京方言受普通話影響較為劇烈，不少南京的年輕人因為普通話的緣故，本來南京話不分的 n 和 l、an 和 ang 都已經能夠區分，偏偏老南京話本有的平捲舌區別仍在穩步衰退，一些南京的年輕人甚至覺得只有北方人或者郊區的居民才會捲舌頭。

捲舌音在諸多漢語方言中的消亡是漢語幾千年來漫漫演變浪潮中的一朵小小浪花。清朝已經是捲舌音生命史的後期。可以說如果清朝和捲舌音真能扯上甚麼關係，恐怕也只能這樣說：在晚清民國時期，南方各地說著各種不同方言的許多市民，不約而同地放棄了捲舌音。假設捲舌音真和滿語有特殊關係，大概也只是個奇特的歷史巧合，南方捲舌音大規模消失差不多和晚清時期主要居住在北方的滿族人滿語水平漸漸滑坡開始轉用漢語同時。

自然，捲舌音的產生和清朝是沒有關係的。事實上，滿語並沒有北京話那樣的捲舌音。本篇文前引文中的瀛生是北京人，幼年時曾經學習過"京語"，也就是滿語的北京方言。從他長輩的訓斥中就可以看出，在當時會說滿語的北京滿族人看來，滿語的 š、c、j 三個音和北京話裏的捲舌音並不像。瀛生後來學習了英語，認為滿語的這幾個輔音和英語的 sh、ch、j 更為相似。更好玩的是，為了能夠轉寫漢語的捲舌音 r，滿文還不得不專門添加了一個新的字母用來對應。

就漢語的各種親屬語言來說，捲舌音並不少見，譬如多數藏語、彝語、納西語等語言都有捲舌音。顯然所謂捲舌音是受北方民族語言影響帶入的說法，很難解釋長久以來較為隔絕、很難受到北族語言影響的藏語怎麼也能學出捲舌音的。

不過雖然漢藏語系的許多語言都有捲舌音存在，但是如果把“古”的範疇拉到上古時期，當時的漢語則很有可能並沒有捲舌音。

雖然漢藏語系許多語言都有捲舌音，但是這些語言中大多數的捲舌音是由其他的音演變而來。以文獻出現比較早，又使用拼音文字的藏語為例。今天拉薩藏語的捲舌音主要來自吐蕃時期藏文中的一些帶 -r 的聲母，譬如出現在《舊唐書》裏的吐蕃第三十七代贊普赤松德贊，藏文拼寫為 ཁྲི་སྲོང་ལྡེ་བཙན（Khri-srong lde-btsan），在《舊唐書》裏音譯為“乞黎蘇籠獵贊”，但是在今天的拉薩話中，khri 已經演變為捲舌音 /tʂʰi/（音大略接近普通話“赤一”連讀）。

今天普通話裏的捲舌音追溯到中古漢語的時代至少有三類來源，分別來自中古漢語的三組聲母，即中古漢語的知組、章組和莊組。

對於中古早期，也就是隋朝到盛唐時期的中國人而言，這三組聲母的讀音差別相當明顯。幸運的是，通過中古時期中國人翻譯外語時的用例，我們可以大體得知這些聲母在中古中國人的口中到底怎麼讀。

知組聲母在中國人翻譯梵語佛經時，用來對應梵語的捲舌聲母 ट/ṭ、ठ/ṭh、ड/ḍ、ढ/ḍh、ण/ṇ，如梵語 अकनिष्ठ/Akaniṣṭha（無上）被音譯為“阿迦膩吒”，ṭha 用屬於知組的“吒”音譯。梵語的這組聲母讀捲舌的 t、tʰ、d、dʰ、n，它們與普通的 t、tʰ、d、dʰ、n 的關係，就和普通話裏 zh、ch、sh 與 z、c、s 的關係差不多，聽起來接近有點“大舌頭”版本的 t、tʰ、d、dʰ、n。知組聲母包括“知”“徹”“澄”“娘”四個聲母，早在清朝時，學者錢大昕就發現漢語中的知組聲母和普通的端組的 t、tʰ、d、n，即“端”“透”“定”“泥”四個聲母實際處於互補狀態。因此他得出結論，知組聲母和端組聲母本出一源，是更古的 t、tʰ、d、n 受到一些特殊的影響才發生的變化，即所謂“古無舌上音”。

錢大昕出生於上海嘉定，假如他是福建人，應該會對他的結論更加自信。至今在福建地區的方言中，知組聲母的絕大部分字仍然讀音和端組相同。如在廈門話中，屬於“知”組聲母的“茶”在廈門話中仍然讀 /te²⁴/，這個讀音隨著閩南人下南洋傳入馬來語，又隨著殖民南洋的殖民者傳到了歐洲。英語的 tea 最終來源就是閩南語的 tea。近年出現的一種叫作“柳丁”的水果，也和閩南話的這個特點不無關係。其實“柳丁”本就是“柳橙”，在閩南方言中，屬於知組字的“橙”字的讀音為 /tiŋ²⁴/，聽起來和普通話的“丁”比較像，所以“柳橙”就稀裏糊塗地變成了“柳丁”。

和知組聲母類似，章組聲母同樣和端組有密切的關係。並不需要懂得其他方言或者古音，僅僅從普通話讀音和漢字聲旁看，也不難發現 zh、ch、sh 和 d、t 有著相當密切的聯繫。如"儋"的聲旁是"詹"，"蛇"的聲旁是"它"，"都"的聲旁是"者"。中古時期章組聲母同樣是由上古 t、tʰ、d、n 分化出的，與知組不同，它們並不捲舌，而是讀舌面音，也就是 /tɕ/、/tɕʰ/、/dʑ/、/ɕ/、/ʑ/、/ɲ/，發音部位和今天普通話的 j、q、x 差不多。

尤其值得一提的是，今天普通話裏面幾乎全部的 r 聲母的字都是來自中古章組中的"日"母，這個聲母本是章組中的鼻音 /ɲ/。在江浙吳語、廣東客家話和一些廣西的粵語中，"日"母字仍然保持了鼻音的古讀，如"日"這個字本身，在蘇南浙北和上海的吳語中普遍讀 /ȵiɪ²³/，在廣西梧州的粵語中讀 /ŋɐt²¹/。"日"是一個非常古老的、從漢藏語共同祖先傳下的詞根，在藏文中為 ཉ（nyi），也以鼻音開頭。

普通話中捲舌音的最後一類中古來源是中古漢語的莊組聲母。在知、章、莊三組聲母中，莊組聲母的發音和今天的捲舌音比較類似，包括了 /tʂ/、/tʂʰ/、/dʐ/、/ʂ/、/ʐ/ 幾個聲母。這組聲母的上古來源和 t、tʰ、d、n 關係不大，反倒和 ts、tsʰ、dz、s、z，也就是後來中古漢語中的"精組"關係較為密切，如屬於精組的"姓"聲旁是屬於莊組的"生"。如果以古漢語到普通話的演變歷史看，這是資格最老的一批捲舌音。

也就是說，捲舌音的形成從中古早期開始到現在至少有一千多年的漫長歷史，在漫漫時光中，古漢語中某些聲母在一定條件下分化出了捲舌音。以普通話為例，類似今天 zh、 ch、sh 的捲舌音最早出現於莊組。隨後在中古晚期，先是章組也變成了捲舌音，和莊組合流，然後本來是大舌頭的 t、tʰ、d、n 的知組發音的方法也發生了改變，與已經合併的莊組和章組再次合併，最終形成了普通話中的捲舌音。

所以，當代普通話裏的捲舌音是中古十多個聲母演變與合併的產物。捲舌音的來源異常豐富也導致普通話產生了一個有趣特點 —— 捲舌音的字數往往比對應的平舌音的字數要多不少，因為普通話的平舌音來源非常貧乏，只不過是中古漢語精組字的一部分而已。

05

把 "小公主" 說成 "小公舉" 是怎麼回事?

> 至於生升一音、森申一音、詩師一音、鄒舟一
> 音……但言一音者,則有舌音不清之誚……歸於精
> 一之母者,亦有之矣。謂以淄為資,以鄒為諏,豈不
> 謬乎?
>
> —— 明·徐孝《合併字學篇韻便覽》

　　普通話裏的捲舌音在漢語諸多方言中也屬於較為豐富的一類。這是因為普通話裏的捲舌音幾乎就像一個語音黑洞,只進不出。從中古以來,越來越多的字掉進了捲舌音這個黑洞裏,但是絕少有本來捲舌的字從黑洞裏逃出來。類似的現象也出現在其他一些方言裏面,甚至有的方言比起普通話來有過之而無不及。

　　如果論包含的字,普通話恐怕還算不上捲舌音最多的。錦州、連雲港這樣沒有平舌音只有捲舌音的方言自不必說,在這些方言裏面,精組字也被捲舌黑洞吸了進去,成為捲舌音的一部分。而在有些既有平舌音也有捲舌音的北方方言裏面,

一些普通話讀平舌音的字它們也讀捲舌。譬如"森、鄒、所、廁"等普通話讀平舌音的字，在鄭州、濟南的方言裏都讀捲舌音。這些字在普通話裏曾經也讀過捲舌音，不過由於種種原因成為少數逃離捲舌黑洞的字。而在鄭州和濟南，這些字則繼續老老實實讀捲舌音。

然而只進不出是所有今天仍然有捲舌音的方言都有的現象。在許多方言裏，捲舌音更像是一個水庫，有進有出。篇首引文是晚明北京人徐孝所寫，目的是給北京話正名鳴冤。當時的北京話和今天一樣，"生""升"同音，"詩""師"同音，但這卻被人說成是"舌音不清"，屬於會被譏諷的語病，徐孝則認為這樣的讀法並沒有毛病。同樣我們也可以看出，當時的北京話和現在有少許不同，"森""鄒"讀捲舌音，和今天的濟南話與鄭州話類似。

同時他還批判了一些大概是笑話北京人"舌音不清"的人所說的其他方言：你們"生""升"倒是能分，不過"淄""資"和"鄒""諏（諏）"卻分不了，還不是照樣有語病。從中也可以看出來，當時的北京話"淄"和"鄒"應讀捲舌音。今天由於"淄"還出現在"淄博"等地名中，在濟南話和淄博話裏頭，"淄"也仍然讀捲舌音。不過作為正宗北京人的徐孝大概沒有料到，幾百年後的北京話這幾個字反倒變成他所譏諷的那樣，"以淄為資，以鄒為諏"了。

今天在北方地區不少方言中，捲舌音的範圍都比普通話小一些，譬如在西安話、洛陽話、徐州話裏頭，"事""是"都讀平舌音，只有"勢"讀捲舌音；"支"讀平舌，"知"讀捲舌。

"山西"和"陝西"在普通話裏只有聲調上的區分，以至於在有些場合陝西拼音必須要寫成 Shaanxi，以防和 Shanxi（山西）混淆。但是如果拼音以西安話為標準的話，大可不必如此麻煩，西安話裏"山"讀平舌音，"陝"讀捲舌音，"山西"可拼為 Sanxi，"陝西"可拼為 Shanxi，完全不用擔心搞混。同樣這些方言中"生、升""森、申""鄒、舟"都是一平一捲。不過在這類方言中，"詩"和"師"的讀音一般相同，都讀平舌音。因此它們應該並非徐孝攻擊的對象。

然而到了長江流域和長江以南的說官話的地區，平捲舌的分佈則又是另一番規律。老南京話、合肥話、昆明話"事"是平舌音，"是""勢"是捲舌音，"山""陝"在這幾種方言裏面也都是捲舌音。在成都話和貴陽話還有捲舌音的時候，它們的平捲舌分佈大體也是屬於這個類型。

在這類主要分佈在南方的方言中，"生升一音、森申一音、詩師一音、鄒舟一音"都不存在，這四組字都是前一個平舌，後一個捲舌。因此也都是"以淄為資，以鄒為諏"。徐孝攻擊的"謬"的方言應該就是這類南方官話。可以說早在晚明時期，捲舌音就已經成了南北語音之爭的焦點之一了。

不同方言中捲舌音的不同分佈早就引起了中國人的注意，這和捲舌音的來源密切相關。總體而言，今天大多數方言裏的捲舌音來自中古漢語"知""莊""章"三組聲母字的一部分，中古漢語的精組在大多數漢語方言中都演變為了平舌音。由於捲舌音的來路異常複雜，在不同的方言裏面，中古四組聲母到現代平舌捲舌的映射並不一致。"知""莊""章"組的一部分字在一些有平捲舌對立的方言中會讀入平舌。總的而言，在漢語中人口最多，地域最廣的官話方言裏，捲舌音的分佈分南北兩個大派。

包括普通話在內的大多數分佈在華北地區的方言都屬於北派。如果對京劇感興趣，大概會發現京劇裏面"知"（/tʂi/，發音類似普通話"知一"合在一起）和"支"（/tʂʅ/，發音類似普通話"支"）的讀音並不相同。也就是說，在京劇裏面，"知""支""資"三個字都不同音。如果加上在晚明的北京話裏還讀捲舌音的莊組"淄"，那麼實際上發音時"資≠淄=支≠知"。

這個分佈並不是自說自話創造出來的。在這幾個字中，"資"屬於精組，"支"屬於章組，"淄"屬於莊組，"知"則屬於知組。在中古漢語中，四個字都不同音且聲母不同。在元朝到明朝早期的北方話中，雖然後三個字都變成了捲舌音，但是只是章組和莊組的"支"和"淄"發生了合併，"知"由於韻母不同仍然維持對立。

元朝時戲曲開始興盛，周德清撰寫了一本名為《中原音韻》的韻書，用來指導戲曲演唱時的發音，其根基是一種當時的北方話。而在《中原音韻》時期，"資""支""知"的讀音已經和京劇裏的發音基本一樣了。周德清甚至專門強調，"知"和"之（在書中和"支"同音）"的發音必須不同，如果一樣的話算是語病。

同樣，京劇裏"主""豬"讀 /tʂy/（發音類似普通話"知淤"合在一起），"除"讀 /tʂʰy/（發音類似普通話"遲淤"合在一起），"初"讀 /tʂʰu/（發音類似普通話"初"），也是承襲自《中原音韻》裏就有的區別。韻母為 /y/ 的字來自中古知組和章組聲母，在有的方言裏後來還和來自見組的字發生了合併，所以"主"和"舉"同音，"豬"和"居"同音，"除"和"渠"同音，但是"除"和"初"的讀音保持了區別。然而在普通話中，捲舌加 /y/ 的組合與來自莊組的捲舌加 /u/ 的組合合併，因此"除"和"渠"能分，但是"除"和"初"則只有聲調區別，"出（早期讀 /tʂʰy/）"和"初"則完全同音。

在鄭州、濟南和北京方言中，隨後的事情很簡單，捲舌音非常穩固，只是"知"的韻母變得和"支"一樣，所以發音時"資 ≠ 淄 = 支 = 知"。而在西安、洛陽、徐州等地，情況稍稍複雜一些。在這些方言裏，捲舌音有進有出。"支"和"梔"從捲舌音變成了平舌音。隨後仍然讀捲舌音的"知"韻母發生了變化，所以"資 = 淄 = 支 ≠ 知"，前三者都是平舌音，只有當時靠著不一樣的韻母保住了捲舌的"知"仍然讀捲舌音。總而言之，雖然今天看起來這兩類北方話平捲舌分佈的差異相當大，但是如果論歷史來源，北方大部分的方言都屬於這個系統演變的產物，都可以從"資 ≠ 淄 = 支 ≠ 知"的《中原音韻》體系演化而來（實際上《中原音韻》書中"淄"也像當代北京話一樣讀了平舌音，是一個例外，同屬莊組的"事""史""師""獅""士"均讀為捲舌音）。

因為這個變化發生得相當晚，因此北方各地的演化幾乎是如天女散花一般。鄭州走了第一條路線，但是和鄭州近在咫尺的洛陽卻走了第二條路線，鄭州的東鄰開封和鄭州一樣，再東邊的徐州又成了第二條路線的代表，更東北方向的濟南則是和鄭州一致的第一條路線。

更加有意思的是，有一些北方話則依然維持了這兩類捲舌音的區別。在山東，尤其是膠東一帶，基本保留了《中原音韻》系統的格局。如在青島話和榮成話裏頭，有兩類"捲舌音"，一類捲得更加厲害一點，另一類捲得沒那麼厲害，接近舌叶音。北方話普遍都讀捲舌音的且一般捲得沒那麼厲害的一類，在北京、濟南、鄭州捲舌；在西安、洛陽、徐州平舌的，在膠東的發音則捲得更厲害。例如在榮成話裏，"陝"讀 /ʃan/，"山"讀 /ʂan/，"傘"讀 /san/，三者都能夠區分。在山東地區，能分的區域大致都處於濰坊到臨沂一線以東，濰坊本地則只有耄耋之年的老人能區分，大多數人則已經不分了，變成和濟南差不多的格局了。

山東東部地區可說是保留了這兩類捲舌音的最重要的成片區域。不過在廣大北方其他地區，仍然有零零星星保留了兩類捲舌音的地方。雖然山東西部的方言普遍不能分兩類捲舌音，但是進入河南境內後，濮陽和靈寶等地卻是有區分的痕跡的，如濮陽話"資 /tsɿ/ ≠ 支 /tʂʅ/ ≠ 知 /tɕi/"，可說是中原大地上《中原音韻》平捲舌格局的孑遺。河北地區，如衡水和邢台的一些區域，也仍然能夠區分；而在甘肅天水附近的一些地方，如秦安和清水，"捲舌音"同樣分為兩類，但是和膠東與河南相反，"山"讀 /ʃæ̃/，"陝"讀 /ʂæ̃/。

這樣基本保持《中原音韻》格局的區域如今正在迅速萎縮，但是這些分佈在北方各地的方言無疑說明，在不久之前，這曾是北方廣袤土地上廣泛分佈的類型。然而如果說元朝寫成的《中原音韻》中，平捲舌分佈已經可以涵蓋現在北方話的分佈類型，那麼江淮和長江流域的南方官話，情況則有所不同。在長江流域能區分平捲舌的方言裏，哪些字讀平舌、哪些字讀捲舌，就和北方大相徑庭了。

06

南京式捲舌音是怎麼影響到雲南、寧夏等地的？

> 滇中沃野千里，地富物饒，高皇帝既定昆明，盡
> 徙江左諸民以實之，故其地衣冠文物、風俗言語，皆
> 與金陵無別。
>
> —— 明‧謝肇淛《五雜組》

位於南方的官話方言中，假如能夠區分平捲舌，一般發音"資＝淄≠支＝知"，就算是四川笑話裏面只有捲舌音的自貢也是如此。由於華北地區這些方言的平捲舌祖先形式是"資≠淄＝支≠知"，即"淄"和"支"（或"師"和"詩"）完全同音，而南方南京、合肥、昆明等地官話裏"淄"和"支"（或"師"和"詩"）不同音，北方的格局無法通過自然的語言演變形成南方官話中的格局。

頗為奇特的是，江西人周德清撰寫的《中原音韻》描述了北方話裏面的平翹格局，而南方官話這樣的平翹格局，反倒在一本地地道道產自北方的書 ——《蒙古字韻》中取得共鳴。《蒙古字韻》本是元朝早期的一本韻書，大體是採用八思巴文給漢

字注音的參考書。

所謂八思巴文，是由元朝帝師八思巴創製的文字。八思巴（འཕགས་པ་）出身世代統治西藏薩迦一帶的昆氏家族，元朝皇室和薩迦昆氏家族關係極為密切，八思巴和元世祖忽必烈共同經歷了奪位戰爭以及元朝的正式創建。後來他受忽必烈委託，要設計一種新文字，即所謂"蒙古新字"，後世因這種文字是八思巴創製的，就稱之為八思巴文。

八思巴文總的來說脫胎於八思巴最熟悉的文字 —— 藏文。在八思巴字創造成功後，元朝迅速採納八思巴文為帝國的官方文字。按照忽必烈的設想，為了讓遼闊的大元帝國內各民族之間溝通順暢，八思巴文不僅僅用來拼寫蒙古語，還應該用來拼寫一切語言。因為有著這個宏大的目標，八思巴文設計時針對藏文不便拼寫的某些音還增設了一些字母。

當時蒙古已有自己的文字，是古代的回鶻文修改後的產物。元帝國的另兩種非常重要的語言，漢語和藏語，都各自有自己歷史悠久的書寫系統。儘管用八思巴文統一拼寫天下語言的理想很美好，總的來說八思巴文的設計也堪稱科學合理，但是民眾對語言文字的使用有著強大的社會慣性和文化情感，不會因為新文字存在一些好處就輕易轉用文字。儘管八思巴文是理論上的官方文字，但是使用場合高度局限於某些官方場合，在社會上並不算很通行，更不用說取代元朝境內各民族自己的文字了。元朝覆滅以後，基本無人繼續使用八思巴文了。

不過，作為元帝國境內人口最多的語言，漢語在當時也是八思巴文需要拼寫的目標之一，因此《蒙古字韻》應運而生。

簡單而言，這是一本用八思巴字拼出漢字讀音的工具書，也是元朝時用八思巴文拼寫漢語的指導規範。在《蒙古字韻》裏，"資"拼為 ꡂꡦꡟ，"淄"拼為 ꡄꡦꡟ，"支"拼為 ꡄꡦꡟ，"知"拼為 ꡄꡦ（實際書寫時八思巴文由上到下寫）。可以明顯看出，在《蒙古字韻》裏，"支"和"知"完全同音，"資 ≠ 淄 ≠ 支 ＝ 知"。

從《蒙古字韻》出發，只要"資"和"淄"發生合併，就可以變成現代南方官話裏的平捲舌格局。然而由於《蒙古字韻》裏"支"和"知"已經同音，並不能自然演變成北方普遍存在的"支 ≠ 知"的方言，也就是說，早在元朝時期，南北方官話祖先在捲舌音方面就已經分道揚鑣，走上不同道路了。

然而在各路北方話中，寧夏中北部的方言則是個顯眼的另類。以銀川話為例，銀川話裏"詩"和"師"都讀捲舌音，這讓銀川話顯得比較接近鄭州、濟南的方言。但是在其他字上，銀川話的平捲舌分佈卻和諸多南方官話差不多。譬如在銀川話裏，"生"平舌、"升"捲舌，"瘦"平舌、"獸"捲舌，"森"平舌、"申"捲舌，"責"平舌、"折"捲舌，"三"平舌、"山"捲舌，"撒"平舌、"殺"捲舌，"早"平舌、"找"捲舌。這樣的分佈和臨近的大城市蘭州和西安都大不相同：蘭州話"生""瘦""森""責"讀捲舌音，西安話則"山""殺""找"讀平舌音。反倒是南京、合肥、昆明的平捲舌分佈和銀川一致。

	北京	西安	蘭州	銀川	南京
生	捲	平	捲	平	平
升	捲	捲	捲	捲	捲
瘦	捲	平	捲	平	平
獸	捲	捲	捲	捲	捲
森	平	平	捲	平	平
申	捲	捲	捲	捲	捲
責	平	平	捲	平	平
折	捲	捲	捲	捲	捲
三	平	平	平	平	平
山	捲	平	捲	捲	捲
撒	平	平	平	平	平
殺	捲	平	捲	捲	捲
早	平	平	平	平	平
找	捲	平	捲	捲	捲

　　雲南話、上個世紀的成都話、貴陽話的平捲舌分佈和南京話一致並非偶然，這和明朝初年的洪武大移民密切相關。

　　長江上游的上江地區在中古時代本是人煙稠密的樂土，尤其是四川盆地更有天府之土的美譽。但是在宋末元初和元末的戰亂中，上江地區人口損失極為慘重。戰後為了振興滿目瘡痍的上江地區，明朝組織了轟轟烈烈的洪武大移民，移民來自各地，其中長江中游兩湖地區的移民佔去很大比重。

　　宋朝的四川方言本是一種相當有自身特色的方音，當時人甚至留下諸多四川方言難懂的記錄。然而在大量移民進入後，殘存的四川土著在數量上被遠遠壓倒。由於移民來自許多不同地方，當他們進入四川後，為了互相交流，最方便的方法就是用當時南方流行的共同語──以南京官話為基礎的南方官話作為交流媒介。久而久之，移民的後代就忘卻了自己父輩各自的母語，而是只講這種新形成的接近南京話的新四川話了。

如果說四川接近南京是學出來的南京話，那麼雲貴高原一帶的語言，尤其雲南話的形成則和南京附近的移民有直接關係。在明朝以前，漢語在雲貴高原的分佈並不算廣泛。雖然大理附近白族說的白語和貴州一些人說的諸如蔡家話之類的語言似乎和上古漢語有密切聯繫，但是到了明朝早期，他們和主流的漢語方言早已分道揚鑣，不能通曉。

雲南此時是元朝經營的重地，蒙古梁王長期駐紮昆明。明朝派沐英率領大軍征滇成功以後，為了雲南地區的長治久安，軍隊直接就地屯田，設立衛所，世代為軍戶，融入當地，與當地人雜居。如大理洱源縣就有左所、中所、右所的地名，大理古城則是大理衛的駐地，無數"某營"的村落則是衛所基層組織遺留的痕跡。

沐英所帶的軍士大部分都是南京附近的江蘇、安徽等地人，也就是來自明朝所謂的"南京省"，這也是為何至今雲南有許多家族流傳有祖上來自南京的傳說。儘管軍屯人員老家的方言可能有所出入，但是他們對南京官話都相對熟悉，接受程度也很高。派駐雲南後，這些軍戶又由於有組織，相對聚居，語言保持得也較好。長期下來，軍戶們說的南京話就成了後來的雲南話的基礎。

　　寧夏北部方言的平捲舌分佈和南方的官話相似也並不是偶然。宋元之交時，寧夏北部本是西夏的王畿重地，元滅西夏時戰爭慘烈，寧夏地區人口劇烈減少。非但如此，明朝初年，退回蒙古高原的元朝殘餘勢力還有著強大的實力，有明一朝，蒙古各部南侵都是家常便飯。明朝洪武五年（1372年），為了防備元朝殘餘勢力，在寧夏地區實行了堅壁清野的政策，原本寧夏府的居民全部被遷徙至關中，寧夏府被廢。洪武九年，又從外地遷徙居民到寧夏地區，設置以寧夏鎮為中心的衛所系統。至今寧夏許多地名也如雲南一樣保留了鮮明的衛所體系特徵，如寧夏中衛，就是當時設置的衛所之一。因此在衛所密佈的寧夏北部地區，平捲舌的分佈受到了駐屯將士們來自南方的影響。相比之下，寧夏南部的人口則本地人較多，而且向來和陝西關中地區交往密切，因此這些地方的方言平捲舌的分佈都較為接近西安話。

　　平捲舌的分佈為我們追蹤人口遷徙流動提供了難得的契機。相比很多容易受到外界影響而改變的語言特徵，在絕大部分情況下，兩個說中國話的人對話，即使雙方所用方言平舌音和捲舌音的分佈有所參差，也幾乎不可能構成交流障礙，甚至如果不仔細甄別的話，往往都不會留意到兩邊說話平舌的字和捲舌的字不一樣。因此，相對來說，較少有人會因為對方語言更加權威就改變自己口音中的平捲舌分佈。也多虧這樣，雖然今天以銀川話為代表的寧夏北部方言已經一口西北味，但是細究之下，仍然能在平捲舌方面追根溯源，尋到當年南方軍士北上守邊留下的痕跡。

最後，我們還需要解決徐孝的抱怨。

可能你已經發現，在之前我們說過北京話的平捲舌分佈接近於鄭州、濟南的方言，即古代的知、莊、章三組聲母都讀翹舌音，但是實際上許多理論上應該讀捲舌音的字在北京話以及脫胎於北京話的普通話裏卻讀了平舌音，譬如那個從《中原音韻》時期就開始搗亂的"淄"，徐孝心心念念的"鄒"，還有明朝人笑話北京人和"申"混為一談的"森"。

如果你對普通話的語音足夠敏感，會發現普通話中有兩個字頗為古怪，就是"色""擇"。這兩個字既有一個平舌的讀音又有一個捲舌的讀音，而且韻母也有些不同。這是因為和濟南、鄭州等典型的北方城市不同，位於華北平原北端的北京在元、明、清三朝長期是整個中國的首都。北京大量的市民，尤其是上層的官員文人並不來自周圍地區，而是來自全國各地，其中南方出身的官員文人有著相當強大的文化影響力，因此北京話的平舌音和捲舌音的分野部分受到了類似南京地區的方言的影響。一些在濟南、鄭州等地讀捲舌音而在南京讀平舌音的字，在原本也應該讀捲舌音的北京話中隨著南京話讀了平舌音。如果離開北京城，周圍河北地區普通話讀平舌音的字不少在口語裏面都有捲舌讀法。河北許多地方"所"讀 shuo，"澤""責""側"讀 zhai（這個讀音北京口語裏也有，如"側歪"），"策""冊"讀 chai。

這些北京話多讀平舌，河北大部分地區歸捲舌的字大多數出現在書面語當中，並非北京口語常用的字。由於南方文人對北京話的影響，北京口語中的讀音就被“南京腔”的書音替換了。而口語中甚為常用的“色”“擇”，口語詞還用北京本地的音，如“紅色兒”“擇菜”，但是“顏色”“選擇”這樣文縐縐的詞就用了南京腔的讀音。

南京式的平捲進入北京話經歷了漫長的過程。生活在晚明的徐孝顯然是堅決維護北京本地音的正宗老北京，南京式的讀法他顯然聽著不習慣，以至於要專門撰文批駁。儘管如此，徐孝也並不能完完全全擺脫南京音的影響。在徐孝所編的《重訂司馬溫公等韻圖經》《合併字學集韻》中，本來按照北京本土規律應該讀捲舌音的“溲”被列為平舌音，“岑”“驟”“滓”等字平捲兩讀。當時的北京話裏，這些字大概南京音已經成了氣候，就算徐孝認為這是“謬”也難改變現實，收了平舌音或許是審音不慎栽了跟頭，或許是無奈承認事實。總之，徐孝的時代，南京音已經在悄悄滲入北京話了。

但是在另一些材料裏面，作者則對南京式的平捲有更加大的包容心。

對南方成分滲入北京持不置可否態度的典型，大概是明朝在中國活動的傳教士金尼閣。金尼閣出生於今天的比利時，他進入中國傳教後先是在南京學習漢語，後又長期在北京、杭州、山西等地活動。

金尼閣今天最為人所熟知的成就就是撰寫了一本叫作《西儒耳目資》的書。這本書用拉丁字母注漢字的讀音，是現存最早系統用拉丁字母給漢字注音的書籍之一，對研究明朝漢語的讀音有非常大的意義。

在處理平捲舌問題時，金尼閣並沒有像徐孝那樣事先定一個很高的南方音"謬"為調門，也就避免了在實際撰寫時出現首鼠兩端、進退失據的尷尬局面。作為一個學漢語是以實用為目的的西方傳教士，金尼閣並不會像中國文人那樣受到古代典籍的影響，也不會在記錄中刻意求古、求純或求規整。在這本書裏，對待南京話讀平舌而北方話讀捲舌的知、章、莊組的不少字，金尼閣對此採取了非常簡單粗暴的辦法——兩者兼收，因此"輜""岑""柿""爭"等一大批字都有了平捲兩個讀法。

總體而言，經過明清兩代的不斷滲透，到了晚清，北京話的平捲舌分佈已經和今天的普通話比較類似。不少字本來的捲舌讀音退出了日常使用，或者只用在特定的一些口語詞彙裏面。而在 19 世紀後期以來捲舌音大範圍消退的浪潮中，北京的捲舌音卻異常穩固，反倒是歷史上曾經影響了北京的南京式捲舌，在長江流域各大城市集體退潮。萬幸的是，長江下游崛起的新貴合肥，雲貴高原上的昆明、保山、騰沖，以及號稱"塞上江南"的銀川，這些地方仍然承襲著固有的南京式平捲。

如果說官話中的捲舌音雖然表面複雜紛呈，但是實際則是較為規整地按南北大致分兩大類。東南各方言的捲舌音演變也像這片區域多樣性極高的諸多方言一樣，很難一概而論。

東南各地方言捲舌音演變的歷史千差萬別。譬如章組字在中古晚期的官話裏已經演變成捲舌音，但是在很多保守的東南方言裏，章組根本還沒有發展到捲舌音的階段，在浙江南部、江西、福建許多地方，章組字（例"真""掌"）的聲

母還是 /tɕ/ 或帶 /i/ 介音 ❶ 的 /ts/，如 "掌" 溫州話讀 /tɕi/，福清話讀 /tsyoŋ/。知組字在福建大部、潮汕地區甚至還讀 /t/、/tʰ/，更是沒有參與捲舌音的演變。同樣是分平捲舌，客家話中分平捲舌的方言的平捲分法和粵語就頗為不同。粵語的平捲舌分法大體和濟南、鄭州的方言相同，"森" "所" 等字都讀捲舌音，但是 "師" "詩" "知" "之" 之類的字則又接近南京式分法。客家話的分法則略接近西安、洛陽一帶，但是 "師" "詩" "知" "之" 的平捲規律又接近於粵語和南京話。吳語的分法又是另一套規律，甚至近在咫尺的蘇州、無錫、常熟，各自方言的平捲舌不少字都有不同。

作為漢語中相當有特色的一類語音，捲舌音自中古時代出現就一直伴隨漢語共同演化。各方言中的捲舌音有多有少，有的字加入了捲舌大軍，有的字又從捲舌大軍裏退出。在不同的方言碰撞交流中，又有些字改變了原有的流向。可以說，中古以來漢語各方言所經歷的變遷很大程度上被人們口中的捲舌音保存，語音變遷的背後又往往反映複雜的歷史變遷。從這點上看，捲舌音可以說厥功至偉。把捲舌音歸咎於北族語言影響或者北方人舌頭捋不平、南方人舌頭捲不起之類的笑談，那可是太看低了捲舌音的歷史地位了。

最後，如果你記性夠好，可能會記得我們一直忘了提一個很特殊的捲舌聲母，屬於知組的鼻音 "娘母"。關於娘母到底真是捲舌音還是只是中國古人為了湊齊一整套知組硬分出來

---

❶ 介音，也叫韻頭，指韻母中主要元音前面的元音。普通話語音中有 i、u、ü 三個介音。

的，一直有所爭議。相對其他捲舌音聲母在今天各地方言中的廣泛留存，幾乎沒有哪座大城市的方言能區分娘母和對應的平舌音聲母泥母。

然而，廣袤的華夏大地總是充滿驚喜。雖然素以保守存古著稱的東南諸方言並沒有區分娘母和泥母的痕跡，但在太行山與黃河圍繞的北方方言多樣性最高的地區 —— 山西卻有一塊地方保存著捲舌鼻音。這塊區域大概對應介休、平遙、汾陽、孝義一帶。在這片區域，"撓"和"腦"的聲母不一樣，"鑷"和"聶"的聲母不同，"碾"和"年"的聲母不同，每組前一個字往往讀捲舌鼻音。正是有了這些方言的存在，才令人確信，中古漢語確實曾經有過捲舌鼻音。

g/j
j

"鞋子""孩子"與
"上街""上該"

腭化

07

四川人為甚麼
把 "鞋子" 説成 "hai 子"？

街，國音ㄐㄧㄞ，北京讀書音ㄐㄧㄞ，俗音ㄐㄧ
ㄝ。（ㄐㄧㄞ相當於 jiai，ㄐㄧㄝ相當於 jie）

—— 王璞《國音京音對照表》，1921 年

"我前兩天上北京去玩，不當心把 hai 子丟了。"

"這可怎麼辦？找到了嗎？報警了嗎？"

"hai 子而已，也不算貴重，丟了就丟了唄，報
警多麻煩啊，也不見得找得到。"

"你心也太大了吧，我從來沒見到丟了孩子還這
麼淡定的。"

不知道讀者看沒看明白這個笑話？顯然，這個丟了 "hai
子" 的十之八九是丟了 "鞋子"，所以並不是特別著急。但是
他把 "鞋" 叫 hai，正好和 "孩" 同音，對方當他丟了孩子還
嘻嘻哈哈，以為這人實在是過分沒心沒肺了。

如果將 "鞋" 讀 hai 的區域大致梳理一下，就可以發現

能招致這樣誤會的範圍非常廣大，從南方的廣東、廣西、雲南、貴州，到中部的四川、湖北、湖南，再到北方的陝西、甘肅和新疆，大片區域都把“鞋”說成 hai。不僅如此，甚至在越南的漢字音中，“鞋”也讀作 hài。

類似的字還不僅僅是“鞋”一個。不難發現還有一個非常常用的字有極為相近的現象，全國很多地方的人把“街”說成“該”。這樣的讀音往北延伸的可能比“鞋”讀 hai 還要遠一些 —— 其他方面和普通話都較為接近的東北方言，不少地方也會把“街”讀成 gai。

如果用普通話的讀音來看的話，xie 和 hai 簡直看不出關聯，難以想象這兩者都是怎麼變來的。但是假如聽一聽京劇，可能就能找到點門路。作為戲曲，由於唱段唸白中間字的讀音是師傅一代代教給徒弟的，往往會保留一些比口語中更古老的讀音。在京劇裏面，“鞋”唸成 xiai，這也確實是清朝北京話的讀音。甚至民國時期，北京人王璞的《國音京音對照表》裏頭，“鞋”還注了“ㄒㄧㄞ”和“ㄒㄧㄝ”兩個音（分別相當於 xiai 和 xie），前者為“北京讀書音”，後者為“俗音”。

這本頗為奇特的小書是民國時期短暫推廣人造的“國音”為標準語的產物，其目標是讓北京人能儘快學會當時的這種“普通話”。“國音”的推廣前後不過數年時間，很快就被完全以北京方言為基礎的新國語所取代，“國音”也就成了“老國音”。雖然老國音的推廣並不成功，但是這本資料彌足珍貴，書中王璞作為出身北京地區的讀書人，頗為完整地記錄了當時北京讀書人讀書時的語音。

王璞記錄北京讀書人的書音的主要目的可能是，相對北京口語讀音，讀書人的書音更加接近老國音。由於讀書音和戲曲一樣，在一代代傳承的時候比口語要講究一些，北京讀書人讀書時的語音比民眾的口語要更加保守、更加古老一些。

今天普通話的 x 其實是來自近古官話的 s 和 h 兩個聲母，在京劇等戲曲中，這兩個來源仍然能夠區分，也就是俗話說的"分尖團"。"鞋"的聲母是來自 h 那一類的，在更加古的官話中，"鞋"的讀音一度是 hiai。在元朝記錄當時官話的《中原音韻》中，"鞋"就是這個讀音。

但是不難發現，"鞋"當時的韻母 iai 是一個非常拗口的讀音。在發音時，先要從舌位較高的 i 滑到舌位很低的 a，然後再滑回 i。這樣一個回勾式的發音是相當容易變化的。在以北京話為代表的官話方言中，第一個 i 引發聲母的腭化音變，從 h 變成了 x，所以在北京話中，"鞋"一度讀成 xiai，這個讀音仍然較好地保留在了北京讀書音和京劇等戲曲中；但是在北京口語中，這個拗口的 xiai 後來就變成了 xie。

從 xiai 到 xie 的變化，在北京話至少是北京話的"正音"裏非常晚近。我們甚至可以推定，遲至 19 世紀初期，北京話的"正音"鞋還是讀 xiai，街還是讀 jiai。這得多虧了一位生活在 18 至 19 世紀的學者——李汝珍。李汝珍就算在現在也是個不大不小的名人，當然，李汝珍在當代的名氣並不來自他對音韻方面的研究，而是緣於他是《鏡花緣》的作者。

在大約 20 歲時，李汝珍離開北京，跟隨自己做官的哥哥李汝璜前往江蘇海州板浦。作為京城來的少年，李汝珍初至板浦頗受歡迎，還得了個雅號"北平子"。後來他還娶了一位當地女子為妻。和同期許多類似著作一樣，《李氏音鑒》的目的是給小孩學習音韻啟蒙所用。而且李汝珍明確說這本書是"珍之所以著為此篇者，蓋抒管見所及，淺顯易曉，俾吾鄉初學有志於斯者，借為入門之階"，即這本書是給李汝珍的北京老鄉們學習音韻所用。不過可能是考慮到了夫人以及不少朋友是海州人的情況，除了自己說的北京話以外，李汝珍還相當貼心地收錄了一些南方的方音，稱為"南音"，試圖兼容海州話。

值得一提的是，在多年後，李汝珍創作小說《鏡花緣》時，還虛構了一個"歧舌國"，這個"歧舌國"居然還有自己的語言，小說中還弄出了個"歧舌國"字母表。從表中可以分析出來，這個所謂的"歧舌國"的語言，其實就是李汝珍捏合了北京話和海州話生造出來的。

李汝珍的《李氏音鑒》差不多留下了北京話還擁有成套iai的最後記錄。在這本書裏，"街""鞋""界""楷""涯"等字的韻母都是iai。僅僅幾十年後，1867年英國駐華外交官威妥瑪的漢語教科書《語言自邇集》裏，北京話的iai已經只剩了幾個字，"楷"注為ch'iai（相當於漢語拼音qiai），"涯"注為yai。

《語言自邇集》裏"楷"保留iai韻母並不奇怪，別忘了民國初年的王璞讀書的時候還有iai，而"楷"在北京話裏幾乎就是個只有讀書時才會出現的字。當下，xiai這樣的發音在官話區仍然廣泛存在，譬如位於四川北部的南充、廣元等地，雖然平時說話的時候把"鞋子"說成 hai 子，但是在讀書的時候，就有 xiai 的讀法。一些較為保守的河南地區的方言，如河南偃師、許昌、南陽、漯河等地，"鞋"也讀為 xiai。山東地區更是大片大片能夠分辨"鞋""協"或"街""結"的，譬如濟南話裏面，"鞋"讀 /ɕiɛ/、"協"讀 /ɕiə/，"街"讀 /tɕiɛ/、"結"讀 /tɕiə/。普通話 ai 韻母在濟南普遍為 /ɛ/，因此濟南話裏讀 /ɕiɛ/ 和 /tɕiɛ/，就相當於普通話裏讀 xiai 和 jiai 了。

iai 的花式演變差不多就是這樣。不過這並沒有解決一個根本問題，那就是 iai 的第一個 i 是怎麼來的，為甚麼很多方言裏根本就沒有這個 i ？這個問題則和這批字在古漢語中的讀音有關係。

08

天津的 "雙港" 要讀成 "雙 jiang" 嗎？

"Wei-hai-wei-chiang 威海衛港"

—— 中國地圖，L500 系列，NJ51-10，威海衛，

1954 年於美國出版

由於漢語諸方言同源，絕大部分方言都是中古漢語的後代，因此普通話裏帶 -i- 的字在大多數漢語方言中也都帶 -i-。譬如 "劍"，在普通話裏讀 jian，用國際音標寫是 /tɕiɛn/，廣州話讀 /kim/，廈門話讀 /kiam/，山東榮成話讀 /cian/，上海話讀 /tɕi/。雖然千變萬化，但是總體而言，萬變不離其宗，所有方言不論南北，都普遍有個 -i- 在裏頭。自然，這也是繼承了中古漢語 "劍" /kiɐm/ 的讀音中的 -i-。

然而，如果再看看普通話裏和 "劍" 只有聲調區別的 "監"，則在各方言中差別就大了，普通話裏仍然是 /tɕiɛn/，廣州話就讀 /ka:m/，廈門話讀 /kam/ 或 /kã/，山東榮成話讀 /cian/，上海話則讀 /kɛ/。可以看到，在南方的幾種方言裏面，"監" 並沒有 /i/。

類似的例子還有很多。豇豆是中國常見的蔬菜，普通話裏，豇豆的標準讀音是 jiang 豆，但是在很多地方的日常口語中都把豇豆讀成類似 "gang 豆" 的讀音。這個錯讀分佈是如此廣泛，以至於在許多拼音輸入法裏，輸入 gangdou 仍然可以打出 "豇豆"。"江" 的情況如出一轍。我們可以找到很多豇豆讀成 "剛豆"，長江讀成 "長剛" 的方言，但是卻絕少會見到有方言把 "新疆" 都讀成 "新剛"，"生薑" 讀成 "生剛"。

　　也就是說，那些把 "豇豆" 叫 "剛豆"，"長江" 叫 "長剛" 的方言，並不是真的把普通話的 jiang 都讀成 gang。如果我們看 "剛、江、疆" 這三個字，就會發現今天的方言，有的前兩個字同音，和 "疆" 相區別，有的後兩個字同音，和 "剛" 相區別。

　　大體而言，南方人發音 "剛 = 江 ≠ 疆"，北方人發音 "剛 ≠ 江 = 疆"。以北方方言為基礎的普通話這類字，總體而言也跟隨北方主流。但是也有一個奇怪的案例 "港"。

　　如果當下問一個北方人 "香港" 怎麼說，他們十之八九會把 "港" 讀成 gang。"港" 的本義就是小河溝，因此在北方地區不少地名裏面都有 "港"。然而這些地名中的 "港" 在本地一般並不讀 gang，而是讀音和 "講" 差不多。

　　譬如天津的 "雙港" "汉沽港"，在本地 "港" 讀 jiang；保定易縣的 "白水港"，當地也說 jiang；山東泰安的 "上港" "下港"，濰坊的 "港涘"，"港" 在當地統統也都讀 jiang。膠東海岸的 "港" 讀音更加有意思，半島尖端的榮成，"港" 在 "港西"（地名）中甚至讀 /tsiaŋ/（類似漢語拼音

ziang）。這個讀法應該頗具歷史。榮成有座望櫓寺，位於望櫓山上，望櫓山以能夠望見千八港得名。望櫓寺據傳是宋仁宗時期敕賜名的望櫓院，假使記載無誤，則北宋時當地“港”“櫓”就應該同音了。

普通話的語音以北京方言為標準，但是“港”就偏偏是背離北京方言的一個例子。北京話“江”“巷”“豇”等字都有介音。按理來說和北方許多地方一樣，“港”也應該有 -i-，讀 jiang。其實北京話確實有 jiang 的讀音。北京雖然不靠海，但是在北京西面的山區有不少溝，很多叫某港或某港溝，這些“港”統統都說 jiang，如門頭溝的“北港溝”和“南港溝”，房山的“東港”和“元港”，昌平的“流石港”。由於北京話口語裏面連讀吞音厲害，這些“港”有的也說成了“響”，如石景山的“白石港”本地人就說“白石響”。

“港”的 gang 音在北方話裏散播普及非常晚。《語言自邇集》裏“港”只有 jiang 的讀音。而到了民國時期，來自南方的 gang 的讀音已經愈傳愈烈，此時在全國通行的官話裏面 gang 已經佔了優勢。在《國音京音對照表》中，國音的“港”讀 gang，並沒有 jiang 的讀音；但是京音的“港”則只有 jiang 的讀音，而且 jiang 音沒有注為“俗音”，證明北京人王璞尚沒有把 gang 算成北京話，更別說算成北京話裏的正音了，他心目中北京話裏“港”就是應該說 jiang，和國語不同。直到 1954 年，美國出版的中國地圖裏，仍然有把“港”拼為 chiang 的現象（相當於漢語拼音 jiang）。可以說，“港”的 gang 音直到 20 世紀中期才被徹底扶正，也屬近現代滲入國語的南方讀音。

這樣有的方言有個 -i-、有的方言沒有，也不僅僅限於南方。在北方地區，除了"鞋"和"街"這兩個字外，我們還可以找到一些類似的例子。譬如在西安話中，有"閑人"的說法，一般用來指遊手好閑的混混，這裏的"閑"可不讀 xian，而是讀 han。但是沒有哪個西安人會把普通話裏和"閑"同音的"賢"說成 han。甘肅許多地方把"杏子"叫 heng 子，但是他們不會把"邢"讀成 heng。

這個讀音造成的問題甚至還引發了普通話裏的讀音爭議。譬如"三更半夜""粳米""芥藍"的讀音都先後引發過爭議。三次爭議歸根結底，都是有一幫人讀帶 -i- 的音，有一幫人讀不帶 -i- 的音造成的。按道理，普通話的語音標準是北京語音，但是要命的是北京語音這些字也不是整齊劃一地帶 -i-，甚至還會變來變去。"港"不需再述；《語言自邇集》裏北京話的"楷"還是 qiai，今天要是誰在北京這樣讀，或者讀成 qiai 在當代北京話的折合音 qie，只會被當成口音奇怪的外鄉人。"芥"就反過來，產自南方的"芥藍"本來直接按照南方音讀 gai 藍，甚至字典也一度這樣規定，不過現今的北京人又重新讀成了符合北京話演變規律的 jie。

邏輯上，如果我們承認現代的各漢語方言是從古代的漢語演變而成的，那麼就只能推出一個結論——這些有的方言有 -i-、有的方言沒有 -i- 的字是單獨的一類。在古代它們和大多數方言都有 -i- 的字以及大多數方言都沒有 -i- 的字讀音都不一樣。在後來的演變中，不同的方言走向了不同的方向。

09

陝西瓦窰堡、吳堡的 "堡" 為甚麼讀 "bǔ"？

峭壯靈峰，創興華宇。式開講肆，用陳法侶。物置人多，利圓三寶。庶幾乎作善之祥，傳名曠古。

　　—— 遼・李仲宣《盤山祐唐寺創建講堂碑銘並序》（987 年）

俗之誤譚，不可以證者何限……帽為慕，禮為里，保為補，褒為逋，暴為步，觸類甚多。

　　—— 唐・李匡乂《資暇集》

音韻有四等，一等洪大，二等次大，三四皆細，而四尤細。

　　—— 清・江永《音學辨微》

今天北方許多地方地名裏都帶個 "堡" 字，但是這個看上去平平無奇的 "堡" 字卻是個不折不扣的讀音雷區。如陝西吳堡縣，多少人一不當心就說成了吳 "保" 縣；北京的十里堡，卻得讀十里"舖"；至於烏魯木齊的地窩堡機場，那又得讀地窩"補"機場了。

"堡"讀 pu 音比較容易理解，這其實就是"舖"的一個俗寫。"舖"本是古代驛站系統中的一環，每十里設置一舖，所以經常出現十里舖、二十里舖、三十里舖的地名。相應的，如果看到帶"堡"的地名是整十里的，讀"舖"大約不會錯。更應該問的是，為甚麼古人會用"堡"作為"舖"的俗字？

讀 bu 的呢，一般來源則是真正的"堡"，多出現在一些村莊與集鎮的地名中。這類居民點一般由於有軍事需要，會設置成較為封閉的聚居形式，在敵人進攻時有利防守，這樣的地方往往稱作"堡"。從字源上來說，不難發現"堡"其實就是"保"，只是加了土字底而已。

也就是說，與 pu 的讀音不同，"堡"不管是讀 bao 還是讀 bu，本質上是一回事。甚至可以這麼說，bu 是一種"堡"在北方的特殊讀音而已，讀 bu 的"堡"字地名高度集中在北方地區。反過來說，南方一模一樣意思的"堡"往往就是讀 bao。譬如貴州安順的屯堡人，祖上是明朝由南京遷移到貴州的駐防軍屯士兵，屯堡人居住的村落在各方面都充分考慮了軍事防守。村中碉樓林立，一個村就是一座易守難攻的堡壘，也正是因為這個緣故他們才叫屯堡人。按說這個"堡"和北方部分村莊的"堡"來源是接近相同的，但是屯堡的"堡"仍然讀 bao。

若按照從中古漢語演變到現代北方話的一般對應關係，"堡"讀成 bu 可算得上是個特例，中古時代與"堡"同音的"保""寶"在北方地區並沒有大規模讀 bu 的現象。不過正如我們一再展現的，特殊的讀音往往並不是某地人不當心把字讀歪了，而是能找到久遠的源頭。

在今天天津薊州的盤山有一塊石碑，上書《盤山祐唐寺創建講堂碑銘並序》，寫作者為當年的薊州軍事判官李仲宣。中國古代勒石立碑的一大優良習慣是落款時會寫明事件，所以我們能夠得知這塊碑立於統和五年四月八日，也就是公元987年。

這篇碑銘主要記錄了盤山風光和祐唐寺的歷史沿革。祐唐寺本是古寺，後因戰亂被毀壞，後來在10世紀中葉先後重修佛殿、廚庫、僧房和講堂，大有復興之勢。和寫詩時經常會按照遵循古舊的押韻原則不同，碑銘文字往往可以反映當時的語音，也就是公元10世紀後期遼朝河北地區的漢語。

在這篇韻文中，出現了"宇"和"侶"、"寶"和"古"押韻的現象。也就是說，在李仲宣說的方言裏，"寶"有很大的可能讀成了 /pu/，所以才能和其他幾個字互相押韻。這個現象在遼朝的北方漢語中曾經相當規律。

自從石敬瑭把幽雲十六州送給契丹之後，位於遼朝南境的幽雲十六州一直有著非常重要的經濟和文化價值。遼朝統治下的漢族人主要居住在十六州，十六州的人口也是以漢族為主，這十六州中最重要的城市當然是貴為遼朝南京析津府的幽州。

作為遼朝兩大主要民族的語言，漢語和契丹語在遼朝都有重要地位。由於地理和政治原因，遼朝漢語以管轄的幽雲十六州的漢語方言為主，並不會刻意模仿北宋中原汴洛地區的方言。這可能也是歷史上第一次北京地區的方言取得較高的地位。

　　遼朝雙語並行的現實給我們瞭解遼朝北京地區的漢語提供了很大的便利。遼朝契丹語的書寫體系分大字和小字，兩者的字形都是模仿漢字，但是書寫原理則大不相同。大字是類似漢字的很大程度上表意的文字，小字則實質上是一種拼音文字。

　　由於漢文化的強大影響力，遼朝實際上最通行的文字仍然是漢文。為數不算很多的契丹語文檔又被大小字分散，一定程度上導致了大字至今難以破解。不過小字則普遍出現於一些契丹人的墓誌銘中。與敦煌的漢藏對音類似，碰上人名、官職名之類的專有名詞時，漢字和契丹小字之間往往採取音譯對應的方法，也因此我們可以通過契丹小字得知被記錄的某個漢字的大致讀音。由於"太保"這個常用搭配，我們可以獲知契丹人是怎麼用小字拼寫出"保"的。在契丹小字拼寫中，"保"和"步""部"的拼寫相同（**丹及**），也就是說，當時的遼朝漢語"保"讀 /pu/，今天北方地區"堡"讀 bu（/pu/）正是來源於此。

　　這個讀音的先聲甚至可以追溯到更古老的時代。早在晚唐時期，北方話某些字的發音現象就已經為人所注意。李匡乂指出的"帽為慕，禮為里，保為補，褒為逋，暴為步"中四組，都是在說北方話中 /ɑu/ 變成了 /u/。

　　稍加注意即可發現，這些字的聲母都是唇音 /p/ 和 /m/。這類變化在北方一度分佈很廣泛，但是後來卻因為淪為土音成功被逆轉，只在一些特別常用的口語詞中保留。地名中常用的"堡"算是一類，在山西和陝西則往往還存在在一些其他詞彙中。譬如陝西人把小嬰兒叫"毛犢娃",但是這裏的"毛"讀 mu;在韓城等地,甚至還有"抱娃"讀"pu(/pʰu/)娃"的。

話雖如此,就算在遼朝,也不是現在普通話讀 bao、pao、mao 的所有字在當時都能讀 bu、pu、mu。同樣在契丹小字中,也出現過"鮑叔牙"。"鮑"就拼成了ﾅﾏﾏ及,和"保""步"比較,就可以發現拼寫上有所差異。

如果你老家是東南沿海地區的,有很大概率會發現普通話讀 ao 的字在老家方言裏會有兩個讀音。以廣州話為例,"鮑"是讀 baau(/paːu/)的,而"報"則讀 bou(/pou/),"毛"讀 mou(/mou/),"茅"則讀 maau(/maːu/)。在北方話裏,那些唇音聲母後面變 u 的字在廣州話裏都屬於讀 ou 的那一類,而不是讀 aau 的那一類。這也並非是南方方言自古以來的專利,直到元代,北方話裏也仍然保留這個區分。在元朝《中原音韻》中,"包"讀成"褒","飽"讀成"保","爆"讀成"抱",甚至仍然能算成需要特別注意的語病。

那麼古人到底是怎麼看待"堡"和"飽"的區別呢?為何"堡"變成了 bu,"飽"卻不會呢?

幸運的是,我們並不需要純粹猜測,古人留下的字典為我們提供了線索。在中古時期,"剛江疆""甘監兼""高交嬌"這樣的字每組中的三個確實都不同音,中古時代的中國人把這各組中的三個字分別稱作一等字、二等字和三等字(或四等字)。"堡"是一等字,"飽"卻是二等字,在中古時代,兩個字並不同音。類似的,所有發生了 ao 到 u 變化的字,在中古時代統統屬於一等字，相近的一些韻母則被歸為某個"攝❶"。"堡"和"飽"都屬於效攝，因此它們分別是效攝一等字和效攝二等字。

把漢字分成"等❷"是中國中古時代重要的語言學成果，稱等韻學。等韻學的鼻祖是中古時期的神秘僧人守溫，他將中國人對語音的研究向前推了一大步。可奇怪的是，如此重要的人物，其生平至今仍然霧靄重重。傳統上認為守溫是一個生活在唐朝末年到五代的僧人，乃中古漢語音韻研究的重要成果"守溫三十六字母"的制訂者。對守溫的記述還出現在《宋史》，裏面說僧守溫是《清濁韻鈐》一卷的作者，可惜這本書已經散佚。

雖然中古以來對沙門守溫對音韻研究的貢獻一直有著頗高的評價，不過長久以來，由於守溫的原作並無流傳，後世對守溫本人的學術成果知之甚少。誰知到了 20 世紀，一個偶然的事件卻使得世人有機會一窺守溫等韻學的究竟。

1900 年，敦煌莫高窟道士王圓籙清理積沙時，無意間發現了一個千年前被敦煌先民匆匆封鎖的洞窟。這個洞窟裏除了精美的壁畫和唐宣宗時期河西都僧統洪辯和尚的塑像外，還藏著數以萬計的文獻，因此被稱作藏經洞。

藏經洞重現於世引發了各路勢力的哄搶，其中法國漢學家伯希和收穫頗豐。在伯希和竊走的幾萬份文檔中居然出現了守

---

❶ 攝，又稱韻攝，指按主要元音和韻尾相同或相近把韻歸併成的類。

❷ 等，是針對每個"攝"而言的，依據開口度、韻頭的不同，下攝的字分為不同的等，開口度最大的為一等，依次分為四等。

溫韻學的作品，即《守溫韻學殘卷》。《守溫韻學殘卷》自稱是 "南梁漢比丘守溫述"，這短短幾個字蘊含著豐富但也難解的信息。"南梁" 到底指的是朝代還是某個地名？如果是地名又到底在何方？特意強調是 "漢比丘"，這個 "漢" 是指守溫的族屬還是某個朝代的稱呼？

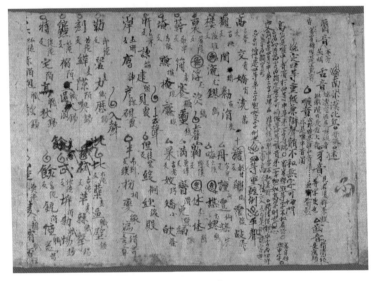

《守溫韻學殘卷》

由於守溫生平資料實在太少，在新的文獻出土之前，這位偉大的古代僧人、語言學家身上籠罩的謎團一時很難散開。如果按照之前學者考證的結果，守溫應該生活在唐朝末年到五代時期，他可能是南梁人（今河南汝州附近）。中古時期，漢僧學佛需要研習梵語，胡僧來華需要學習漢語，又由於佛教吸收了大量古印度聲明學的成果，甚為重視聲音之學，許多中古時代中國語言的研究者都是和尚，守溫正是其中尤其傑出者。

無論守溫的生平如何，短短的殘卷已經說明了守溫明確把漢字的語音分析成為四個等級。殘卷中可以看到"高交嬌澆""旰諫建見""觀關勸涓"的排列，這些漢字就分別是一等、二等、三等和四等。後世經常把四個等級的字填進一個表格裏面，就是宋元時期常見的各類"韻圖"。

至於一、二、三、四等到底有甚麼區別，清朝學者江永進行了簡單扼要的總結。他認為："一等洪大，二等次大，三四皆細，而四尤細。"也就是說，一等開口比較大，二等小一些，三等更小一些，四等最小。

嚴格來說，江永的說法並不完全正確。等韻學是中古後期的產物，基於晚唐時期的漢語，但是漢語歷史上最權威的《切韻》《廣韻》系韻書是基於南北朝時期的漢語，兩者相差好幾百年。在這幾百年間，漢語毫無疑問也發生了一些變化。譬如韻圖中的四等字，不少在早期的中古漢語裏並不是特別"細"，而只是以 /e/ 為元音罷了。不過對於現今中國大部分的方言來說，江永的總結尚屬合用。

總的來說，一等字普遍都不帶 -i-，三四等字都帶 -i-。不管是"鞋""街""港"，還是"閒""杏"，這些出問題的都是二等字。準確地說，這些字都是二等字裏面聲母屬於見組和影組的，也就是說在中古時期，這些字的聲母是 /k/、/kʰ/、/h/、/ɦ/、/ʔ/ 等這些很靠後的輔音。除了見組和影組以外，其他聲母的二等字在北方話裏也大多並沒有弄出 -i- 來。“飽”是二等字，在官話裏多和一等字“保”完全同音，“班”是二等字，在多數官話裏也和一等字“搬”沒有區別。值得一提的是，元朝的《中原音韻》裏不但把“飽”“保”同音算作語病，而且還專門提了一句，書中“班”和“搬”也並不同音。可以肯定的是，這兩個二等字即便在當時也沒有 -i-。

另一些二等字也非常有特色。“沙”是二等字，“產”是二等字，“爭”是二等字，“蘸”也是二等字，“雙”也是二等字，“啄”也是二等字，“柴”還是二等字。也就是說，除了在北方話裏面搞出了 -i- 以外，二等字還和捲舌音有不小的關係。這批二等字集中出現在中古漢語的 “知組”和“莊組”聲母中。相應的，“端組”和“精組”聲母（即 /t/、/tʰ/、/d/、/ts/、/tsʰ/、/dz/、/s/ 之類的聲母）則基本沒有二等字。

那麼問題就來了，既跟捲舌有關係，又跟近現代北方話的 -i- 有關係，又不真的是 -i-，那麼二等字究竟是何方神聖？如果追溯到久遠的上古漢語時代，當時的二等字可能是帶 -r- 的。這是因為二等字在形聲字中往往和來母字有相當密切的關係。譬如“藍”的聲旁是二等字“監”，“龐”的聲旁是“龍”，“隆”的聲旁是“降”。上古來母讀 r-，因此二等字在上古時期很有可能和 r 有一定關係。

少數二等字的 -r- 甚至可以找到一些和其他語言比較的證據，如二等字“江”，非常可能和越南語等南亞語系的語言中表示河流的一個詞同源。今天的越南語把這個詞說成 sông，sông 來自古代越南語的 krông。無論這個詞是從南方語言引入漢語，還是這些東南亞的語言借用了漢語中的"江"，都說明當時的漢語"江"有可能有個 -r- 介音。"江"的聲旁是"工"，此時"江"和"工"的語音相對接近，才會構成諧聲關係。但是後來在 -r- 介音的影響下，"江"不但有了 -i-，元音也發生了很大變化。以今天普通話的讀音來看，ong 和 iang 讀音算不得多麼像，充分展示了二等介音在歷史上對漢語語音的強大影響。

正是因為 -r- 具有捲舌作用，在 -r- 的影響下，中古漢語出現了知組和莊組兩組捲舌的聲母。這些捲舌聲母在上古時期本讀 tr-、sr- 之類的音，在中古漢語中介音和基輔音融合形成了新的捲舌聲母。

在很長的一段時間，二等字都維持了自身的獨立地位。雖然中古時期 -r- 大概率已經發生了變化，但是它仍然在以某種方式影響著韻母的發音，使得中古時代的中國人把這些字都統統歸為了一類 —— 二等。

今天來看，在絕大部分漢語方言中，二等字已經不能完整地獨立存在，多多少少存在和屬於其他等的字相混淆的情況。不過在各地方言中，二等字混淆的方向和路徑都有著一些不同之處，最鮮明的恐怕是南北之間的對比。在大多數北方話裏面，二等字在見組和影組聲母中往往有 -i- 介音。由於大多數漢語，尤其是北方話三等字也有 -i- 介音，二等的"江"和三等的"疆"就自然而然地混同。

反之，南方的漢語，尤其是東南地區的方言二等介音後來消失得無影無蹤，二等字普遍沒有 -i- 介音，因此二等的"江"

就與同樣無介音的一等字"剛"混同了。不過在南方地區，雖然二等介音已經消失，但是它留下的痕跡仍然對韻母的讀音產生了不小的影響，導致很多情況下二等字的讀音和相近的一等字產生了差異。

在蘇州、上海、長沙、南昌這樣長江流域大城市的方言中，"高"往往和"交"同音。然而在更南的許多方言中，這些字並不同音。譬如廣州話，雖然"交"並沒有像北方話那樣帶個 -i-，但是卻讀 gaau（/ka:u/），和讀 gou（/kou/）的"高"讀音不同；溫州話則"交"讀 /kuɔ/，"高"讀 /kɜ/，也不同音；廈門話"高"讀 ko，"交"讀 kau（文讀）或 ka（白讀），仍然不同。現今大多數北方話不能區分的"飽""保"，在這類方言中也可以區分。而像"搬""班"或"肝""間"這樣的一二等區別，在南方能夠區分的範圍還更加廣大一些。

由於整體而言東南方言二等字並沒有大範圍的 -i-，上古的二等介音在這些方言中的演變就是直接脫落而已。這就讓二等介音的問題焦點又回到了北方地區。北方話是甚麼時候開始，二等字有 -i- 呢？

10

張各莊、李各莊的 "各" 是怎麼回事？

ༀ།།ཕུ་ཤི་མེང་ཧྭེའི་འགྱོག་གྱིས་བྲིས།།(phu shi meng hwe'i 'gyog kyis bris/ 副使孟懷玉書)

—— 歸義軍（北宋）·孟懷玉《金剛薩埵問答》

北京、天津、河北以及山東不少地方的村莊都叫姓氏＋各莊，如 "張各莊" "李各莊" 等。如果對中國村莊命名方法比較熟悉，不難看出這些村莊早先應該都是某個姓的家族聚居的地方，也就相當於 "×家莊"。

然而古怪的是這些村莊卻叫 "×各莊"。在一些南方地區由於表示 "家" 的詞不同可能會出現一些北方人覺得較為奇怪的村名，如福建地區的 "×厝"，這裏的 "厝" 其實也是 "家" 的意思（本字可能是 "處" 或者 "戍"）。然而 "各" 卻並無 "家" 的意思。而且一些村莊還有寫成 "×戈莊"（如唐山樂亭王戈莊）、"×格莊"（如山東招遠孟格莊）乃至 "×葛莊"（如衡水武邑張葛莊）的。這些層出不窮的寫法當然只是記個音而已，這個音的演變則和北方話裏二等字的變化息息相關。

可以確定的是，唐朝的北方話二等字不大可能有 -r-，也沒有 -i-。我們之所以能有這樣的認識還得歸功於藏文。

藏文創製於吐蕃時期。也正是從吐蕃時期開始，漢藏兩大語言的交流愈加頻繁，進而產生了大量的翻譯需求及大批雙語兼通的人才。

漢藏兩門語言本就有較為密切的親屬關係，用來拼寫吐蕃時期藏語語音的藏文在很多方面也很適合拼寫漢文。尤其值得一提的是，吐蕃時期的藏語有相當豐富的 -r-，藏文正字法裏面專門設置了 -r- 介音（ར་བཏགས་/ra btags）。基於同樣的原因，藏文也設置了 -y- 介音（ཡ་བཏགས་/ya btags），兩者在藏文中都是重要而常見的下加字。因此，理論上說，假如唐朝吐蕃人聽到的漢語有 -r-/-y-，抑或學會了藏文的漢族人決定用藏文拼寫自己的語音，要拼出 -r- 和 -i- 都不會是難事。

又因為吐蕃王朝的地理位置的緣故，吐蕃人主要接觸的漢語方言是佔領河西時期的河西方言以及和唐朝官府交往時接觸到的長安方言。無論河西還是長安的方言，肯定都屬於當時的北方話。其中一份尤為重要的早期記錄來自公元 9 世紀上半葉：公元 821 年，唐穆宗長慶元年，唐和吐蕃在長安會盟；次年雙方又在邏些（今拉薩）會盟；823 年，會盟內容被刻在石碑上，立於吐蕃都城邏些。

今天唐蕃會盟碑仍然屹立在拉薩市中心大昭寺門口。雖然經過了 1000 多年的滄桑歲月和風化，唐蕃會盟碑上的大部分內容仍然可以辨識。由於參與會盟的兩方語言文字不同，碑文為漢藏雙語對照，其中大多數文段是兩種文字的互相意譯。會盟碑結尾部分寫了參與會盟的唐蕃雙方重要官員的官職和名字，但是唐朝和吐蕃官制不同，很多官職並不對應，不利於意譯，雙方官員的名字自然就更不適合意譯了，因此對官員姓名和官職，會盟碑主要採用了音譯的方式，即唐朝官員的漢文官職和姓名在藏文版用藏文拼出發音，吐蕃官的藏文官職和姓名在漢文版中則用合適的漢字音譯。

在這份珍貴的文檔裏面，唐方官員太中大夫尚書右僕射兼吏部尚書李絳的名字被拼寫為 ལི་ཀྲང་（li k'ang）。"絳"的拼寫可稱得上萬分怪異，在表示 k 的 ཀ 下面加了 འ 字母，這個音在藏文中被稱為 "ཨ་ཆུང་（即小 a）"。

小 a 的在藏文拼寫中的作用相當複雜，除了表示 /ɦ/ 外，還在藏文中用來表示各種各樣不方便直接表示的音。在藏語本土的詞彙中，小 a 從來不寫在其他聲母的下面，只有在外來詞中才會這樣做。在今天的藏語中，這樣的寫法一般指元音要變長。

"絳"正是一個二等字。無論如何，"絳"拼為 k'ang 表示在當時的藏族人聽來，"絳"的讀音並不是純粹的 kang，也不像今天這樣有個 -i-（那樣的話藏文應該會拼寫成 ཀྱང་/kyang），而是有必要在 k 和 a 之間添加一個 "小 a"。

不幸的是，這差不多是僅有的藏文中記錄的疑似二等介音。在其他用藏文拼寫漢語的文獻記錄中，二等介音大體是被忽略的。在敦煌出土的用藏文拼寫的漢語曲子《遊江樂》中，"江"拼為 ཀང་（kang），相當平平無奇。同樣在敦煌，曾經有兩位孟姓漢人抄寫了藏文佛經後用藏文簽下了自己的名字，他

們一位叫 སེང་ཧྭེའི་གྱོག (meng hwe'i gyog)，另一位叫 སེང་ཧྭའི་གྱིམ (meng hwa'i kyim)。

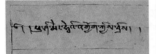

"孟懷玉" 與 "孟懷金"

按照漢藏對音規律來看，這兩位一位大概名叫"孟懷玉"，另一位大概名叫"孟懷金"，非常可能是親兄弟或者堂兄弟，兩人應該都對藏文有較好的掌握。假設推測無誤的話，"孟"和"懷"都是二等字，但是一個拼成了 meng，一個拼成了 hwe'i 或 hwa'i。兄弟倆雖然對"懷"的元音到底應該寫 e 還是 a 有些猶豫，但是都沒有搞出諸如 mr、my、hr、hy 之類的拼寫。

在諸多的藏文拼寫漢語的記錄中，都很難找到見組二等出現 -i- 的證據。"戒"在《大乘中宗見解》裏出現了 གྱེ (kye)、ཀེ (ke) 兩種寫法，算是為數不多的案例之一。

然而從晚唐開始，情況起了變化。只是詭異的是，見組二等大規模出現 -i- 的先聲最早並不是在北方地區，反倒是在南得不能再南的地方——越南。長期以來，越南一直受到北方中國文化的影響，唐時越南更是屬於靜海軍節度使管轄，此時交州（在今天越南境內）等大城市大量居民掌握漢語。也就是在唐朝中晚期，越南語系統地借入了一整套漢語讀音用來閱讀漢文典籍，形成了所謂的漢越音。自此，幾乎每個漢字都擁有一個越南式的讀音。

有意思的是，越南漢字音的見組二等字出現了較成體系的 -i-。在越南語中，"高" 讀 cao，"交" 讀 giao，"嬌" 讀 kiều，三者都不同音。而其他見組二等字，越南也往往有 -i-，如 "家" 讀為 gia，"甲" 讀為 giáp，"佳" 讀為 giai，"江" 讀為 giang，"減" 讀為 giảm，"敲" 讀為 xao，"確" 讀為 xac，"腔" 讀為 xoang。

以越南的地理位置，如果要引入漢語，近水樓台的應該是當時的南方方言。然而在見組二等字 -i- 方面，漢越音卻出乎意料地更像今天的北方話。今天用拉丁字母拼寫的越南國語字是葡萄牙傳教士發明的，設計時參考了法語和葡萄牙語等西歐語言的拼讀規則。越南國語字發明時，x- 表示 /ɕ/（約相當於漢語拼音 x），gi- 表示 /dz/（約相當於漢語拼音 j 的對應濁音，上海話 "窮" 的聲母，接近英語的 j），簡直和當代北方話裏頭的讀音差不多。值得注意的是，越南漢越音見組二等字的腭化程度甚至要超過三等字，越南語中見組三等字的聲母基本上仍然是 /k/ 之類的音，如 "疆" 讀 cương，"劫" 讀 kiếp，"檢" 讀 kiểm，和今天中國南方福建、廣東等地的方言還是相當接近的。

不過漢越音中，見組二等字讀 gi-、x- 的規律存在一類比較大的例外，例如 "更" 讀 canh，"隔" 讀 cách，"客" 讀 khách，"坑" 讀 khanh。這些字都屬於中古漢語的 "梗攝"。

這些字在唐朝以後還會繼續給我們製造麻煩，我們可以暫時擱置這些在漢越音中讀音特殊的字，轉而繼續關注北方漢語。

唐朝晚期雖然見組二等字的 -i- 介音算是被越南搶了第一波風頭，但是此時北方地區的見組二等字的 -i- 已經呼之欲出了。至少在河北地區，很快也出現了明確的見組二等字的 -i-。

這一明確的證據來自遼朝的漢語。在契丹小字中，遼朝漢語的 -i- 已經暴露無遺：用來拼寫 "校" 的契丹小字也用來拼寫 "廟" "小"。由於 "廟" 和 "小" 在遼代漢語幾乎可以肯定有 -i-，"校" 也應該已經產生了 -i-。"校" 屬於中古的效攝二等字，其他攝的二等字出現 -i- 的，則遠遠沒有效攝那麼明顯。"江" 和 "唐" 甚至用一個契丹小字充當韻母，說明 "江" 當時還不大可能有 -i-。比較有意思的是，這似乎和朝鮮漢字音的格局有類似之處，朝鮮人名中經常出現的 "孝" 在朝鮮語中寫作효（hyo），"校" 寫作교（gyo），但是除此之外，見組二等字在朝鮮漢字音中以無 -i- 較常見〔不過梗攝也有 "隔"讀격（gyeok），"庚耕" 讀경（gyeong）這樣的例子〕。

如果說遼朝幽燕地區見組二等字的 -i- 還在萌芽狀態，到了元朝則可說大局已定。元朝編纂的《蒙古字韻》以表音的八思巴文拼寫漢語，在蒙古字韻記錄的漢語裏，見組二等字的 -i- 已經非常穩固。在《蒙古字韻》裏，"江" 被拼為ꡂ꡴ꡃ，"疆" 被拼為ꡂ꡴ꡃ，兩者的讀音拼寫一模一樣，讀音也毫無區別。

然而在《蒙古字韻》中，並不像後來的北方話那樣 "交"與 "嬌"、"減" 與 "檢" 同音。在蒙古字韻裏 "交" 拼為

ㅁㅙ，"嬌"拼為ㅁㅙ，"減"拼為ㅁㄌㅈ，"檢"拼為ㅁㄌㅈ。

　　這其中"減""檢"語音不同並不稀奇。元朝時這兩個字在當時的官話中元音有一定差別，"減"是 a，"檢"則是 e。這樣的區別在官話裏一直承襲到明朝初年，甚至當今比較講究的昆曲演唱時也仍然以 /tɕiam/、/tɕiɛm/ 的方式區分"減"和"檢"。不過要是你聽不到這樣的昆曲，也不用著急，類似的區分至今仍然能在比較南方的官話中聽到。譬如你若有幸能夠"煙花三月下揚州"，不妨留意一下揚州方言，因為揚州話裏"減"是 /tɕiæ̃/，"檢"是 /tɕĩ/，分得相當清楚。要是生活半徑完全在華北地區，也不用擔心，素來在北方以語言保守難懂著稱的山西在這方面也不遑多讓，如呂梁話也以 /tɕiæ/、/tɕiɿ/ 的方式區分"減""檢"。雖和揚州相隔千里，但是這兩字在兩地的發音幾乎如出一轍。能區分"交""嬌"的北方話更少一些，但也不是完全沒有，能夠區分的方言主要集中在山西，譬如汾陽話"交"/tɕiɑu/ 發音不同於"澆"/tɕiɯ/。

　　今天這些能分"減""檢"的北方方言差不多都是靠元音來區分的。這和元朝北方話並不完全相同。如之前所說，八思巴字可是一種拼音文字，如果你足夠注意八思巴文拼寫的這幾個漢字，不難發現每一組前後兩個字的拼寫區別主要在中間部分。

　　八思巴字的ㄌ（"減"的中間部分）來自藏文的下加字ᰂ，表示 -y-，而ㄇ（"嬌""檢"的中間部分）則是來自藏文表示元音 e 的符號ᰁ。ㄐ（"江""交"的中間部分）則更加特殊，源自藏文元音符號ᰃ，這個元音符號在藏文中比較罕見，通常在拼寫印度梵語詞時才會用到，用來轉寫來自梵語的長元音 ē。在另外一些八思巴字書寫漢語的文獻裏，"江""交"裏的 ꡧ 也有拼為 ꡠ 的。總的說來，當時這些二等字的發音帶有相當明顯的 -i-，程度甚至超過三等字。

這幾乎和越南人的聽感一致，他們聽起來二等字比三等字的腭化程度也要更高。那麼既然唐末的越南人和元朝的北方人都是這麼認為的，今天的漢語方言中還會留下這樣的痕跡嗎？

首先我們得要排除大部分南方方言，在多數南方方言中，見組二等字沒有 -i-，也談不上有腭化的跡象。我們也得排除大部分北方方言，在絕大多數北方話裏，元朝以後二等字變出來的 -i- 和本來的三等字的 -i- 已經完全合併，二等字的狀況和三等字差不多。

不過要是仔細篩查，如元朝北方那樣二等字腭化得更厲害的蛛絲馬跡在北方一些地區仍然有所保留。今天這樣的蛛絲馬跡一般出現在交通稍顯不便的地區，正是較為封閉的環境。

其中最重要的兩片區域應該當數山西南部和膠東半島。

在大多數北方話裏，見組聲母一直到明朝初年仍然是 /k/、/kʰ/。這也就是為何明朝前來中國的傳教士把"北京"記成了 Peking，把"南京"記成了 Nanking。

山西東南部地區仍然很大程度上保留了元明北方話的見組聲母讀音。在這些地方，見組聲母在細音前腭化的程度比較低，發音位置只是比 /k/ 的舌根稍微前移一些，變成了 /c/、/cʰ/，所以"京"聽起來仍然很接近漢語拼音的 ging。

然而在這些方言中，卻有一部分見組二等字在口語中出現了比二等字更加明顯的腭化。譬如在山西壺關縣的樹掌鎮，二等的"鉸"就讀 /tɕiɔ/，"嫁"讀 /tɕiɑ/，"揀"讀 /tɕin/，三等的"矯"讀 /ciɔ/，"檢"讀 /cin/，腭化程度要輕得多。而如果二等字出現在了相對書面一點的場合，也往往就不讀這種腭化明顯的讀音。如玉米在當地叫玉茭，這裏的"茭"讀 /tɕiɔ/，表示高粱的茭子裏的"茭"就讀 /ciɔ/。

　　膠東半島的情況則如出一轍。膠東地區的方言普遍能分尖團音，也就是能夠較為完整地區分中古漢語的精組字和見組字，特別是在膠東半島頂端的榮成等地，見組字的腭化程度相當低。然而在榮成話裏頭，見組二等字的讀音卻比較出乎意料，如在口語中"家"說 /tsia/，"下"說 /sia/，"街"說 /tsei/，"港"說 /tsiaŋ/，"敲"說 /tsʰiau/，"角"說 /tsia/，已經從中古時代舌根部位的 /k/ 腭化前移到了舌尖部位的 /ts/。這些字如果出現在比較書面的詞語中，榮成話都讀 /c/、/cʰ/、/ç/，只是有輕微的腭化。

　　這種腭化的讀音在山西西南部地區則往往有進一步的變化。在山西西南部的萬榮縣，"家"讀 /tʂa/，"交"讀 /tʂɑu/，"敲"讀 /tʂʰau/，"城"讀 /tʂæ̃/，"豇"讀 /tʂʌŋ/，見組二等字讀捲舌音。在離萬榮不算遠的洪洞縣，則會有"家"讀 /tiɑ/、"交"讀 /tiɑo/ 的情況。

　　也就是說，在山西南部和膠東半島上的這些方言，一定程度上繼承了元朝《蒙古字韻》裏面的情況。在元朝時，二等字出現的 -i- 比三等字從中古時代繼承來的 -i- 擁有更加強大的腭化能力，以至於在這些方言中早早造成了見組聲母的腭化，就如漢越音那樣。在當時的北方地區，這樣的讀音分佈可能比今天更加廣泛。

不幸的是，這個音變在後來被打斷了。在主流的北方方言中，二等字的介音和三等字的介音最終趨於合併，二等字並未提前腭化。這種北方主流的讀音逐漸覆蓋了見組二等字提前腭化的方言，讓它們的腭化讀音成為只在口語中部分詞存活的白讀音，書音則跟隨了北方主流。因此這樣的腭化讀音往往越是交通死角才保存得越好。

無論如何，元朝以後，對於絕大部分北方話而言，大部分見組二等字已經有了 -i- 介音。然而即便在北方話裏，也有一部分字並沒有出現 -i-。"鞋""街"在不少官話裏面都讀成了 hai、gai，這和它們早期的韻母有關，畢竟 iai 是個很難發的音，發生變化很常見，在許多官話方言裏，iai 中的第二個 i 比較強勢，直接把第一個 i 擠掉了，缺少了第一個 i，聲母也自然不腭化了。而在南方許多地方，二等字從來就沒有過 -i-，所以"鞋""街"一直都是 hai、gai，南北各方言一結合，"鞋""街"讀成 hai、gai 的人口也就相當多了。

不過，就算在地道的北方話裏，二等的 -i- 也不是那麼穩當。北京所屬的河北地區是二等 -i- 介音徹底的地方，即便在河北地區，一些輕讀的環境中，這個 -i- 也最終沒變出來。在華北北部的"×各莊"中所謂的"各"其實就是二等字"家"沒有 -i- 介音的情況下變化的結果。比較可能是因為在"某家莊"的地名裏面，"家"本來就讀輕聲，-i- 或是沒能出現，或是還沒站穩腳跟就消失了。

　　"家"終究只是個例外情況。但是在另一些字裏面，各路北方方言的二等字就變化更多了。

11

北方説的 "來 qiě 了" 是甚麼意思？

　　粳稻，是我國南方主要農作物之一。其 "粳" 字到底應該怎麼讀？水稻專家、中國科學院院士、華中農業大學張啟發教授提出，"粳" 字的正確讀音應為 "gěng"，而不是 "jīng"。他的呼籲引發水稻科學界及相關學者的熱烈回應，現已有來自全國 14 個省、3 個直轄市近 200 名專家表示支持，其中中國工程院、中國科學院院士 12 人。由中國工程院院士袁隆平、游修齡等 185 位專家共同簽名起草了《關於修訂粳（gěng）字讀音的建議書》，準備向國家語言文字工作委員會和中國社會科學院語言研究所及商務印書館呈報。

——《光明日報》，2011 年

　　委鬼當頭坐，茆花遍地生。

—— 明萬曆末年·某道士

明朝萬曆末年，北京的集市上出現了一個奇怪的道士，他唱了一首神秘的歌曲："委鬼當頭坐，茄花遍地生。"這首歌被收進了《明史》。對於萬曆年間的北京市民來說，這首神神鬼鬼的歌神秘莫測，少有人能夠參得其中奧妙。

　　後來的史書上這個奇怪的道士再也沒有出現，他當然也不大可能繼續出現。因為萬曆皇帝駕崩之後，繼任的明光宗在位一個月就因為"紅丸案"暴斃，隨後著名的木匠皇帝天啟皇帝即位。天啟皇帝在位期間，朝政長期由宦官魏忠賢和奶媽客氏把持。此時京城百姓才恍然大悟，原來之前道士說的"委鬼"就是魏忠賢，而"茄花"則是客氏。

　　如果按照普通話的讀音，簡直難以理解為甚麼會把客氏諧音為"茄"。這倒是可以從客氏的來歷說起。客氏本是河北定興一個普通的村婦，後來因為成了皇孫的乳母，皇孫最後又當了皇帝，客氏隨即一步登天。天啟皇帝對客氏有近乎不正常的依賴，因此客氏也藉此狐假虎威盡享榮華富貴。不過她並非善類，與魏忠賢勾結殘害忠良，被稱作妖婦。

　　《明史》編纂者可能也是覺得"客"和"茄"諧音對當時許多人也難以理解，因此也做了簡明的解釋，即："北人讀客為楷，茄又轉音。"在明朝晚期，"楷"的讀音大約接近拼音kiai，"茄"的讀音接近kie，所以對於當時的北方人來說，"客"可以讀成kiai，這個算正音，但是有些人有些地方語音演變比較快，就已經讀成或者至少很像ie了，這才給道士編諧聲預言提供了極大的便利。

　　有意思的是，在河北、北京、東北一帶，雖然今天問

"客"怎麼讀，得到的答案十之八九是 kè，但是要問一下家裏來客人了怎麼說，很有可能得到"來 qiě 了"的答案。

非但如此，這些地方甚至還會把"隔"讀成 jiè。北京話把"隔壁"叫 jiè bìr，這個口語中的讀音和一般北京人讀書時"隔"的書音實在差太遠，好多北京人都反應不過來這是甚麼字，就寫成了"借壁兒"。

那麼問題來了，為甚麼口語中可以說 jie、qie，一到唸書的時候就得唸 ge、ke 呢？更加有意思的是，這個 jie、qie 的讀音分佈相當狹窄，大體只在北京、東北、河北、山西、山東地區，這其中東北地區的漢語是近代從華北北部地區擴散過去的，本就是一家。也就是說，這個現象實際上是局限於華北地區北部和東部地區。

長江流域的官話則普遍不存在這個現象，這些方言裏面"客""隔"的讀音普遍和普通話較為接近，譬如南京話"客"讀 /kʰəʔ/，"隔"讀 /kəʔ/，成都話"客"讀 /kʰe/，"隔"讀 /ke/。就這兩個字而言，不但是南方的官話少有讀 ie 的，中原和西北地區的各路官話方言也少有這樣的讀法。

以"客"為例，"客"字在關中的口語中非常常見，關中人往往把從事某類行業的人稱作"某客"。譬如以刈麥為業的稱"麥客"；舊時關中土匪橫行，悍匪們則稱作"刀客"。這些各路"客"在西安話中都讀 /kʰei/。中原大地則以河南鄭州為例，鄭州也說"來客"，但是此處的客可是讀 /kʰɛ/。

"客""隔"都屬於中古漢語的梗攝字，更準確地說，是梗攝的入聲。而梗攝的平聲、上聲、去聲字也同樣不讓人省心。見組梗攝二等字的舒聲字，如"耕""羹""更""坑"在北京和河北地區有韻母為 ing 的讀音，如北京人就把"耕地"叫"jīng 地"。

更加好玩的是，這些字也是普通話裏多音字的重災區。如果說"隔壁兒""來客了"多少有點北方土話的意思，不一定能算得上字正腔圓的普通話的話，那麼如"更"這類字，則在大多數字典裏面都收了多個讀音，而且和一般的多音字不一樣，這類多音字的幾個讀音意義區分不是那麼明確，會出現難以適從的情況。

譬如"更"，半夜三更、五更天、打更、更新、更加，你分別怎麼讀？這可能並沒有你想的那麼簡單，不是簡單地翻查字典就能解決的。因為不同時期不同版本的字典，對這幾個詞的處理並不完全一致，甚至造成了普通話審音時的問題。

按道理，普通話的讀音以北京人的語音為準，但是這類字往往北京人說話時也有些舉棋不定，故而造成了普通話審音時的一點小麻煩。類似的字還有，比如"粳米"，這是一種糯性適中的稻米，也是許多南方人和東北人的主糧。但是這樣一種幾億人賴以維生的重要農作物，怎麼讀卻是個問題。如果要論普通話理論上的正音，至少長期以來是 jīng。但是這個讀音卻遭遇了水稻專家們的反對。他們曾經於 2011 年聯名專門撰文要求把"粳"的普通話讀音改掉，因為專家們都把這個字讀成 gěng，參與者中甚至包括"中國雜交水稻之父"袁隆平院士。國家語言文字委員會也一定程度上採納了他們的意見，2019年的《普通話異讀字審音表》裏面已經把"粳米"的讀音改成了 gēng（jīng 的聲調，gěng 的聲韻）米，各路權威字典也將會跟進。

這個事情雖然有點詭異，倒也不是完全沒有道理。由於中國主糧作物地理分佈的關係，多數水稻方面的專家是南方人，對於他們來說 gēng 的讀音恐怕是會比 jīng 要更親切一些。對於粳米為主食的多數人群來說也是如此。但是為甚麼偏偏是這類字會惹出爭議？

對於普通話來說，大多數涉及 ing、eng 的字並不會有這樣的交互現象。大概從來沒有人要求把"京"讀成 gēng，更不會有人要求把"登"讀成 dīng。但是這批字為甚麼會有"搗亂"的？為甚麼異讀會有如此強大的群眾基礎？

可能並非巧合的是，在北方話中，梗攝二等字平、上、去聲的 -i- 分佈範圍也相對狹窄，當今在北方地區之類字帶 -i- 的範圍，也主要是在包括北京在內的河北、山東和山西地區。而在南方和西北地區的官話中，這批字就如入聲的"隔""客"那樣並沒有出現 -i-，這些方言裏面"更""耕""羹"一般不會出現北京話那樣的 ing、eng 兩個讀音。

由於元朝以來北京話的強大影響，有些在其他官話裏面本不該有 -i- 的梗攝二等字也出現了 -i-。譬如"鸚"，甚至在相對受北方影響較小的廣州話都讀 jing/jɪŋ/，中原、西北和江淮地區也少有 eng 的讀音。但在長江中上游的成都等地，拜口語中的"鸚哥"一詞所賜，仍然有不帶 -i- 的讀法，譬如成都話就說 ngen/ŋən/ 哥。和"鸚"情況相似的則是"櫻"，成都話也依然把"櫻桃"讀成 ngen 桃。"硬"讀成 eng 的範圍就要廣一些，雖然西北地區普遍是讀 ing 的，但是在中原、江淮、西南則大把地方讀 eng，譬如鄭州話，"硬氣" 就說 eng/əŋ/ 氣。"杏" 讀 heng 分佈則最廣，不但在長江流域、中原地區有，就連西北地區也以讀 heng 為主，甚至連遠在新疆的烏魯木齊話都是 heng/xəŋ/。這無疑與杏子這種水果的地理分佈有關。作為中國，尤其是北方地區自古以來的重要水果，從上古時期就和中國人的生活結緣的杏在中國種植極廣，遍及南北，果蔬種類相對匱乏的西北地區杏更是不可或缺。因此中國各地的普羅大眾在日常生活中都經常能接觸到杏，杏也就經常在大眾之間口口相傳，相對來說更能保存本地固有的讀音。

梗攝字的特殊甚至不僅僅體現在漢語各方言中。前面已經提到，在漢越音中，見組二等字大規模地出現了 -i-，奇怪的是唯獨梗攝字是重大的例外。見組梗攝二等字在越南語中並沒有出現 -i-，更沒有引發聲母的腭化。這大概是由於梗攝字的元音在北方的漢語中曾經是 /ɛ/，和梗攝二等其他字的元音多為 /a/ 不同，因此只在部分方言引發了 -i- 介音。

普通話的基礎北京方言本屬於會有 -i- 的河北方言，但是長期以來，北京地區的方言一直受到從南方來的各路讀書人的影響。就梗攝二等字的讀音而言，不但長江流域以及更南邊的方言很少有 -i-，甚至中原和西北地區的方言也多不帶 -i-。這些在北京活動的外地人到了北京固然是得撇幾句京腔，但是對北京話的掌握也未必很地道，甚至他們由於佔據了較為優勢的社會經濟地位，反倒有時能讓北京人反過來學習他們說的方言。

在梗攝二等字讀音方面，顯然“正宗遼朝河北音”在人口方面落了絕對下風。因此梗攝二等大部分字，如“梗、更、耿、耕、羹、庚、哽、坑、亨、衡、格、隔、革、客、赫”，都出現了 eng、e 這樣不帶 -i- 的讀音，甚至其中許多主要出現在書面語的字已經喪失了北京地區理論上應該讀的 ing、ie讀音。

而在其他見組和二等韻的搭配裏，多數北方話都以有 -i- 為常。但是在“江、港、豇、覺、角、殼、確、學”所屬的江攝，長江流域的南系官話也往往存在沒有 -i- 的讀音，所以在成都話裏，“角”讀 /ko/（接近漢語拼音 go），“殼”讀 /kʰo/，西南地區常見的黃桷樹，則因為“桷”在當地多讀 /ko/ 也時常訛寫為“黃果樹”，中國最大瀑布黃果樹瀑布的地名也正是這個來歷。這些字的南方讀音有時也會滲入北京話，只是相對梗攝並沒有那麼系統，所以在北京話裏面“殼”的兩個讀音 ké 和 qiào 的分配略有些奇特：來自南方的 ké 攫取了口語的地位，反倒是河北本土的讀音 qiào 變成了用在“地殼”“金蟬脫殼”這樣文縐縐的詞彙中的讀音。

最後還有個值得一提的問題，那就是 20 世紀早期著名的大學者陳寅恪先生的名字該怎麼讀。長期以來，就“恪”字的讀音，一直有 kè、què 兩個讀法。這本不是個大問題。“恪”其實根本就不是二等字，而是一等字，就算在北方，於情於理都不應該出現 què 這樣的讀音。和“恪”在中古時期同組聲母也同韻的“各、鶴、惡”等字都未出現有 e、üe 兩個讀音的情況。

陳寅恪先生祖籍江西，出生於長沙。先生在用英文寫信和撰寫論文時自己把名字拼為 Tschen Yin Koh。無論從他祖籍還是出生地來看，"恪"都不應該讀 què。但是明朝西方傳教士的漢語教科書《西儒耳目資》中"恪"卻有了 'kǒ、'kio 兩個讀音，後者就是 què 的前身。按照北京話的讀音規律，出現 kè、què 的大約是江攝二等字如"確、殼"才算合理，後者在北方不少地方也確實有兩個讀音，如西安話，"殼"有 /kʰɤ/ 和 /tɕʰyɤ/ 兩讀。至於本來是一等字的"恪"怎麼會出現這樣的讀法，就不得而知了。

　　總之，無論讀陳寅 kè 還是陳寅 què 都有道理，都是於古有徵，所以大可不必過分糾結。

老外説漢語最大的障礙

聲調

12

是不是記住 12431，
就可以普通話轉河南話了？

秦隴則去聲為入，梁益則平聲似去。

—— 隋 · 陸法言《切韻 · 序》

有個笑話，說是如果你想五秒鐘之內學會河南話，就得記住一串神秘的數字 12431，意思是普通話第 1 聲讀成第 2 聲，第 2 聲讀成第 4 聲，第 4 聲讀成第 3 聲，第 3 聲讀成第 1 聲，這樣你就成功學會了河南話。

這樣的 "聲調密碼" 在北方乃至長江中上游地區的方言中，還可以編出不少。譬如想說關中話，大概可以 1 → 3 → 4 → 1，2 聲保持不變；要是想說四川話，就試試 1 聲保持不變，2 → 3 → 4 → 2。

儘管我們已經談論了很多各地方音的不同，但是我們每一個人的成長經驗都會告訴我們，要判斷一個人是從哪來的，我們很多時候還是根據他說話的聲調來判斷。調子怎麼走，很多時候比其他特徵的優先級要高得多。譬如我們仍然可以長篇累牘地討論，其實普通話和河南話之間的關係遠遠不是 12431

那麼簡單，要想說河南話，你最好還得記住河南人把"龍"說成 liong，把"精"說成 zing，把"藥"說成 yo，把"你們"叫"恁"，等等。

但是這無所謂，就算你對以上特徵都一無所知，只要牢牢記住 12431 的規律，說話時勤加練習，對於很多人來說，說話就帶了河南味。甚至北方地區一些年輕人由於受到普通話的影響，在說方言時，聲母、韻母都跟著普通話跑，但是聲調則仍然是當地方言的聲調，被謔稱為是在說"變調普通話"。儘管遭遇如此揶揄，外人聽來這樣的"變調普通話"仍然方言感十足。

對於漢語諸方言來說，其他特徵出現的頻率遠遠沒有那麼高，你並不會每次對話都會提到"龍"，也幾乎不可能次次都談"藥"，但是只要開口說幾十個字，每個聲調基本都會出現好幾次，這樣對於不大熟悉的外鄉人來說，聲調就成了最容易把握的特徵。

當今漢語各方言，儘管聲調格局千奇百怪，但在有聲調這一點上還是驚人地統一，沒有聲調的語言聽起來就不像是漢語。聲調也是一般人心目中的"老外"學說漢語時最大的障礙，甚至在我們的影視作品裏面，如果要表現機器人說話的不自然感，往往也會讓機器人說一口不帶聲調的漢語。

任何一種自然語言在說話時都會有音高上的高低起伏，譬如英語在一般疑問句（例："Are you from China?"）時，句尾往往上揚。然而這和漢語式的聲調仍然有著極大的區別。漢語的聲調依附在單個音節上，普通話中"梯""蹄""體""剃"

四個字僅靠聲調區別含義，如果音高起伏出現了錯誤，就可能會產生誤解。反之，英語的"tea"，無論是讀成平調、上揚、下降還是轉折，都不會影響這個詞的本來意思。

漢語的聲調並不是絕對的音高差別。我們每個人說話的時候都有高低之分，男人說話比女人要低沉一些，小孩的音高明顯要高於成年人。因此對於聲調來說，重要的並不是發音時的絕對音高，而是相對個體發音音域的相對音高，以及音高的變化趨勢和一些其他的伴隨特徵。我們的大腦非常擅長處理這樣的信息。我們可以把這種相對的音高用 1–5 來表示，數字越大音高越高，所以普通話第 1 聲就是 55 調，第 2 聲是 35 調，第 3 聲是 213 調，第 4 聲是 51 調。

東亞南部和東南亞地區可以說是聲調的溫床。中國的語言當中不少我們耳熟能詳的都有聲調，除了漢語之外，東南的畬語，中南的苗語、侗語，西南的壯語、傣語、納西語、彝語、哈尼語，藏語的衛藏話和康巴話，都是有聲調的語言。東南亞的越南語、泰語、老撾語、緬甸語也都有聲調系統。

這些語言分屬不同的語系，很多並沒有很近的發生學上的關係，卻都不約而同地產生了聲調。可以說，中國當之無愧是聲調的溫床，我們甚至能在中國的語言裏觀察到聲調從形成到發展的變化。藏語在藏文初創時尚沒有聲調，今天青海的藏語大多仍然沒有聲調，拉薩話則發展出了相對複雜的聲調系統。

與藏語的聲調在各方言間的發展極不平衡不同，近乎所有的漢語方言都處於聲調發展完善的階段，而且各地方言的聲調存在非常嚴整的對應關係。普通話到河南話的"12431"規律之所以能夠成立就在於這樣的對應關係，即分佈於北方和西南的大部分方言，其絕大多數字的聲調都是吻合的 —— 單個字的調子在某個方言裏面怎麼讀雖然千差萬別，但是哪些字聲調相同卻是對應的。在絕大多數北方話和西南地區的方言中，"坡""波""三""聰""初""歌"的聲調是一樣的，在普通話當中，這個調子又高又平。東北人說話的時候就往往低一些，這也是為甚麼儘管東北人的方言相當接近普通話，但他們一開口卻有很高識別度的重要原因；而在關中話裏，這些字的聲調比較低，還往下降，有些接近普通話的第 3 聲；在河南話中，正如"12431"中所預測，這些字讀一個上揚的聲調，接近普通話的第 2 聲。這些都是具體調值方面的差別，在調類上，這些字在這些方言裏都屬於一個聲調 —— 陰平；反之，普通話裏讀第 2 聲的"河"，在這幾種方言中，聲調都和"三"是不一樣的，"河"在這些方言裏面都屬於另一個聲調 —— 陽平。陰平、陽平這兩個聲調合稱為平聲。

普通話中還有另外兩個聲調，第 3 聲稱作上聲，第 4 聲稱作去聲。這四個聲調也是北方話中比較常見的格局。在漢語韻律中，上聲和去聲都屬於仄聲。平仄之間的和諧交替是漢語詩歌的基礎。

然而這樣的規律對應並不是沒有例外的。譬如"木"，在普通話裏面屬於去聲，但是在河南話和關中話裏面都屬於陰平，在四川話裏又屬於陽平；"職"在普通話裏是陽平，在東北話裏往往是上聲，在關中話和河南話裏都是陰平，在四川話裏又是陽平；"百"在普通話裏是上聲，在關中話、河南話裏都是陰平，在四川話裏又是陽平；"特"在普通話裏是去聲，在關中話、四川話裏是陽平，在河南話裏又是陰平。這些看似隨機的例外，都嚴重破壞了各北方方言"12431"式的聲調對應。

要是把其他方言拉進來，聲調的對應關係會更加趨於混亂。剛才的"木""職""百"三個字雖然在主流四川話如成都話裏讀陽平，和"陽"的聲調相同，但在川南的樂山、西昌、宜賓、自貢等地的聲調和"陰""陽""上""去"四個字的聲調都不同，而是讀另外一個聲調。這些字在長江下游的南京、揚州等地讀一個單獨的更加短促的聲調，在山西大部分地區也是讀一個短促的特殊聲調。

13

廣東話的聲調
為甚麼比普通話
多出一倍？

> 又恨怨之"恨"則在去聲，很戾之"很"則在上
> 聲。又言辯之"辯"則在上聲，冠弁之"弁"則在去
> 聲。又舅甥之"舅"則在上聲，故舊之"舊"則在去
> 聲。又皓白之"皓"則在上聲，號令之"號"則在
> 去聲。
>
> —— 唐 · 李涪《刊誤》

　　整體而言，漢語方言的聲調由西北向東南逐漸變多，華南地區的方言普遍擁有更加豐富的聲調，如"詩時史市試事"，廣州話雖然都讀 si，但是聲調個個不同。與普通話相比，普通話的陰平、陽平、上聲各對應廣州話的一個聲調，而去聲竟然對應了廣州話裏"市試事"三個不同的聲調。

　　要想解決各地方言之間聲調貌似不規則的對應，得從漢語聲調的發展說開去。如果拿處於聲調發展進程中的藏語的不同方言來對比，會發現聲調比較發達的方言，如拉薩話，一般其他方面的語音會趨於簡化。譬如藏文的 བཀའ（bka'/ 命令）拉薩

話讀 /ka⁵⁴/，ཀ་བ་（ka ba/ 柱）拉薩話讀 /ka:⁵⁵/，བཀག་（bkag/ 拒）拉薩話讀 /ka?⁵²/，སྒ་（sga/ 鞍）拉薩話讀 /ka¹²/，བསྒར་（bsgar/ 插）拉薩話讀 /ka:¹¹³/，འགགས་（'gags/ 阻）拉薩話讀 /ka?¹³²/。ཁང་（khang/ 房）、ཁངས་（khangs/ 填充）、གང་（gang/ 何）、གངས་（gangs/ 雪）拉薩話分別讀 /kʰaŋ⁵⁵/、/kʰaŋ⁵²/、/kʰaŋ¹¹³/、/kʰaŋ¹³²/。

和古代的藏文相比，拉薩話的聲母和韻尾都發生了非常明顯的簡化。許多古代讀音不同的聲母和韻母在當代拉薩話裏讀音趨同，卻發生了聲調分化，譬如本來聲母的清濁轉化為聲調的高低。

今天海南三亞的回輝人祖先是從越南中部逃到海南島避禍的占人。越南的占語是一種接近馬來語的語言，本來並沒有聲調。然而本無聲調的越南占語，在遷入海南三亞以後，在幾百年間竟然發展出了聲調。

這樣的聲調的出現，主要是為了代償其他方面的語音變化。如占語本來有相當複雜的韻尾系統，如 -h、-k、-t 等，但是這些韻尾在海南回輝語中消亡殆盡，只是產生了不同的聲調。越南占語中本來有 b、d、g 和 p、t、k 的清濁對立，b、d、g 在回輝語中已經轉化成了 pʰ、tʰ、kʰ。但是原本 b、d、g 開頭的音節讀一個較低的聲調，和本來的高調形成對立，與拉薩話類似，這是發音機制使然：濁音會生理性地降低音高。

漢語各方言的聲調也經歷了類似的發展完善過程。目前對於聲調最早的記載出現在南北朝的梁武帝時期。雖然距今 1000 多年，但是彼時中國已經經歷了夏、商、周、秦、漢幾千年的漫長歲月，典籍汗牛充棟，甚至有專門描述各地方言的著作，但是並沒有人說上古各地方言聲調上像今天一樣有所不同。

這讓人頗為疑惑，難道數千年時間裏就沒有一個中國人發現自己語言中有聲調之分嗎？

這一方面是因為，上古時代聲調和現代或許大不相同。漢語的祖先並不一定有聲調，漢藏語系語音面貌比較古老的幾門語言，如古代藏文、川西的嘉戎語等語言，都沒有聲調。通過和它們進行比較研究，可以發現漢語的聲調和這些語言中的其他語音特徵，如韻尾輔音，存在一定聯繫。從原始漢藏語到現代漢語，各方言可能也像古藏文發展到拉薩話一樣，經歷了聲調由少到多逐漸發展完善的過程。假如上古漢語還不具備聲調，古人自然也就不會"發現"聲調了。

另一方面是因為，在聲調產生之後，發現聲調仍然需要時間。可以想一下，普通話有多少個聲母、韻母、聲調？今天我們不用費多少力就能知道聲母有 23 個，韻母有 39 個，聲調有 4 個。但是我們是怎麼知道的呢？大部分人是通過查字典知道的，編寫字典的語言學家早已給我們做好了總結。然而事實上，總結一種語言的語音系統並不是一件容易的差事，哪怕到了今天也是有相當難度的，如果不信的話，不妨試著總結一下自己的方言有多少個聲母、韻母和聲調？這樣的分析仍然需要一定的語言學知識。

南北朝聲調的發現可能和受到古印度聲明學的啟發有關。與古代中國不同，古代印度雖然也是一個文明古國，卻沒有中國一般深厚的書面典籍傳統。古印度並不缺乏典籍，《吠陀經》差不多是世界已知最早的作品之一。但是和中國人篤信好記性不如爛筆頭，喜歡把東西都寫下來不同，印度人的典籍的傳承，則採取了更加原始、古老的方法 —— 背。

印度的經書和史詩動輒幾萬行甚至幾十萬行，要想背下來絕非易事。首先得要尋找合適的人選，論死記硬背，幼童比成人更加擅長，因此八歲左右的男童是最優人選。同時在指導他背誦過程中，還需要大量輔助記憶的技巧和手段，確保等他成年以後，能夠成為一台優秀的人肉錄音機，並能完整傳承到下一代。

古代印度極端重視口語傳承，又因為印度流行的各類宗教都盛行唸誦咒語，咒語是否能奏效，是否有足夠威力，很大程度上取決於唸咒時語音是否準確；因此古印度對語言的研究遠遠領先於古代中國，還誕生了一門專門的科學 —— 聲明學。

東漢以來，佛教傳入中國，到了南北朝時期佛教大盛。由於佛教源自印度，在宗教教義之外，印度文明的其他成果也以佛教為介質一並被中華文明吸收，其中聲明學就是重要的一部分。在印度聲明學傳入之後，中國人吸收了其中的研究成果，反切注音法出現。反切法需要比較切字與被切字的聲調，此時漢語的聲調已經產生，發現聲調也就是順理成章的事情了。

嚴格來說，梵語並沒有類似漢語這般的聲調。梵語的所謂聲調並不是在一個音節之內的高低起伏變化，而是一個詞當中各音節會有高低之分，後來這種"聲調"演變成了重音系統。這和漢語的聲調截然不同，漢語的聲調不但每個音節有高低變化，而且在一個音節內音高也會有高低起伏。因此聲調的發現和總結仍然是中國古人的一大成果。這在當時可能是一個相當前沿的發現，甚至驚動了皇帝。

南北朝時期，梁朝沈約著《四聲譜》，正式提出了漢語有四個聲調。此時梁武帝不懂"四聲"這個概念到底是怎麼回事，因此就問臣下周舍："何謂四聲？"此時聲調作為最新科研成果還少有人能夠理解。周舍反應極其迅速，他回答，四聲就是"天子聖哲"。梁武帝對聲調的興趣轉瞬即逝。儘管周舍逮著機會拍了馬屁，但是梁武帝後來對這個大發現並不關心。

巧合的是，"天子聖哲"四個字在今天的普通話中恰恰也分屬四個聲調。但是"天子聖哲"四個字分別是第 1 聲、第 3 聲、第 4 聲和第 2 聲，出現了較為奇特的顛倒現象。如果要看北方話裏面的其他方言，那麼"哲"的問題就更大了，它在關中河南讀陰平調。事實上，"哲"正是屬於那類會搗亂的字，在川南、寧淮、山西都讀獨立的"第 5 聲"。

其實"天子聖哲"並沒有發生順序顛倒的情況，這四個字分別是平聲、上聲、去聲和入聲，這四個聲調也是中古時代聲調的默認順序。在當今大部分北方話裏面入聲派入了其他聲調，但是不同的北方方言派入的聲調不同，這才造成了北方規律聲調對應中的那些例外情況。

不幸的是，相比我們對古代漢語聲母和韻母的瞭解，我們對這個時代的古漢語平、上、去三聲到底應該怎麼讀並無扎實的證據。這是可以理解的，發明準確描述音高的工具和術語並不是一件容易的事。我們比較確定的是，就算在南北朝後期，各地方言的聲調也和今天一樣並不完全一致，當時的人已經可以從聲調怎麼讀來判斷一個人的來歷了。隋朝成書的《切韻》的序言中就提到“梁益則平聲似去”。此時漢中盆地和四川盆地說話時的平聲，在中原地區的人聽起來頗為接近去聲，顯然兩地聲調具體的調值是有較為明顯的不同的。

今天漢語方言的聲調格局都是由古代的四聲演變過來的。不管聲調是多是少，其源頭都是平、上、去、入四聲，因此漢語各方言的聲調也以平、上、去、入四聲為命名的基礎。而“陰陽”則是唐朝以來聲調根據清濁分裂以後產生的。

我們可以從反切中看出，普通話的陰平和陽平在中古早期其實被古人認為是一個聲調。中國古代對字的注音長期採用的反切法是將一個字的讀音用另兩個字標注，用來注音的兩個字，第一個字和被注音字的聲母相同，第二個字與被注音字的韻母及聲調相同。一個字的讀音會被“切開”，故名反切。

在《廣韻》中，給“東”的注音是“德紅切”。在今天，幾乎所有方言中，“德”的聲母和“東”的聲母仍然是一致的，“東”的韻母和“紅”的韻母也是一致的，完美符合反切定義。然而“東”的聲調和“紅”的聲調在大多數方言中都並不一樣。

在普通話中，“東”屬於第 1 聲，“紅”則屬於第 2 聲。如果按照普通話來硬切，“東”的讀音用拼音標注就成了 dóng，這顯然並不符合事實。

難道古人搞錯了？並非如此，在反切出現的時候，“東”和“紅”的聲調確實是一致的，它們都屬於平聲字。實際上，今天普通話的聲調，第 1 聲叫“陰平”，第 2 聲叫“陽平”，兩個聲調的名字正能體現它們之間的深厚淵源。

問題其實出在了"紅"的聲母上。"紅"在中古時代的聲母是"匣"母，這是一個濁音聲母。濁音對音節的音高有生理性的壓低作用，因此本來一個聲調根據聲母是清是濁就逐漸分化成了兩個聲調。這種分化在聲調語言中非常普遍，前面說的拉薩話、回輝話以及壯語、泰語等語言都發生了類似的聲母清濁引發的調類分化。這樣漢語的聲調就由平、上、去、入四聲，一下裂變為陰平、陽平、陰上、陽上、陰去、陽去、陰入、陽入。

這時漢語可以說已經是一門四聲八調的語言了。不過在濁音聲母還讀濁音的時候，陰陽聲調之分只是個羨餘特徵。但是正如你已經知道的那樣，在絕大部分漢語方言中，濁音聲母都發生了清化，與清音聲母就此合併。當聲母上的區別完全消失後，曾經的清濁之分就只能完全轉嫁到聲調上了，本來只是伴隨聲母清濁的陰陽調之分就成了具有區分作用的聲調區別。失去了聲母清濁的制約以後，四聲裏的陰陽兩類也不一定再遵循平行關係。

在平、上、去、入四聲裏，中古時代入聲比較特殊，因為它不僅僅是個單純的聲調，整個音節的結構也和其他三聲有明顯的不同。我們可以暫且把入聲放在一邊，只關心平、上、去三個聲調，以及它們分化而成的陰平、陽平、陰上、陽上、陰去、陽去六個聲調。

今天的大部分漢語方言都發生過聲調上的合併，但是在南方的一些方言中，這六個聲調依然較為完好地保存了下來。如廣州話的"詩時史市試事"就分別是陰平（53）、陽平（21）、陰上（35）、陽上（13）、陰去（33）、陽去（22）調。廣州話不但相當完整地保留了中古的聲調系統，同聲的陰陽調之間甚至還基本保持了平行的關係，這類方言在今天的華夏大地已經非常少見了。除了廣州話之外，廣東潮汕地區，浙江的溫州、紹興，江蘇的宜興、溧陽，以及蘇州、無錫、常州的部分郊區方言是所剩不多維持原狀的方言。

在中國域外，深受漢語影響的越南語也完整保留了這樣的聲調系統。越南語的聲調和漢語的聲調在中古時代幾乎是平行演變，也和漢語一樣構成了四聲八調的格局。中古時代以後的越南語聲調則相對穩定，特別是讀漢字時也仍然是四聲八調，並未發生漢語很多方言中後來出現的聲調歸併，但在某些現代方言，如其最大城市胡志明市的方言中，聲調也有了合併的現象。

廣州話刨除入聲還有六個聲調，今天大部分的北方方言是四個聲調，也就是說比廣州話少了兩個。通過和廣州話的聲調相比，不難發現問題是出在"去聲"上，即北方話的去聲對應廣州話的陽上、陰去、陽去三個聲調。

首先需要關注的是陽上調。事實上，四聲命名時，"平、上、去、入"四個字恰好也都屬於各自代表的聲調。然而今天，不需要多深厚的語言學知識大概就能看出，"上、去"兩個聲調的代表字在普通話裏都屬於去聲。這是因為在中國大部分方言裏，古代的陽上和陽去發生了合併。

陽上併入陽去早在唐朝就有端倪。晚唐李涪曾經轉寫了

《刊誤》，他認為當時最權威的韻書 —— 由隋朝陸法言編纂的《切韻》其實是吳音，所以非常“乖舛”。李涪甚至開了一個非常大的地圖炮，他說：“夫吳民之言，如病瘠風而噤，每啟其口，則語淚喝吶。隨聲下筆，竟不自悟。”大致意思是，江南吳人說話就像張不開嘴、說不出話一樣。陸法言根據吳語撰寫《切韻》竟然沒有絲毫覺悟自己是在寫歪音。

李涪指出《切韻》裏把“很辯舅皓”歸入上聲，“恨弁舊號”歸入去聲是根據吳音強生分別。這其實是個天大的誤會。李涪覺得《切韻》是吳音很大程度上是因為陸法言的姓氏，然而陸法言雖然姓陸，但是這個陸姓和江南的大姓陸氏其實沒有半點關係。陸法言的祖上是鮮卑步六孤氏，隨北魏孝文帝改漢姓為陸。他是個地地道道的北方人，不是南方人，更談不上把“吳音”編進書裏了。李涪指出的《切韻》中的上去錯誤，其實是從陸法言生活的時代到他生活的時代，三百年間北方話發生了濁上歸入去聲的音變，但是江南地區語音更加保守，濁上仍然讀上聲。李涪並沒有語音會隨著時代發展變化的意識，所以主要生活在長安並推崇洛陽音的李涪，就誤會幾百年前的《切韻》音是吳地作者的吳音了。

對漢語聲調的這一變化，日本人留下了相當有意思的記錄。日語是沒有聲調的語言，因此日本人學習漢語時需要花費一定精力學習聲調，有個學習漢語的日本人就留下了中古時代極其少見的對調子的詳細描寫。這個重要的描述來自 9 世紀的日本僧人安然，他在《悉曇藏》中記錄了當時日本所傳的漢語聲調：

我日本國元傳二音。表則平聲直低，有輕有重；上聲直昂，有輕無重；去聲稍引，無輕無重；入聲徑止，無內無外；平中怒聲，與重無別；上中重音，與去不分。

　　金則聲勢低昂與表不殊，但以上聲之重稍似相合，平聲輕重始重終輕呼之為異；唇舌之間，亦有差升。

　　承和之末，正法師來。初習洛陽，中聽太原，終學長安，聲勢太奇。四聲之中，各有輕重。平有輕重，輕亦輕重，輕之重者金怒聲也；上有輕重，輕似相合金聲平輕、上輕，始平終上呼之；重似金聲上重，不突呼之；去有輕重，重長輕短；入有輕重，重低輕昂。

　　元慶之初，聰法師來。久住長安，委搜進士，亦遊南北，熟知風音。四聲皆有輕重著力。平入輕重，同正和上；上聲之輕，似正和上上聲之重；上聲之重，似正和上平輕之重；平輕之重，金怒聲也，但呼著力為今別也。去之輕重，似自上重，但以角引為去聲也。音響之終，妙有輕重，直止為輕，稍昂為重。此中著力，亦怒聲也。

　　略顯遺憾的是，安然和尚的描寫並不是那麼好懂，有些語句甚至接近於玄學，不過大體上可以看出，安然描寫了當時日本四種流行的漢語聲調系統。安然是日本歷史上重要的佛教僧人，年輕時也曾一度欲往唐朝留學，甚至已經獲得政府批准，不知何故沒能成行。此後安然遍訪日本各名僧，傳得在唐朝留學過的著名的圓仁、圓珍、空海等高僧之法脈，對日本各處所傳漢語讀音甚為瞭解。

安然和尚的描述中把日本所傳聲調一共分為四脈，即表、金、正、聰。其中“表”可能是袁晉卿之“袁”的誤寫。袁晉卿是公元 735 年東渡日本的唐人，抵達日本以後在日本擔任傳授漢語正音的“音博士”。“金”則可能是新羅人。“正”“聰”二人都是日本法師，正法師是惟正，838 年隨圓仁赴唐，九年後歸國；聰法師則是智聰，跟隨圓珍赴唐，853 年從福州上岸，877 年回到日本。聰法師回國所傳的聲調一定迅速對安然產生了影響，因為僅僅三年後的 880 年，安然就撰寫了《悉曇藏》，其中還提到了聰法師。

雖然安然所用的術語頗為複雜，但是大體可以看出，所謂“輕重”就是對應的陰陽調。四人所傳的漢語聲調系統略有不同。“表”的聲調系統中非常明確，“上中重音，與去不分”，陽上已經合併進入去聲。其他幾位所傳的聲調系統中，雖然“上重”可能與其他聲調有所接近，但都未與去聲合併。“表”雖然到日本時間比較早，聲調體系卻變化相對較快。

如果“表”確實是日本音博士袁晉卿的話，那他所傳的漢語無疑是北方話演變的先聲。時代比他稍晚的大詩人白居易的《琵琶行》裏面，出現了“住、部、妒、數、污、度、故、婦、去”押韻的文段。其中“部”“婦”二字在《切韻》中都是上聲。白居易幼年生活在河南新鄭、滎陽一帶，成年後長期在長安與洛陽活動，是不折不扣的中原人士。他的押韻習慣說明此時中原濁上歸去已經頗為普遍。

宋朝以來，北方絕大部分地區的陽上和去聲都混而不分，所以從中古到現代普通話的聲調變化還剩下一個問題，那就是北方話是否曾經區分陰陽去。如果認為安然和尚的記錄完全正確的話，那麼"表"的發音中，去聲並沒有分化出陰陽兩個調，加上濁上歸去，刨除入聲，"表"的聲調體系和現代北方話已經基本一致。

表面來看，既然"表"去聲不分陰陽，現代北方方言去聲也不分陰陽，似乎可以認為中古北方話聲母清濁導致的陰陽分調對去聲沒有產生足夠的作用。元朝以來北方地區的韻書中去聲也確實不像南方很多方言一樣分為陰去和陽去，但在山西東南部以及河北部分地區，仍然存在區分陰去和陽去的痕跡。如山西長治的老年人說話能分陰去、陽去，"凍"讀 /toŋ⁴⁴/，"動"讀 /toŋ⁵³/。河北昌黎、無極地區，天津寧河以及山東煙台下屬部分區縣，陰去、陽去也沒有完全合併。河北保定一帶的方言雖然單獨唸字不分陰陽去，但是如果是兩個字連一起，後字讀輕聲，前面的字如果是去聲，陰陽去的讀法就會不一樣，"凍著"和"動著"的讀音就會有所區別。甚至北京人說話經常把"在"讀成第 3 聲，可能也是北京話歷史上的陽去的痕跡。

南方的官話曾經分陰陽去就更加明顯了。1893 年香港出版了一本法國傳教士編寫的四川話字典《華西官話漢法詞典》（*Dictionnaire Chinois-Français de la Langue Mandarine Parlée dans l'Ouest de la Chine*），記錄的是四川地區的方言。作者沒有署名，不過號稱是在四川生活多年的傳教士與本地傳教士合作編寫。這本書雖然是 19 世紀末出版的，但是法國背景的巴黎外方傳教會早在 17 世紀末就開始在四川活動，因此可能繼承了一些更老的拼寫。

這本書本身對四川話聲調的描寫是分陰平、陽平、上聲、去聲、入聲五個聲調。但是書裏提到其他作者可能會把上、去、入三聲也各分陰陽，其中上聲、入聲的陰陽區分是比較困難的，而書中第 4 調（去聲）的一些詞稍加注意還是比較容易區分的。書中宣稱，如果找一個發音清楚的中國人，陰陽去之間的區別還是比較明顯的。書中把陰調稱作 ton haut（高調），陽調稱為 ton bas（低調），例詞則包括富 / 父、四 / 事、半 / 辦、貴 / 跪、恕 / 樹。可以看出在字典實際編寫時，四川話的陰去和陽去正在合併進程中，有人分、有人不分，因此字典正文標音時並不區分陰陽去，只是提了一句有人能分。

當然，值得注意的是，就算陰陽去已經合併，當時的四川話聲調還是比今天的成都話多一個，這個第 5 調就是入聲。

—	indique le 1er ton:	*Ma, la, cha.*
∧	... le 2e — :	*Mâ, lâ, chê.*
\	... le 3e — :	*Mà, là, choùi.*
/	... le 4e — :	*Má, lá, chá.*
∪	... le 5e — :	*Mǎ, lǎ, chǔ.*

《華西官話漢法詞典》聲調標注描述

14

"六安"為甚麼
會唸作"lù安"?

> 城中語音，好於他郡，蓋初皆汴人，扈宋南
> 渡，遂家焉。故至今與汴音頗相似，如呼玉為玉（音
> 御），呼一撒為一（音倚）撒，呼百零香為百（音擺）
> 零香，茲皆汴音也。唯江干人言語躁動，為杭人之舊
> 音。教諭張傑嘗戲曰："高宗南渡，止帶得一百（音
> 擺）字過來。"亦是謂也。審方音者不可不知。
>
> —— 明·郎瑛《七修類稿》

> 北京說話獨遺入聲韻。
>
> —— 清·順治帝（愛新覺羅·福臨）

六安本是安徽中部一座普普通通的城市，但是近些年，
六安卻屢屢被捲入奇怪的風波，那就是這個地名到底應該怎
麼讀。

長期以來，六安和可能名氣稍遜的南京六合一直是普通
話讀音的老大難問題，以至於各種字典都會出現不同的處理

方法。有的就統讀為"liù"，有的則專門給這兩個地名設置了"lù"的讀音。這個讀音爭議甚至導致新聞播報時讀了其中一個音，總有另一個音的支持者認為讀錯了。

一般情況下，這兩個音中"liù"被認為是"普通話的音"，"lù"則被認為是吸納了"當地讀音"。這就帶來一個問題：

"吸納方言讀音"在中國地名的普通話發音中並不是常態。中國各地語音不同，絕大部分地名本地的叫法都和普通話有些許不同，卻向來沒人要求把"廣州"讀成 gongzao，把"廈門"讀成 yemeng，把"福州"讀成 hujiu，把"成都"讀成 cendu，這樣類似當地方言的讀音。安徽六安和南京六合，何德何能享受到如此特殊的待遇，用了"當地讀音"？

更蹊蹺的是，若真論六安話和南京話中"六"的讀音，南京話"六"讀 /luʔ⁵/，六安話的"六"讀 /luɐʔ⁴/（六安話另有 /liɯ⁵¹/ 一讀），這兩種方言都是有入聲的方言，而且入聲都讀一個又高又短的聲調。普通話裏並無入聲，如果一定要用普通話的聲調模擬六安話或者南京話"六"的讀音，大概用第 1 聲陰平是相對來說比較像的，可是吸納的"當地讀音"卻反倒讀了第 4 聲——去聲。且不要說六安話的"六"還有個滑音，實在要用普通話模仿，搞不好讀"luō"才算接近一些。

六安和六合也並非地名蹊蹺讀音的孤例。部分河北的地名也往往擁有一些和普通話裏較為通行的讀音相左的讀法，譬如河北"樂亭"讀為 lào 亭，"獲鹿"叫 huái 鹿。漢語中的多音字並不少見，大多數多音字不同的讀音都有著較為明顯的意義差別。但是在這些地名中，這樣的特殊讀音卻似乎並沒有帶來甚麼意義上的區別。此處的"樂"和"獲"同讀 lè 的"樂"或者讀 huò 的"獲",並無明顯的意思差別。

事實上,更多的地名曾經也有過諸如"六安"的特殊讀音,如廣西"百色",在幾十年前的字典裏曾經標音為 bó 色,台灣地區使用的"國語"中,"李白"還叫李 bó。

我們可以暫時跳出地名的窠臼,這樣的奇怪現象並不僅僅出現在地名之中。在中國方言較為統一的北方和西南地區,往往有一類字捉摸不定,在各個地方擁有不同讀音:北京人說把橘子皮 /pau/(剝)了,但是西安人就說 /puɤ/ 了,青島人又說 /pa/ 了;北京人說一 /pai/(百)兩 /pai/,西安人說一 /pei/兩 /pei/,鄭州的 /pɛ/ 和成都的 /pe/ 則比較類似。有些人在網上賣萌會故意把"腳"寫成 jio,成都話的 /tɕio/,西安話的 /tɕyɤ/,河南的 /tɕyo/ 以及山東很多地方的 /tɕyə/,大概可以解釋為甚麼這個網絡流行語有如此廣大的群眾基礎。

反之,一些東北和河北的老人還會把"學"說成 xiáo ── 在一百多年前,"學"的這個讀音也曾經在北京廣泛使用。同樣,世代居住在京城的老北京可能會把北京著名的藥店"鶴年堂"說成"háo 年堂",如果你是相聲的忠實聽眾,大概也曾經聽到過相聲把"仙鶴"說成"仙 háo"。

哪怕是普通話內部,我們也能找到不少奇怪的例子。"陸"表示數字"六"的大寫,但是普通話的"陸"和"六"卻是不同音的;綠林好漢的"綠"雖然來源就是樹林的顏色,可卻讀了一個有些奇怪的讀音。更不要說有些捉摸不定、讓人不勝其煩的多音字。

「早上削了個蘋果，剝了個橘子，然後開始了被老闆剝削的一天。」

「晚上在超市裏有選擇困難，好不容易挑了點菜回家擇。」

「晚上沒幹甚麼，吃了個雞蛋，蛋殼特別難碎。又看了會關於地殼運動的書。」

「剛才玩了會色子，才發現 1 的那面點是紅色的。」

對許多說慣普通話的人來說，這樣的語句可以脫口而出。細細思忖一下，卻不難發現其中的蹊蹺之處，為甚麼我們的祖先要給中國話製造這樣的麻煩呢？

不過這樣的麻煩對於很多中國人來說或許並不存在 —— 無論你是成都人還是西安人，上海人還是廣州人，南京人還是濟南人，如果你說當地方言的口音足夠道地，沒有受到普通話用語習慣的過多影響，有很大概率會發現，當你在說方言時，並不會遇到普通話裏面同一個字相近的意思卻要在兩個讀音中選擇的問題。你的方言裏"削""剝""擇""殼""色"很有可能只有一個讀音，而不會像普通話一樣，根據語境不同會有兩種不同的讀音。

普通話的這個現象並非無根之萍。普通話中，這些字兩個讀音雖然意思上極為接近，卻有些語用上的分工，每個字的一個讀音用在口語常見的詞裏頭，另外一個讀音則一般和一些文綴綴的詞綁定。而這些字還有個共同點，就是它們都屬於入聲字。

入聲堪稱漢語中最神秘的聲調。中古以來，漢語以擁有"平、上、去、入"四聲著稱。今天的普通話也有四聲，分別是陰平、陽平、上聲、去聲。和古代的"平、上、去、入"相比，平、上、去三聲仍然存在，但是入聲消失得無影無蹤，無怪乎順治皇帝特意說"北京說話獨遺入聲韻"了。

21世紀的各地方言中，沒有入聲的可不止北京一家。大體而言，北方（除山西）和西南地區的方言都沒有入聲，東南和山西地區的方言則多保留入聲。而在沒有入聲的方言中，原本的入聲去向千奇百怪：西南地區比較常見的是入聲併入陽平；中原地區則根據古代聲母不同，清音和次濁音（鼻音、邊音、近音）進陰平，全濁音進陽平；普通話則派入其他四個聲調，規律難以捉摸。

入聲的消亡由來已久。明朝郎瑛是杭州人，他所謂的"好於他郡"的"城中語音"指的就是杭州話。朗瑛的例子中，明朝的杭州話把"百"說成"擺"，"一"說成"倚"，"玉"說成"禦"，三個入聲字都變成了其他聲調；位於杭州城外的江干則說話還是"杭人舊音"，入聲還是老老實實地讀入聲。雖然郎瑛所述靖康南渡時高宗隨扈的汴洛音入聲喪失，當地杭人聽來覺得好笑的笑話未必完全可靠，但是推斷他生活的明代杭州話入聲發生了變化應當沒甚麼問題。

於是我們就要問：神秘的入聲到底是甚麼？它為甚麼那麼容易消失？又為甚麼能在不同的方言裏引發不同的變化？

如果你會說廣州話，那麼可以說你已經自動掌握了古代漢語的入聲發音。廣州話的入聲韻尾仍然完整維持了中古時代的格局，除了零星幾個字以外，中古漢語的入聲尾在廣州話中得到了非常完整的保留。中古漢語的"濕""失""式"分別收在 -p、-t、-k，在今天的廣州話中，這三個字分別讀 sap、sat、sik，仍然完整保留了中古漢語的分別。

　　對於大部分生活在北方的中國人來說，方言中一個音節一般只能以 -n 或者 -ng 結尾，以 -p、-t、-k 結尾可能算是聞所未聞。但是其實今天對大部分稍微學過一點英語的中國人來說，這樣的音節算不得多奇怪。英語中 sap（汁）、sat（坐）、sick（病）就分別以這三個尾巴結尾。可能與廣州話稍有不同的是，英語的 sap、sat、sick 發音時 -p、-t、-k 除阻，即最後爆破的概率要大一些。

　　類似廣州話這樣的塞音韻尾在漢藏語中是非常古老的存在，較早誕生書寫系統的漢藏語基本都有塞音尾存在的證據。以數字為例，漢語的"一六七八十"都為塞聲收尾，其中"六八"在中古漢語（以及廣州話）中分別收在 -k 和 -t，在藏文裏"六"拼寫為 དྲུག（drug）和 བརྒྱད（brgyad），

　　不但也以塞音收尾，甚至和漢語的韻尾都對得上。漢藏語系的另一種古老拼音文字緬甸文的"六"拼為 ၁၃၄ ခြောက်（hkrauk），"八"為 ရှစ်（hrac），也同樣由塞音結尾。此外一些其他漢藏語中的古老詞彙，如"蝨""節""殺"也都有塞音尾的存在，這幾個字在藏文中分別拼作 ཤིག（shig）、ཚིགས（tshigs）和 གསོད（gsod）。

中古時期，隨著"四聲概念"的建立，中國人終於給這類 -p、-t、-k 收尾的音節起了一個專門的名字 —— 入聲。命名為入聲，大概是因為這類音節發音短促，聽起來略有"吸入"的感覺。而且"入"字本身也讀入聲，是一個 -p 尾的字，在廣州話裏讀 jap。巧合的是，"入"這個動詞也是漢藏語系古老的同源詞，藏文的 ནུབ་པ（nub pa）意思為"沉沒、消失"，並引申為西方（日落）。

嚴格來說，中古的"四聲"並不是像現代普通話四聲一般，都是以音高等特徵區分的聲調。雖然平、上、去三聲接近純粹的聲調，但是入聲則是單獨的一類，中古漢語的入聲以且僅以 -p、-t、-k 結尾。所有以 -p、-t、-k 結尾的字都屬於入聲，同樣，入聲包括的所有字都以 -p、-t、-k 結尾。為了能夠把入聲歸入四聲之中，古代的中國語言學家把入聲字和對應的鼻音尾的平、上、去聲對應起來。如"東、董、送、屋"四個字湊成平、上、去、入一組，前三者中古時代是 /uŋ/ 的三個不同聲調，最後一個則是 /uk/。

中古漢語的四聲體系在東亞範圍內相當常見，許多與漢語並沒有很密切的親屬關係的語言，如壯語、傣語、侗語、越南語在長期和漢語的接觸下發生了趨同演變，都形成了元音和鼻音收尾的音節分三類聲調，塞音收尾音節只成一類的格局。在這些語言中，中古漢語的入聲借詞也理所當然地用本語言的"入聲"對應。如泰語的數詞借自漢語，泰語裏"一、六、七、八、十"分別為 เอ็ด（et）、หก（hok）、เจ็ด（cet）、แปด（paet）、สิบ（sip），完整地繼承了中古漢語的韻尾體系，與廣州話 jat、luk、cat、baat、sap，越南漢字音 nhất、lục、thất、bát、thập 的韻尾相同。

　　此外，雖然日語、朝鮮語並無漢語式樣的聲調，但是兩者大規模引入漢字讀音時，漢語中的入聲韻尾仍然相當堅挺，因此兩者也都保留了漢語入聲的尾巴，"一、六、七、八、十"在日語中分別讀いち（ichi，吳音）/いつ（itsu，漢音）、ろく（roku，吳音）/りく（riku，漢音）、しち（shichi，吳音）/しつ（shitsu，漢音）、はち（hachi，吳音）/はつ（hatsu，漢音）、じゅう（jū，吳音）/しゅう（shū，漢音）。日語由於歷史上多次從漢語引入讀音，所以其中的漢字往往會有多種讀音，吳音是其在南北朝時期從江南引入的讀音，漢音則是其在唐朝時從長安引入的讀音，無論吳音還是漢音，都保留有中古漢語的入聲韻尾［日語的ち歷史上讀 ti，つ歷史上讀 tu，"十"歷史上吳音是じふ（zifu），漢音是しふ（sifu），ふ更早讀（pu）］。朝鮮語中"一、六、七、八、十"的漢字音則分別是일（il）、륙（ryuk）、칠（chil）、팔（pal）、십（sip），除了中古漢語的韻尾 -t 用 -l 表示外，和中古漢語也相當一致。

　　然而朝鮮語的讀音卻透露出漢語入聲韻尾變化的先聲。朝鮮語本土詞彙完全可以用 -t 來結尾。理論上說，當朝鮮引進漢字讀音時，如果"一、七、八"確實是 -t 收尾，那麼朝鮮語完全可以用 -t 來對應，而現實則是朝鮮語選擇了用 -l 來對應。

　　朝鮮人並非不知朝鮮漢字音的這個特點有些古怪，甚至參與發明朝鮮文的著名朝鮮學者申叔舟就在《東國正韻》的序言中提道："質、勿諸韻，宜以端母（ㄷ）為終聲，而俗用來母（ㄹ），其聲徐緩，不宜入聲，此四聲之變也。"也就是說，生活在 15 世紀中期的申叔舟清楚地知道朝鮮漢字音的 -l 韻尾應該是 -t 韻尾，甚至他還頗為遺憾 -l 發音徐緩，並不能有如 -t 般的頓塞感，不夠"入聲"。

從中唐以後諸如漢藏對音、漢回鶻對音等證據看，可能朝鮮人學習到的北方漢語中 -t 韻尾確實已經發生了變化。中唐以後，至少在北方，漢語的入聲韻尾已經逐漸在發生弱化，其中 -t 尾的弱化尤其明顯，如回鶻文中把漢語的"佛僧"拼為 bursang，"乙"拼為 ir，"惚"在敦煌出土文獻中則有用藏文拼為 ཁྭར（khwar）的。在隨後的一千多年時間中，中國大部分方言入聲韻尾繼續弱化，最終在大部分中國人口中消失。

在今天的中國方言中，如廣州話這般完整保留中古漢語入聲韻尾格局的可以說少之又少。除了廣州話和其他一些粵語方言外，閩南和海南部分地區也可以說是入聲韻尾保存的佼佼者，其他地方則多多少少有些混淆。在許多方言中，入聲韻尾的混淆和鼻音韻尾的混淆幾乎是同步的。今天的上海話、蘇州話都不分前後鼻音，同樣入聲也合併到僅剩一個喉塞 /ʔ/ 音，在這類方言中，入聲最大的特點就是比較短，聽起來比較急促，江浙人說普通話也往往帶有這樣的入聲。這種入聲同樣分佈在江淮、山西、陝北、內蒙古和西南的一些地區。潮汕地區的方言在百多年間，原本的 -n 合併進入 -ng，原本的 -t 也合併進入 -k；梅州的客家話則 ing 變成了 in，ik 變成了 it；江西不少地方則出現了 -p 混入 -t 的現象。而湖南許多保留入聲的方言，如長沙話，入聲在韻母上已經完全和其他聲調沒有差別，只是擁有獨立的聲調而已。

在北方地區，大規模的入聲混淆在唐朝已經初露端倪，到了宋朝則頗具規模。

邵雍是北宋有名的數學家、道士，一生追求羽化登仙。關於邵雍的出生地至今仍然有所爭議，有說他生於今天的河南林州的，也有說他其實是範陽人，也就是來自今天的河北涿州的。無論他祖籍和出生地到底在哪裏，邵雍後來都長期在洛陽生活。他精通《周易》，創作了《皇極經世》，這大致是闡述易學原理的一本書，書中有《聲音唱和圖》，簡單說是把語音收錄進易學理論體系的一張圖。

和中古早期傳統上入聲與鼻韻尾字湊成四個一組不同，《聲音唱和圖》裏的入聲不少跟元音結尾的字相配，譬如"妻子四日（-t）"湊成平上去入一組，"衰〇帥骨（-t）"湊成一組，"龜水貴北（-k）"湊成一組，"牛斗奏六（-k）"湊成一組，"刀早孝岳（-k）"湊成一組。在邵雍搞出的這套體系中，本來的入聲的 -t、-k 已經弱化到不能和對應的 -n、-ng 構成組合了。相對來說，-p 尾可能略為堅挺，圖中把"心審禁〇"和"〇〇〇十（-p）"以及"男坎欠〇"和"〇〇〇妾（-p）"放在相鄰位置，這些 -m 尾的平上去聲字和 -p 尾的入聲字似乎還能對應。如此看來，既然北宋的中原地區已經變成了這般光景，高宗南渡帶著"椅、擺"字過去的笑話也並非一定是莫須有了。

這裏尤其有意思的是，邵雍對幾個 -k 尾入聲韻的處理。

在他看來"岳"的韻母接近"刀早孝","北"的韻母則接近"龜水貴","六"的韻母接近"牛斗奏"。可以這麼說，中古早期的 -k 尾入聲都轉化成了雙元音，-k 被 -u 或者 -i 所替代。今天類似的讀音主要存在於河北地區的一些讀法，也包括普通話裏主要用在口語上的那些來自北京所處的河北地區的讀音。"岳"在河北以及東北很多地方還是讀 /iau/，普通話的韻母 /yɛ/ 則是來自 /yo/。

事實上普通話裏面如果一個入聲字是多音字，多半是 -k 尾入聲字，兩個讀音一個主要出現在口語，讀雙元音，另一個主要出現在書面語，讀單元音。"剝（bao/bo）""伯（bai/bo）""削（xiao/xue）""塞（sei/se）""色（shai/se）""脈（mai/mo）"都是如此，前者是北京所在的河北地區入聲發展的結果，後者則是從南方官話傳來的讀音。

這是北方話入聲演變過程中最有意思的環節之一。自唐朝安史之亂以來，河北地區始終由幾個強大的節度使實際控制。當時包括現在的北京、天津、河北和遼寧一部分的河北地區可說兵強馬壯，民風尚武，位於長安的朝廷很難對其進行直接控制，隨之而來的則是河北地區的語言演變開始和更南方的方言發生區別。

唐朝滅亡之後，從五代到宋，河北北部地區更是長期為遼朝所統治，並是遼朝的經濟中心。在河北地區，入聲早早開始了舒化的進程。但是和中國中部和南部大多數方言的入聲舒化不同，河北地區中古 -k 尾的入聲舒化時並不是純粹變弱然後消失得無影無蹤，而是變相留下了自己的痕跡。

由於中古以來漢語入聲的韻尾不除阻，人們分辨不同的入聲韻尾，很大程度上是依靠不同入聲在從韻母的元音轉到 -p、-t、-k 韻尾時產生的過渡段的語音。當河北地區的 -k 入聲尾逐漸弱化時，這些本來是由人類發音機制制約自然產生的過渡段，並沒有隨著韻尾的弱化而消失，反倒成了古代河北人分辨原來的 -k 尾入聲的主要方式，並得到了強化。

　　在這樣的變化下，中古後期河北地區的方言，-k 尾入聲在合適條件下，或者轉變為 -i 結尾，或者轉變為 -u 結尾的雙元音韻母。大體而言，如果本來的元音比較靠前，那麼補上去的韻尾就是 -i，如果比較靠後，那麼補上去的就是 -u。

　　這種變化也相當常見。英語和德語是相當近的親屬語言，但是在英語中就發生了類似 -k 尾入聲弱化導致產生了雙元音的現象，如“天”在德語中是 Tag，在英語中是 day，在古英語中曾經拼為 dæg。英語的“bow（弓）”在古英語中本來拼為 boga，荷蘭語中仍然拼寫為 boog，德語則是 Bogen。同樣，英語中本來讀 /x/ 的 -gh 也會導致之前的元音發生複化。現代英語的 straight 在古英語中本拼寫為 streht，thought 在古英語中本為 þoht，兩個詞本都是單元音，但後來它們的元音也在 /x/ 的作用下發生了複化。

　　甚至可能當時的中原地區發生了複化。雖然今天中原汴洛地區的方言 -k 尾入聲韻母並沒有複化成雙元音，但是邵雍作為生活在中原地區的宋人，卻把 -k 尾入聲和雙元音的韻母搭配，他的語音中極可能也類似河北方言發生了 -k 尾入聲複化現象。

今天河北地區方言的面貌正是在此時奠基，遼朝留下的契丹小字見證了這種複化的完成。遼朝雖然是契丹人建立的，但是在各種領域漢文仍然相當通行。當時的遼朝，大多數位於北部的領土是說契丹語或者其他語言的，說漢語的漢人主要集中在遼朝南方的幽雲十六州，遼朝的漢語也就以境內幽雲十六州的方言為基礎。

契丹人本沒有文字，跟漢人接觸以後，他們以漢字為模板先後創製了契丹大字和契丹小字。契丹大字和漢字一樣並不直接表音，小字則是一種表音文字。契丹小字在遼朝貴族墓誌中廣泛使用。由於墓誌中往往會提到人的姓名和官職，這些姓名和官職經常本是漢語，在用契丹小字書寫時不會意譯成契丹語，而是直接用契丹小字拼出漢語讀音。

因此，就如我們可以通過唐朝藏族人的藏文拼寫推知當時的漢語讀音一樣，遼朝契丹人的契丹小字也提供了遼朝幽州地區漢語的材料。根據這些契丹小字的拼寫，"冊"讀 chek，"德"讀 tei，"略"讀 lew。這些中古時期 -k 尾收尾的入聲在遼朝的漢語中已經開始變成雙元音。

也正是因為河北地區堅定不移地走上了複化道路，我們才會見到"lào 亭（樂亭）""huái 鹿（獲鹿）"這樣的河北地名讀音。實際上，河北辛集甚至"桌"都讀 /tʂuɑu/（大概相當於漢語拼音 zhuɑo），饒陽縣郭村的"郭"讀 /kuɑu/，可以說把 -k 尾入聲複化一條道走到黑了。

然而作為河北地區最大的城市，位於河北平原地區最北端的北京城卻沒有完全遵循河北方言的套路，這和北京長久以來的首都地位密切相關。

　　儘管在邵雍的時代，中原地區的 -k 尾入聲可能也發生了複化，然而這種複化並沒有堅持下來，中原地區的漢語入聲走上了一條相當不同的道路。在這些方言中，以鄭州話為例，"藥" 不會變成 /iau/，而會變成 /yo/，"百" 的韻母不會變成 /ai/，而會變成 /ɛ/。這樣的格局廣泛分佈在河南、安徽、江蘇、湖北、四川、貴州、雲南、廣西、陝西等地的官話中。可以說，中國大部分人口都是說的這種 -k 尾入聲基本直接弱化甚至脫落，並沒有出現代償現象的官話。由於在這些方言中，-k 尾最終脫落前，-k 尾前的元音往往已經發生了簡化與合併，因此多有 "得" "白" 韻母相同之類的現象，而不像河北方言一樣能夠靠 ei、ai 區分。大概無須多加解釋，北京話裏的 -k 尾入聲字在書面語的讀音就是從這樣的方言引進的。由於北京長期為首都，北京的人口比河北地區其他地方遠遠要複雜。大量人口，尤其是官宦人家來自中原和南方，他們把自己習慣的入聲讀音帶入了北京，因此北京話和後來的普通話裏很多 -k 尾入聲字有南北兩個讀音，這也是 "六安" 中的 "六" 讀 lù 的緣由。

　　一些特定字的演變路線則更加特殊。如 "墨" 在東北地區經常讀 mì，東北地區的方言大體和河北地區（包括北京）較為接近，但是河北地區 "墨" 的本地讀音一般則是 mei。這可能是和東北人的來源有關。今天東北地區的漢族居民許多是清朝晚期以來的山東移民，不少闖關東的山東後裔還記得自己的老家是萊州 jimi 的。由於是口口相傳，有些不明就裏的年輕一代甚至會在網上詢問 jimi 是甚麼地方。其實 jimi 就是山東"即墨","墨"在膠東一些地方有個 /mi/ 的口語讀音。明末的顧炎武曾經專門提道:"墨……平聲則音梅……今山東萊州人呼即墨為濟迷。"可見這個膠東萊州府的特色讀法早在明朝末年就有了,後來更是被膠東移民帶到了東北。除此之外,膠東地區的入聲字演變還有非常獨特的特點,如"角(-k)"在膠東地區的韻母普遍為 /ia/。膠東的特色讀法甚至不局限於 -k 尾入聲,如"割(-t)"在大部分官話後來都演變為 o 韻母(普通話的 e 則是 o 的進一步發展),但是在膠東地區普遍存在 a 的讀法。情況類似的還有"蛤(-p)",青島人把"蛤蜊"叫 /ka la/,前一個字本就是"蛤"的本地讀法。

北方地區還普遍有個讀成 /tau/ 的動詞,意思是啄,經常被人寫成"叨",北方人經常說被雞"叨"了一口,或者把啄木鳥叫"叨木官"。其實"叨"本是"啄"作為 -k 尾入聲字的複化讀音,只是和大部分複化讀音限於河北地區不同,"啄"的這一讀音涵蓋了中原、關中、山東等許多地方。這一類的入聲字還有"肉""賊",這兩字在不少基本保留入聲的長江流域官話裏也經常有舒化的讀法。譬如"賊"在老南京話口語裏面讀 /tsuei²⁴/(陽平),讀書的時候才讀 /tsəʔ⁵/(入聲)。和古南京話有密切關係的長江中上游的湖北、四川等地的方言,"賊"往往出現類似的兩讀現象。

元明之後,北方話裏的入聲開始走上徹底消失的道路。然而漢語韻律中入聲屬於仄聲,北方話的入聲如果不幸併入平聲(幾乎所有北方話都有這樣的現象),就會造成平仄上的混亂。因此長久以來，雖然北方口語中入聲早就消失了，但是讀書的時候，不少北方人仍然會儘量讀出入聲。明朝接觸過北方話的南方人一般非常樂於提及北方話的入聲已經消亡。譬如太倉人陸容提道："北直隸山東人以屋為烏，以陸為路，以閣為杲，無入聲韻。" 有趣的是陸容緊接著又說："入聲內以緝（-p）為妻，以葉（-p）為夜，以甲（-p）為賈，無合口字。" 他專門挑選了三個收 -p 的入聲字又批判一番。大概對於陸容來說，正確的語音不但應該有入聲，-p 尾的入聲還得讀出 "合口" 來，這樣的語音大概和幾百年前北宋邵雍時代的正音標準類似。萬曆皇帝年幼時，講官講授《論語》講到 "色勃如也" 還讀作入聲，皇帝將 "勃" 讀成了 "背" 字（去聲）。張居正竟然厲聲指正："當作 '勃' 字！" 小皇帝受到了嚴重驚嚇。結果後來詳加考證，雖然 "勃" 確實是入聲字，但此處應該按照 "悖" 來讀成去聲。小皇帝的讀法是宮中內侍們教的，內侍因為自己文化程度不高，所以只敢死板地按照書上的注釋依樣畫葫蘆不敢偏離。講官和張居正這樣的學者反倒由於過於自信，對 "勃" 這樣的常用字就沒有參考注釋，直接按照平時習慣的讀音讀成入聲了。

　　儘管張居正命令小皇帝讀入聲是鬧了笑話，但是也從側面說明在明朝晚期的宮廷，至少讀書的時候該讀入聲的字還是應該讀入聲，而不是像北京口語那樣入聲派入了其他四個聲調。北京讀書人這樣的習慣一直維持到民國時代，當時北京讀書音裏面，入聲字還是得讀個像去聲但是要更低、更短一點的特殊聲調。

儘管今天北方地區大部分已經沒有入聲了，然而歷史上，西北地區曾經有比其他地區更多的入聲。當時西北地區把一些其他方言中讀去聲的字讀作入聲，也就是《切韻·序》中的"秦隴則去聲為入"。

　　成書於宋朝的《集韻》記載了一些這樣的西北方音，譬如"四"就"關中謂四數為悉（-t）"，"淚"則反切為"劣戌（-t）切，音律（-t）"。這和後來漢語的去聲中一部分在上古時期也有塞音尾有密切的關係。今天秦隴地區幾乎所有方言入聲都已經徹底消失，然而關中和晉西南地區的方言中，m、n、l之類的次濁聲母的古入聲字會讀陰平，今天關中和晉西南仍然有方言把"淚"讀成陰平調，也即和"律"同音。如陝西大荔和山西萬榮，"淚"都有 /y/ 的陰平讀音，和當地"律"的讀音相同，不同於當地"類"的讀音。

　　《切韻》系韻書裏面"鼻"讀去聲，但是今天北方話普遍讀陽平。這個讀音按理應該來自入聲，在保留入聲的山西、江浙、湖南、江西地區更是大規模讀入聲，只有在閩粵地區才是以讀去聲為主，如廣州話"鼻"說 /pei^{22}/，是個地道的陽去讀音。

　　儘管如此，廣州話在"象鼻"一詞中，"鼻"就讀入聲的 /pet^{22}/，因此粵人經常把"象鼻"寫成"象拔"，連帶一種長得像象鼻的貝類海鮮也就跟著寫成"象拔蚌"了。當"象拔蚌"的寫法被其他地區的中國人借用時，人們往往雲裏霧裏不明就裏，覺得這個名字高深莫測極了，誰知其實就是普通的"象鼻"呢！

j/z
q/c
x/s

梨園人
念念不忘的
一條鐵律

尖團

15

你説話"新""欣"不同音嗎？

夫尖團之音，漢文無所用，故操觚家多置而不講。雖博雅名儒，詞林碩士，往往一出口而失其音……蓋清文中既有尖團二字，凡遇國名、地名、人名，當還音處，必須詳辨。

—— 清·烏拉文通《圓音正考·序》，1743 年

如果你是一個京劇、昆曲或者越劇的愛好者，可能早就已經發現，唱戲時若干字的發音和平時說話頗有不同。譬如在這三種戲裏，唱到"新"字時，都唱 sin，但是唱"欣"時，就和普通話的讀音 xin 差不多。

對於戲曲深度發燒友來說，可能已經聽說過，這兩個字的分別，在戲曲界稱作"分尖團"。這是許多種戲曲尤其強調的東西，譬如唱京劇時，如果不分尖團，那傳統上會被認為是唱倒字，是水準不佳的表現。

和日常口語不同，戲曲中的發音往往是師傅教徒弟，一代一代傳承下來的。再加上戲曲界長期以來都有一些崇古的風

氣，所以很多情況下戲曲中字的讀音會比日常說話要稍微老一些。今天和京劇、昆曲、越劇關係比較緊密的北京、武漢、紹興等地說話都"不分尖團"，但是在這些戲曲中，無論演員來自何方，能分尖團才是好的。

比較奇特的是，從明清時代到現在，漢語的語音雖然大體較為穩定，卻也發生了不少雜七雜八的變化。但是在諸多變化之中，唯有尖團變成了梨園中人念念不忘的一條鐵律。究其原因，大概還是尖團音的區別在聽感上相當明顯，就算是一個平時不分尖團的人，猛地一聽 sin，也不難聽出和自己口中的 xin 存在相當鮮明的區別。

也正是如此，尖團音以及尖團合流是漢語中少數具有自己專名的語音現象。能夠確定的是，"尖團"概念始自清代，主要是描述中古見組聲母和精組聲母在細音前可以區分的現象，也就是說，在分尖團的方音中，齊 / 棋、新 / 欣、精 / 京、節 / 結、尖 / 堅等字都不是同音字。在比較典型的"分尖團"的方言，如鄭州話中，每組字的前者聲母是 c/tsʰ/、s/s/、z/ts/、z/ts/、z/ts/，後者聲母則是 q/tɕʰ/、x/ɕ/、j/tɕ/、j/tɕ/、j/tɕ/。

如果仔細體會普通話 j、q、x 的發音，會發現在發音時舌頭的前部會接觸口腔的硬腭部分，而 z、c、s 則要更靠前一些，趨近舌尖。對於普通話或者其基礎北京話來說，不分尖團的核心原因在於清朝發生的變化。本來的 z、c、s，在細音如 /i/、/y/ 之前變成了 j、q、x，和本已存在的 j、q、x 發生合流，這個變化在語音上可稱為"腭化"。

假如我們能再向前追溯，其實在尖團合流前的團音 j、q、x 也是腭化的結果，在更古老的年代，這些原本來自 k、kʰ、g 等聲母。我們依然能夠在粵語中找到這些聲母本有的狀態，廣州話裏，齊（cai/tʃʰɐi/）、棋（kei/kʰei/），新（san/ʃɐn/）、欣（jan/jɐn/），精（zing/tʃɪŋ/）、京（ging/kɪŋ/），節（zit/tʃit/）、結（git/kit/），尖（zim/tʃim/）、堅（gin/kin/），基本可算保留了這些聲母原本的狀態。

清朝中期，也就是《圓音正考》成書的時代，北京話已經不分尖團了，因此就有人專門撰寫了《圓音正考》幫人分清尖團。除了幫助梨園人士之外，分清尖團還有著另外一個目的：讓滿漢對音能夠更加精確一些。

所謂"尖團"之名，其實本是來自滿族人的總結。清朝前期滿族人仍然普遍使用滿文，滿文是一種在蒙古文基礎上改造的拼音文字。在滿文中，表示 g（ᡤ）/k/、k（ᡴ）/kʰ/、h（ᡥ）/x/ 的字母都是圓頭的，而表示 j（ᡷ）/tʃ/、c（ᡱ）/tʃʰ/、s（ᠰ）/s/ 的字母字頭比較尖，因此才有了"尖團"之名。滿文音譯漢語時，一般用前一組字音譯漢語的 j、q、x，用後一組字音譯漢語的 z、c、s。"尖團"首次出現正是在《圓音正考》裏，對於尖團音的範圍，《圓音正考》也給了簡明扼要的概括，即"試取三十六母字審之：隸見溪群曉匣五母者屬團；隸精清從心邪五母者屬尖"。

《圓音正考》問世於清乾隆年間，烏拉文通的序作於 1743 年。我們已經無從得知為甚麼當時滿族人要強調分尖團。當時的滿族人主要居住在北京和東北地區，接觸的漢語也多是北京和東北地區的漢語，而《圓音正考》問世時，北京話和東北方言都已經不分尖團，分尖團也得是要靠死記硬背才能達成的任務。雖然任務艱巨，當時的滿漢翻譯和戲曲卻都要求得分出漢語的見組聲母和精組聲母，這才有了這本專門教人分尖團的書的橫空問世。

對於清朝早期到中期的滿族人來說，需要《圓音正考》輔助分尖團確實是運氣不濟，因為以滿語為母語的滿族人如果學習北方話式的分尖團確實相當困難。假設他們學習的是廣州話那樣的分尖團，《圓音正考》這種專門教人分尖團的奇特作品恐怕根本沒有面世的機會。

從明朝末年開始，滿族人就開始與漢語深度接觸。然而滿語的語音系統結構和漢語相差甚大，漢語拼音中的 z、c 這樣的音在滿語中並不存在，滿語的 j、c 相對來說更加接近英語 j、ch 的發音部位，本為拼寫滿語設計的滿文，如果硬要拼寫出 /tsi/ 和 /tɕi/ 的不同，是有不小的困難的，甚至要寫出漢語中普遍存在的 /ts/、/tsʰ/ 都會有問題。為此，1632 年，在對滿漢翻譯有極突出貢獻的達海的主導下，滿文專門增補了兩個字母 ᡮ、ᡮ 用來寫漢語的 /ts/、/tsʰ/，才算把問題部分解決。

但是這並沒有把問題全部解決，漢語各方言普遍存在一種在世界諸語言中都不大存在的元音 —— 舌尖元音，也就是漢語拼音 zi、ci、si 的韻母（你應該不難發現它們和 ji、qi、xi 裏面的 i 不是一回事吧）。滿語同樣不存在舌尖元音，只存在普通的 /i/，為了能夠拼寫出漢語帶舌尖元音的音節，也就是漢語拼音的 zi、ci，滿文把兩個新發明的字母和元音 i 的組合用來對音漢語的舌尖元音。也就是說，弄了半天，倘使真的碰上 /tsi/、/tsʰi/，用滿文拼寫還是有困難。

總而言之，一番折騰之後，滿文表示尖團之分仍然相當困難。但這對於當時的滿族人來說也並不是問題。滿文在草創期，確實對漢語的尖團之分並不講究。早在清朝入關之前，還住在東北的滿族人就已經熱衷於《三國演義》這樣的漢語小說，因此《三國演義》早早就被翻譯成了滿文，廣受歡迎。甚至他們還把《三國志宗寮》這樣簡要介紹三國人物的輔助書也翻譯成了滿文，而翻譯過程中三國人名只能音譯，不適合意譯。

在滿文本的《三國志宗寮》裏，本屬見組聲母的"幾"拼寫成了 ji，"喬"拼寫成了 ciyoo，"戲"拼寫成了 si，"據"拼寫成了 jioi。本屬精組聲母的"濟"拼寫成了 ji，"譙"拼寫成了 ciyoo，"襲"拼寫成了 si，"沮"拼寫成了 jioi。總之，精組聲母和見組聲母的拼寫經常完全一樣，沒有區別，用後世術語概括，是典型的尖團不分。

可是到了康熙年間，滿文對漢語的拼寫卻進行了旨在復古的改革，尖團正是這次改革的重頭戲。今天在故宮中徜徉，不難發現絕大多數宮廷的牌匾都是滿漢對照，其中的滿文大多是直接拼出漢字讀音。這種滿漢對音得要分尖團，譬如"乾清宮"滿文拼作 kiyan cing gung，團音字"乾"和尖音字"清"的區別清晰可辨。

由於滿文拼出 /tsi/、/tsʰi/ 有困難，因此在改革中乾脆迴避了這個問題，直接把見組聲母復古一步到位變成 g、k、h。

這對於康熙年間越來越熟悉漢文化的滿族人來說不是問題。此時在很多官話方言裏，g、k、h 應該都還沒怎麼腭化，加之古代韻書的作用，並不需要很高深的語言學知識就能知道“基、欺、希”這樣的“團音”，在更老的讀音裏頭應該讀 gi、ki、hi。

事實上，清朝用滿文拼寫漢語越到後來就越想精益求精。乾隆年間，皇帝竟然異想天開，試圖讓滿漢對音時，用滿文把漢語的平上去入四聲以及“衛”和“魏”的讀音區別也反映出來。由於相對尖團之分，這些分別消失得更早，滿文無從著手，因此並沒有真的改革下去。

無論如何，清朝中期以後，尖團之分在北京城陷入了奇特的僵化狀態。要說口語裏面分尖團，全北京城的本地人大概都沒有分的，要找到能分尖團的北京人恐怕只能到西山的村裏碰碰運氣。但是北京各類人群卻都對分尖團有強大的執念：上至宮裏的皇帝用滿文拼個漢語一定得分；中間的各路官紳口語不分，但是心裏對哪個字尖、哪個字團都門清，說不定讀書的時候還要裝模作樣賣弄一番；下到梨園人士唱戲的時候可不敢不分，不分了那直接就唱倒字能被人喝倒彩。恐怕漢語歷史上都少有這樣的死而不僵的音變。

對尖團的強大執念一直延續到民國時期。民國起初並沒有打算直接用北京話當作國語，而是要在北京話上進行一些修改，讓北京話更適合成為國語。這種修改版的國語稱作“國音”，其中一大修改就是讓北京話分出尖團。“國音”的推廣並不算成功，沒過幾年，京音也就是較為純粹的北京話佔了優勢，成為國語基礎，以至於今。但是此時在解放區，漢字改革的產物 —— 北方拉丁化新文字問世。直到漢語拼音出現，這套方案一直是在群眾中推行的主要拼音方案，這種新文字恰恰也是分尖團的。譬如"新文字"就拼作 sin wenz，"熟練起來的"拼作 shu lian ki lai di。甚至可以說，分尖團是這套新文字表述的語音和北京話的主要區別。直到 21 世紀的今天，尖團之分也並沒有完全退出我們的生活。戲曲經常還要求分尖團自不必說，在進行翻譯時，新華社官方的《英漢譯音表》裏要求把英語的 /siːn/ 翻成"辛"，/ʃiːn/ 和 /hiːn/ 都翻成"欣"。如果你來自分尖團的地區，大概就能理解為甚麼要這樣 ——"辛"是尖音，"欣"是團音。

16

太原人語多不正？

太原人語多不正，最鄙陋惱人，吾少時聽人語，不過百人中一二人耳，今盡爾矣，如酒為九，九為酒，見為箭，箭為見之類，不可勝與辨。

—— 明·傅山《霜紅龕集》

The two most striking differences between them, consist in the change of the initial k before i and ü into ch or ts⋯

（北京話與“正音”之間最明顯的兩項區別包括聲母 k 在 i 和 ü 前面變成 ch 或 ts⋯⋯ ）

—— 衛三畏（Samuel Wells Williams）《漢英韻府》，1874 年

又如去字⋯⋯山東人為趣⋯⋯湖廣人為處。

—— 明·陸容《菽園雜記》

尖團不分並不是北京人的專利，今天尖團混淆仍然是一個在全國範圍內迅速推進的音變。許多地方老人還分尖團，年輕人就分不出來了。除了不分尖團的普通話的影響之外，腭化本身就是一個特別容易發生的音變。

為甚麼 g、k、h 和 z、c、s 在細音前會腭化呢？這是由生理機制決定的。我們發音時，每一個音素並非是完全獨立的。一個元朝或者明朝早期的中國人，當他說 gi 這個音（如"機"字）的聲母 g 時，由於他很快就會再發 /i/ 這個很靠前的元音，g 在他口腔中阻塞的位置就會比其他情況下（如發"歌"go 音）g 的位置要更靠前一些，如此一來他發音時從位置靠後的 g 轉向位置靠前的 i 的動作就可以小一些，也更省力一些。

我們把這個假想的生活在元朝的中國人稱為"甲"。對於"甲"來說，發"機"和"歌"時聲母的微小區別不過是發音器官生理因素帶來的副產品，他仍然認為"機"和"歌"的聲母是同一個 g。這和今天英語的情況差不多。英語 key 中的 /k/ 發音位置明顯要比 cow 中的 /k/ 要靠前不少，但是對於絕大部分說英語的人來說，這兩個詞的開頭的輔音都是 /k/，其中一些微小的語音差別不過是可有可無的附帶特徵。

然而，當"甲"的兒子"乙"開始學說話時，他從"甲"這裏學到了這兩個發音。他注意到了"機"的 g 發音位置比"歌"的 g 要靠前一些。對於"乙"來說，他並不知道這其中的區別並沒有意義，作為一個正常學說話的小孩，他的目標是儘量忠實地模仿"甲"的發音。在模仿"甲"發音的過程中，"乙"就把對於"甲"來說無足輕重，只是生理因素導致的副產品的 g 的前後區別認真地模仿了出來。

　　但是在模仿成功兩個 g 的微妙區別以後，由於發音上的生理因素，"乙"的"機"的發音位置更加靠前。在"乙"又有了後代"丙"之後，"丙"的"機"成阻位置進一步向前移動，最終在某個時間，"歌"和"機"的聲母的區別已經足夠大，以至於兩個字的聲母不再被視為一個，就如同今天的普通話一樣。此時一般"機"的聲母的成阻部位已經前移到了硬腭，到了這個位置，輔音後面再接 i 這樣的前元音時已經幾乎不需要再有動作了，因此這個音變被稱為"腭化"。

　　不光是 g、k、h 可以腭化，z、c、s 也可以腭化，只是和 g、k、h 相反，z、c、s 腭化的過程是往後移動而非向前。對於多數北方方言來說，g、k、h 的腭化要早於 z、c、s，如果 g、k、h 已經腭化，但是 z、c、s 仍然維持在沒有腭化的狀態，就是北方最常見的，也是京劇、昆曲中的分尖團。

　　由於腭化音變是人類發聲器官的生理特性所推進的，因此它是全世界語言中非常常見的音變。只要一門語言被記錄的歷史夠久，多半能發現歷史上發生過腭化。拿中國人相對熟悉的英語為例，現代英語的 ch 不少在古代的英語中曾經讀 k。如英語中"教堂"是 church，但是在英格蘭北部和蘇格蘭地區的教堂就往往是 kirk，保留了腭化前的讀音。英語中"書"是 book，但是還有個 beech，意思是"山毛櫸（一種樹）"。山毛櫸在西歐是非常常見的樹種，曾經是西歐地區造紙的主要原料，因此 book 和 beech 有相當密切的詞源關係。但是由於 beech 歷史上詞尾的 /k/ 發生了腭化，演變為 ch（導致腭化的成分後來因為在詞尾脫落了），相較而言，book 就沒有觸發腭化。同樣道理，英語中 speak 和 speech 也有密切的同源關係。今天英語中 -tion 一般讀 /ʃən/，這也是從歷史上的 /sjən/ 腭化而來。

腭化在語言中甚至可以是反反覆覆地發生。英語是一種印歐語言，其祖先是原始印歐語。在原始印歐語裏，8 是 *oḱtṓw，在古印度的梵語中，8 演變成為 अष्ट（aṣṭa），原本的 ḱ 已經腭化變成了 ṣ。但是對於梵語和波斯語來說，這並不是腭化的終點。在原始印歐語的 k 腭化之後，梵語仍然存在 k 出現在前元音前的組合。原始印歐語的 4 是 *kʷetwṓr，在梵語的祖先那裏 *kʷ 演化為 *k，最後新出現的 *ke- 再次發生腭化，這次腭化的結果就是後來梵語的 चतुर्（catur）。

歷史上經歷過多次腭化的語言幾乎不勝枚舉。從古代拉丁語演變到現代法語也經歷了相當多的腭化音變，古代拉丁語的字母 c 都讀 /k/，但是在法語中，c 先在 i 和 e 前發生了腭化，拉丁語的 centum（100）在法語中演變成為 cent，雖然拼寫上仍然以 c 打頭，但是這個 c 的讀音已經從 /k/ 腭化為 /tʃ/，再變成 /ts/，最後變成了 /s/。這些 /k/ 的陣亡並沒有阻擋法語繼續腭化的腳步，過了一段時間 a 前面的 c 也發生了腭化，拉丁語的 cambiare（改變）在法語中成了 changer，本來的 /k/ 腭化為 /tʃ/，再變為 /ʃ/。這個詞又被英語借入，當時法語的 ch 仍然讀 /tʃ/，所以英語 change 也照搬了這個讀音。

當然如果你的觀察力敏銳，可能已經發現 changer 的腭化不光是波及了開頭的 c。法語可以說是腭化音變的溫床，僅在 cambiare 一詞中，bia 也發生了腭化。其中的 /bj/ 腭化為 /dʒ/，再變為 /ʒ/。無獨有偶，同屬漢藏語系的藏語歷史演變過程中也發生了這樣的嚴重腭化，如藏文“鳥”拼為 ʒ（bya），在吐蕃時代，藏語的鳥可能確實這樣讀，但是今天在腭化作用下，拉薩藏語已經把鳥說成 /tɕʰa/ 了。

所以這就引起了又一個問題。明確說明尖團混淆的較早材料，傅山的《霜紅龕集》已是晚明時期的作品，而且作者基本只提到了太原一地，彼時尖團混淆在太原也不過是發生未久的事。既然腭化如此常見，除了明清時期漢語歷史上確確鑿鑿發生過的涉及“尖團音”的腭化之外，之前數千年漢語就沒有發生過腭化嗎？

首先要說明，雖然腭化是個非常容易而且極為普遍的音變，但卻不是必然發生的。在真實的生活中，並不一定會是像“甲、乙、丙”三代人這樣，腭化在每一代都穩步前進。事實上，被中古人歸為牙音的見組聲母 g、k、h，在漢語的主流方言中，從南北朝伊始一直到明代都沒有明顯的腭化傾向。在這一千多年的時間中，或許大多數學說話的小孩最終意識到靠前和靠後的兩類 /k/ 本質上是一種東西，因此阻擋了腭化的腳步。

不過，在一些材料中，已經可以看到腭化的先聲。譬如我們之前講過越南漢字音的二等字已經發生了腭化，如“江”變成了 giang，“交”變成了 giao。出生於 1607 年的傅山記錄了太原地區腭化的具體過程，他的青少年時期大概相當於明朝末年。在明末清初的幾十年時間，太原話迅速完成了尖團合流。不過此時對於傅山這樣的講究文人來說，尖團合流仍然算得上是一種鄙陋的毛病，所以他心中的正音應該得要分尖團。

更有意思的則是，在包括普通話的前身在內的大部分官話中，"吃"字的讀音極為特殊，可能發生了提前腭化。這個字來自中古的溪母，也就是在中古時代讀 /kʰ/，類似漢語拼音的 k，但是可能因為太過常用，相比自己的溪母同類字（如"契"，請留意"吃"的繁體字"喫"聲旁就是"契"），它更早被捲入了腭化漩渦，成了見組的叛徒，跳槽到了知照組，在溪母兄弟們還讀 /kʰ/ 的時候就讀了 /tʃʰ/，並最終跟著知照組的成員演變成了今天普通話的 ch。但在多數南方方言中，"吃"的讀音仍然是一個普通的溪母字的讀音，並在明清時期隨著溪母主流腭化成了 /tɕʰ/（類似漢語拼音 q）。所以同樣一個"吃"在湖南一帶往往讀 /tɕʰia/ 之類的音，和"恰"比較接近，今天如"恰爛錢"之類的網絡流行語中的"恰"，歸根結底是"吃"字在湖南地區的正常演變。在北方有些地方，這樣提早聞風跳槽的字還多一些。在陝西關中地區，有的地方"翹"讀了類似 cao 的讀音，如三原話 /tsʰau/，就是 /kʰ/ 早早腭化進了知照組又跟著演變成 /tʂʰ/ 再變為 /tsʰ/ 所致。

在山西西南部地區，這批字數量尤其多，譬如洪洞話"緊"讀 /tien/、"澆"讀 /tiao/，浮山話"雞"讀 /ti/，萬榮話"契"讀 /tʂʰʅ/、"角"讀 /tʂɤ/，都是提前走上腭化道路的見組字，和當地見組主流演變不同。

總體來說，當歷史的腳步前進到明朝取代元朝時，中古漢語讀 g、k、h 和 z、c、s 的字，包括通行官話在內的大多數方言中，仍然老老實實待在他們本來的位置上。不過明朝至少見組腭化的例子多了起來。明朝陸容的《菽園雜記》裏面提了一嘴："又如去字……山東人為趣……湖廣人為處。"這說明兩湖和山東一些人的"去"字已然腭化。尤其值得注意的是，山東人的腭化結果是一步到位，直接到了精組聲母的位置（明朝官話主流"趣"的聲母還是 /tsʰ/），這和今天膠東榮成等地口語中"下"說 /sia/、"家"說 /tsia/，或許有著一些微妙的聯繫。此外，榮成話"雞""澆""翹""角"在口語中也分別有 /tsi/、/tsiau/、/tsʰiau/、/tsia/ 的讀音，和山西、陝西部分地區提前腭化的見組字有很高的重合率。這並非偶然，而是涉及了北方話演變過程中的另一個有意思的現象，我們其他章節會講起。

不過這些腭化現象往往局限於北方相對封閉的地區，而且越是交通死角的地方往往涉及的字就越多，有相當明顯的地理局限。官話主流中，這些提前的腭化除了"吃"字以外，幾乎統統都只能算作鄉野土音，甚至於這些出現了提前腭化的字往往也有另一個正常的見組讀音。又由於這些地方往往處於交通死角，受到外界影響較小，明清以來主流官話的見組腭化尖團不分反倒較少受到波及，譬如榮成話，雖然口語裏"家"說 /tsia/，類似漢語拼音 zia，但是要唸起書來，或者說"家鄉"之類的詞，"家"就立馬讀成 /cia/，腭化程度很低，聽起來就像漢語拼音 gia。

腭化讀音上位過程之長還可以從明清時期朝鮮人的記錄中管窺一二。朝鮮語中幾乎所有漢字都有自己的讀音，朝鮮語的漢字音是中國中古時期傳入朝鮮的，因此元明以降，朝鮮對漢字的讀音比中國的官話往往要更加保守。

　　對於一輩子生活在朝鮮的絕大多數朝鮮人來說，朝鮮人讀漢字和中國人不同不是問題，中國人怎麼讀漢字和他們的生活毫無關係。可是由於朝鮮和中國交往密切，總有那麼一撥人需要學習中國話。當時不少的朝鮮士大夫階層除了能用朝鮮語自己的漢字音讀文言文以外，也具有一定的漢語口語交流能力。

　　既然需要和中國人說話，就得學當時中國人的口語，朝鮮也出現了一些學習漢語的教材。朝鮮語中尖團分明，譬如"京"，朝鮮漢字音是경（gyeong），"精"則拼為정（jeong），因此朝鮮人學習漢語的教材可以為我們展現進行中的腭化。

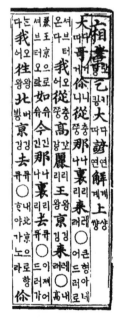
《老乞大諺解》書影

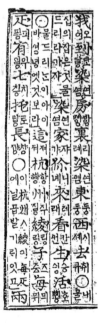
《朴通事新釋諺解》書影

成書於 1670 年的《老乞大諺解》是朝鮮一度相當流行的漢語教材，作者為譯官崔世珍。所謂"乞大"也就是"契丹"的別譯。由於遼朝的餘威，不少中國周邊的語言都把中國北方甚至整個中國叫作"契丹"，今天的俄語仍然如此。在這本書中，作者給了兩種漢語的音，一種為"正音"，一種為"俗音"。注音時在漢字下左邊寫正音，又稱左音；右邊寫俗音，又稱右音。譬如"來"在書中正音為래（rae），俗音為레（re）。

　　不管是正音還是俗音，都和朝鮮語自己源自中古漢語的漢字音有相當差別，而是反映成書時候中國通行的漢語讀音。在《老乞大諺解》裏，"京"的正音和俗音都拼寫為깅（ging），顯然比朝鮮漢字音更接近今天中國北方話的讀音，然而同樣可以看出正音和俗音的見組聲母在細音前都沒有腭化。到了 1765 年出版的《朴通事新釋諺解》中，仍然維持了這樣的格局。不過其中少數見組字的俗音已經腭化，譬如"幾"，正音作계（gye），俗音作지（ji）；"去"，正音作큐（kyu），俗音作취（chwi）。一直到 19 世紀後期的《華音正俗變異》裏，見組字在細音前面的俗音才完全腭化，正音則仍然沒有腭化跡象。

　　至於精組腭化和見組合併，即尖團不分，取得官話正統地位的時間更加晚。就連北京話，雖然口語中見組早就發生了腭化，但是直到 1874 年出版的《漢英韻府》還認為"正音"裏 k 在 i 或者 ü 前不應該腭化。根據作者的描述，他認為"正音"是南京地區的語音。在同一本書裏，北京話雖然 g、k、h 在細音前已經腭化（書中拼為 ch、ch'、h'），但是 z、c、s（書中拼為 ts、ts'、s）並未腭化，也就是尖團仍未合併，說明至少在一些北京讀書人的心目中，精組不腭化的讀音仍然是正統讀音。

這一波元明以來在北方擴展迅速的腭化在華南地區則相對影響較小，大多數的粵語、客家話和福建、海南的方言見組聲母都沒有發生很明顯的腭化。相反，在這些地方，往往精組字在實際發音時會有所腭化，甚至一些在廣西的官話，如柳州話，也基本處於這個狀態。雲南滇西地區的方言，特別是騰沖一帶的鄉間，則和柳州、膠東半島尖端、山西東南部等一些地方一樣同為官話和晉語地區見組腭化程度較低的方言，尖團尤其分明。

不過奇怪的是，儘管在 19 世紀晚期，講究的北京人可能還記得尖團音的來源。短短幾十年後，20 世紀以來的北京話和普通話則出現了一種新的現象。它從北京西單的一條小胡同開始，逐漸波及全國，這就是把 j、q、x 不分古代來源全讀成 z、c、s。

這種現象最早被人注意是 20 世紀 20 年代發生在北京和瀋陽地區的女學生中，因為出現在 "女性說國語" 的場合，所以被稱為 "女國音"。又因為最早流行於劈柴胡同（今天的闢才胡同），也被戲稱為 "劈柴派"。當然，這並非是小小的劈柴胡同有甚麼不得了的神通，其實只是因為當年的北京師範大學附屬女子中學坐落於此，女學生們引領了時代潮流，劈柴胡同沾光而已。

對於一部分女性來說，這樣咬字顯得更加嬌嗲一些，這也是這種讀音為何在受過教育的女學生中尤其流行的原因。"女國音"現象在普通話測試中一直被當作不標準的標誌之一，雖和全國人民普通話越說越標準的總體趨勢相悖，但"女國音"卻能夠不斷發展壯大。在被注意一個世紀後，"女國音"成功以燎原之勢吹遍全國，甚至燒進了一些廣播電視主持人那裏。當女學生們長大成為媽媽、奶奶、外婆之後，她們的後代不分性別都容易帶上"女國音"特徵。21世紀上半葉的今天，似乎已經沒有甚麼可以阻擋"女國音"繼續攻城略地了。

17

福建話為甚麼把 "枝" 説成 "ki" ?

> 條枝，在安息西數千里，臨西海。
>
> —— 西漢·司馬遷《史記·大宛列傳》

中古漢語章組的發音位置和普通話 j、q、x 基本一致，既然普通話的 j、q、x 是腭化的結果，那麼中古時期的章組會不會也有同樣的來源呢？

在今天福建地區的方言中，仍然有一些章組字出人意料地讀舌根音。如 "枝" 在廈門話中讀 ki，"齒" 讀 kʰi。中古時期章組已經腭化，閩南話這樣的讀音莫非是從腭化音 "逆腭化" 回去的嗎？

事情似乎並不是這樣的。以 "枝" 為例，僅僅通過漢字就可以看出這個字和見組字有較為密切的聯繫。"枝" 的聲旁是 "支"，同屬章組的 "支" 是一個常見的聲符，但是它的諧聲字大量出現在見組，譬如 "技" "岐" "歧" 等。

更有意思的是，"枝" 和 "支" 早在上古時期就曾經作為音譯外國地名的用字出現過。譬如《史記》中就記錄西域有

個 "條枝" 國，這可能是漢武帝時期開通西域之後，西域的信息通過絲綢之路上的使者和商人漸次傳入中國，最終到達太史公耳朵裏。在太史公提到 "條枝" 國兩百多年後，東漢使臣甘英嘗試出使大秦，最終在條支國被海所阻，未能完成使命。雖然甘英一行最終沒有抵達目的地提前返回，但是《後漢書》中依然留下了 "條支" 國的記錄。在《後漢書·西域傳》中，明確提道："條支國城在山上，周回四十餘里。臨西海，海水曲環其南及東北，三面路絕，唯西北隅通陸道。"比《史記》的記載要詳細得多，這無疑得歸功於甘英親赴條支帶回的一手信息。

長久以來，關於 "條支" 到底是音譯了哪裏的地名一直有所爭議。有的說這指的是今天伊朗波斯灣沿岸布什爾港（بوشهر），這座城市是座古城，在亞歷山大大帝東征時期曾經被希臘人稱作 Ταοκή（Taoke），看起來和 "條支" 有幾分相似；還有的認為條支實際上指的是地中海東岸名城安條克（Ἀντιόχεια/Antiochia），即今天土耳其 Antakya，中國人在翻譯的時候可能按照漢語自己的韻律習慣把頭上的 An 丟了。

相對來說，最靠譜的解釋則是條支就是 Seleucia，和亞歷山大大帝部將瓜分亞歷山大留下的大帝國的亞洲部分的塞琉古有關係。就像他曾經效忠的君主亞歷山大一樣，塞琉古王朝的開國君王塞琉古一世甚是喜歡營造以自己名字命名的城市，因此西亞地區建立了很多名為 Σελεύκεια（Seleucia）的城市，在今天一般都音譯為 "塞琉西亞"，其中最重要的應該是位於今天伊拉克底格里斯河畔，巴格達附近的塞琉古王朝國都塞琉西亞。條支是這幾十個塞琉西亞中的某一個。

這個"塞琉西亞"譯名是按照英語讀音翻譯而來的，但是在古代，Σελεύκεια 真正存在的時代，希臘語的 κ 讀為 /k/ 並不存在甚麼爭議。也就是說，"支"翻譯的是 κεια 部分，聲母最有可能是 /k/。即便 Taoke 說或者 Antiochia 說是正確的，其實也並不影響這個結論，Taoke 的 k 應該讀 /k/ 自不必說，在東漢時期，希臘語的 χ 應該尚讀為送氣的 /kʰ/。總而言之，漢朝"支"或"枝"的聲母並沒有腭化，就如今天的閩南話一樣。

這又是古老的福建方言殘存的中古之前的舊讀。中國方言雖然紛雜，但是絕大多數現象都可以從隋朝成書的《切韻》所代表的那種中古漢語推導得出。也就是說，全國大部分方言都可以視為《切韻》背後的中古漢語的子子孫孫，唯獨福建地區的方言的祖先在隋朝時和《切韻》分了家。除了福建方言以外，在有些客家話裏，也有"枝"讀 /ki/ 的現象。

對福建方言的研究大大幫助了我們瞭解中古時代章組字的來源。通過對章組來源的研究，我們可以驚訝地發現，近代漢語的"尖團合流"相比上古到中古的劇烈腭化簡直是小巫見大巫。

通過福建方言保留的上古音，我們已經可以看出中古的部分章組來自上古的舌根音，和近代漢語 g、k、h 腭化為 j、q、x 如出一轍。這些字還為數不少。一些字雖然在福建方言中也已經腭化，但卻能夠從漢語方言和周邊語言的其他證據中看出。

最知名的例子大概是"車"，在包括普通話在內的幾乎所有方言裏面，"車"都有章組和見組兩個讀音，即普通話的 chē 和 jū，後者一般讀音和"居"相同，這個讀音普通話裏幾乎已經只剩在下象棋的時候用了。但是在不少方言裏面，如"舟車勞頓"這樣比較文縐縐的詞語中，"車"也讀"居"。"車"的兩個讀音基本沒有意思上的差別，在發生腭化之前，讀音也相當接近。

漢語"針"在中古時期讀 /tɕim/，屬於腭化的章組字，就算在福建方言中也是如此。但是針是一種從原始時代人類就會加工利用的重要工具，因此漢語的"針"在同屬漢藏語系的親屬語言中擁有一些同源詞。藏語中"針"是 ཁབ（khap），緬甸語中"針"是 အပ်（ap），漢語的這兩大親屬語言的同源詞都沒有腭化。

由於漢語在東亞區域的強勢地位，一些周邊的非親屬語也借用了一些漢語的說法。針雖然古已有之，但是更加適用的金屬針的出現則要依靠較為高超的金屬冶煉技術，這項技術正是起自上古中原。在中古晚期越南語大量引入漢語詞之前，就有一些在日常生活中的詞彙進入越南語，這批詞被稱作"古漢越語"。因進入越南語的時間比較早，多數越南人已經意識不到這些詞本也來自漢語，"針"正是其中之一，在越南語中說 kim。此外，泰語中也有一批中古以前就進入的漢語借詞，"針"也是其中之一，泰語"針"作 เข็ม（khem）。同藏語和緬甸語這樣早早分化的親屬語言相比，越南語和泰語中的"針"因為直接從上古漢語借入，更像漢語，也都尚沒有發生腭化。

除了舌根音以外，還有一批章組字可能是來自 /t/、/tʰ/、/d/ 等輔音的腭化。如"者"是"賭"的聲旁，中古時期漢語"者"的聲母是 /tɕ/，"賭"則是 /t/。很明顯，"者"在更古老的時代也發生了腭化。這在當代的方言中不乏一些平行案例，如在陝西關中地區的許多方言中，d、t 在 i 前面也會腭化，因此會有"電"和"件"同音的現象。只是關中地區的腭化波及面相當狹窄，上古到中古章組的腭化則涉及了全國幾乎所有的方言。

也就是說，從上古漢語到中古漢語，已經發生了一波波及面相當廣的腭化現象，這直接導致了中古漢語"章"組聲母的生成。相比起明清以來的見組腭化和精組腭化至今都尚有大批的漏網之魚，上古到中古的第一次腭化的波及面則實在是太廣太廣，只有在上古時期就分離的福建方言中，還殘留一些逃過了第一次腭化魔爪的字。

無論如何，在這第一次腭化以後，中古漢語仍然有為數不少的 k、kʰ、g 配 i、e 等前元音的字，他們仍然具備腭化的潛力。事實上，它們中的大多數在今天大部分漢語方言中，也確實腭化了。對所有語言來說，腭化幾乎都是逃不過的宿命，漢語也並不例外。

m
n
ng

只要説漢語，
就前後鼻音不分

鼻音

18

南方人説話
前後鼻音不分？

風，兗豫司冀橫口合唇言之。風，氾也，其氣博
氾而動物也。青徐言風，蹴口開唇推氣言之。風，放
也，氣放散也。

—— 東漢·劉熙《釋名》

　　區分前後鼻音一向是南方人學習普通話的老大難問題，特
別是如果要參加普通話考試，則更是要下功夫著重訓練區分前
後鼻音。相對來說，北方人似乎天生就能區分前後鼻音，藉助
得天獨厚的優勢，北方人在學習前後鼻音上面幾乎不用下功
夫，只要稍微想想自己母語裏面怎麼分就行。

　　這種對於南北方言的刻板印象在中國由來已久。南方人
不分前後鼻音也和"黃""王"不分等成為北方人心中"南方
話"的主要特點之一。當然，各地南方人不分前後鼻音的程度
可能有些不一樣，比較常見的是 in、ing 和 en、eng 不分，段
位比較高的才會 an、ang 不分，後者就算在"南方人"裏也不
多見。大城市裏大概南京、長沙和昆明的市民容易出現這種現

象，再配合南京特色的 n、l 不分，南京話的 "南京" 在北方人聽來就有點像 "狼金" 了。

　　所謂前後鼻音，指的是 -n 韻尾和 -ng 韻尾的對立。這樣的對立在世界語言中並不算罕見，英語 thin/thing、sin/sing、ban/bang 都是前後鼻音的區分。不過如果學習過英語，可能會發現，就算是分前後鼻音的北方人，也未必能馬上掌握英語這些詞的區別。這是因為在多數北方方言中，前後鼻音的差別並不完全在韻尾上。除了 -n、-ng 的分別之外，帶前後鼻音的韻母往往元音也有一定的差別，譬如普通話裏 ang 裏頭的 a 發音就比 an 裏頭的 a 要靠後很多。這也就是為甚麼對於不少中國人來說，覺得英語的 "bang" 聽著有些像 "班"，反倒是 "bun" 聽起來更像 "幫"。

　　這也是為甚麼前後鼻音不分也會有段位高低的區分。普通話的前後鼻音中，un/ong、ün/iong、ian/iang 元音差別最大，不能分這些的算是前後鼻音不分中的最高段位，an、ang 元音差別也比較大，分不清楚也算是高段位的一種，而 en/eng、in/ing 元音差異相對較小，不分的人也就非常多了。

　　當然，可能讓前後鼻音不分的南方人有所安慰的是，北方話裏也有前後鼻音不分的方言，而且段位頗高。"屯" 和 "同"、"群" 和 "窮" 在山西、寧夏、甘肅、新疆、內蒙古和陝西北部的方言中基本都分不出來，其中的佼佼者甘肅張掖更是順便做到了 "南" 和 "囊"、"連" 和 "良" 也分不出來（這兩組西北其他地區一般可以分），可以說是漢語方言前後鼻音不分的最高境界了。至於 "跟" 和 "庚"、"金" 和 "京"，不消說大概也可以猜到在這些北方話裏是完全同音的。

此外，也不要冤枉了全體南方人民。我們得要明確一點，所謂不分前後鼻音的"南方"人，大多數指的是長江流域的南方人。整個長江流域雖然方言複雜，但是從上游到下游連同支流的成千上萬種方言中的絕大多數都有些前後鼻音不分的現象。不過要是脫離長江流域，到更南方的閩粵地區，就會碰到不僅能分前後鼻音，甚至前鼻音還能再分出一類的人士。

我們首先還是要追溯一下前後鼻音之分的起源。和漢語各方言絕大部分的現象一樣，前後鼻音之分也並不是憑空產生的。今天北方話裏的 -n、-ng，在古代的漢語裏也有。大體而言，普通話的 -n、-ng 繼承了中古漢語的 -n、-ng 區別，也就是說，普通話裏讀前鼻音的字在中古漢語裏也讀前鼻音，普通話裏讀後鼻音的字在中古漢語裏也讀後鼻音。只有零零星星地幾個散字和中古時代不同，譬如中古漢語"馨"是後鼻音 -ng，普通話讀成了前鼻音；中古漢語"檳"是前鼻音 -n，普通話偏偏讀成了後鼻音。

如果你還記得我們之前在聲調裏面介紹過中古漢語中入聲和鼻音是配套的，中古漢語的入聲有 -p、-t、-k 三類，那麼相應的，鼻音也有 -m、-n、-ng 三類。如你所知，普通話和迄今為止所有調查過的北方方言都沒有保存 -m，那麼 -m 到哪去了呢？答案也很簡單，在大多數北方話裏，最靠前的鼻音 -m 和稍微後一點的 -n 合併了。

也就是說，其實北方話也發生過"前後鼻音"不分。對於大多數北方方言來說，"金""斤""京"三個字當中，"金""斤"

同音，都讀前鼻音，"京"則讀後鼻音。而長江流域的方言中基本上三個字都混到了一起。

閩粵地區的方言情況就大不相同了。譬如在福建南部的廈門話中，"金"讀 /kim/，"斤"讀 /kun/，"京"讀 /kɪŋ/，三者都不同音；廣州話中，"金"讀 /kɐm/，"斤"讀 /kɐn/，"京"讀 /kɪŋ/，也都不同音；梅州的客家方言中，"金"讀 /kim/，"斤"讀 /kin/，"京"讀 /kin/，和一般的北方話不一樣，在梅州話中，"斤""京"同音，"金"的讀音則並不相同。

總的來說，鼻音韻尾之分大概遵循這樣的原則，華北處於區分的中等水平，西北（包括山西）以及長江流域最不濟，華南分得最好。華南地區廣州話、廈門話（讀書音）、海南文昌話、南寧話之類的方言的鼻音韻尾幾乎可以做到和中古漢語完全對應，在中國方言裏可算獨樹一幟。此外，越南語和朝鮮語的漢字讀音依託自身的語音系統，也可以做到三個韻尾分立井然，少有舛亂。

不過，不管是"前後鼻音"混亂，還是"前中鼻音"混亂，亦或是"前中後鼻音"混亂，都不需要太過擔心，在漫長的語言演變中，很多語言的鼻音韻尾都會發生一定程度的混淆。蒙古文分 -n、-ng，但是現代蒙古語許多方言都發生了 -n → -ng 的變化。譬如蒙古族問好最常用的 ᠰᠠᠶᠢᠨ ᠪᠠᠶᠢᠨ ᠠ ᠤᠤ（sayin bayin-a-uu，你好嗎）中的 ᠰᠠᠶᠢᠨ（sayin，好），在內蒙古呼倫貝爾新巴爾虎右旗東南部地區已經變成了 /sæ:ŋ/。英語的 ten（十）對應拉丁語的 decem，古代印歐語的 -m 在英語中也變成了 -n。哪怕是中古漢語，相比漢語的祖先也仍然發生了一些鼻音韻尾的變化。

　　如果注意普通話的讀音，可能會發現一個有趣的現象，那就是普通話有 ding、ting，但是沒有 din、tin，甚至讀 ning 的字很多，讀 nin 的卻很少（除了"您""恁"這種近古以來合音產生的字）。這是由於 i 元音會引發聲母的腭化，所以上古漢語的 *tin 在中古時期會變成 /tɕin/，並在普通話裏變成 zhen。

　　因此今天普通話裏如"聽、亭、釘、寧"這樣讀 ting、ding、ning 的字，在中古時期韻母並不是 /iŋ/，而是 /eŋ/，所以才未引發聲母的腭化，在後來的演變中，/eŋ/ 高化成了 /iŋ/，就填補了 ting、ding、ning 的位置。中古漢語的 /en/ 在普通話中則會變成 ian，如"田、填、天、滇、年"等字都是這樣，並沒有變成 /in/，因此普通話裏也就沒有 tin、din，幾乎沒有 nin 了。

　　中古時代最像 ing 的韻母似乎是"蒸"的韻母，也就是中古韻書的蒸韻字，其對應的入聲韻母則是職韻。更加有意思的是，中古漢語比較接近 in 的韻母有"真"韻和"欣"韻兩個（"緊"和"謹"不同音），但是碰上後鼻音 ing 卻只有一個"蒸"韻比較像了。

　　中古的"真"韻和"欣"韻中，"真"韻比較像貨真價實的 in，"欣"韻則看上去有些水分，如"欣"字本身在梅縣客家話裏就讀 /hiun/（客家話讀 /iun/ 的字涉及上古來源，包含一些上古時代不是 /in/ 在中古已經變成"真"韻的字，如"忍"，這批字在福建方言中往往讀音也比較特殊）。"真"韻的"緊"

在日語吳音裏讀きん（kin），朝鮮漢字音讀긴（gin），看起來確實是不折不扣的 in，然而"欣"韻的"謹"則日語吳音讀こん（kon），朝鮮漢字音讀근（geun，eu 表示 /ɯ/），就不那麼像 in 了。

相比而言，"蒸"韻的元音可能更接近"欣"韻而非"真"韻。越南語"蒸"韻字的"蒸"讀chưng，"興"讀hưng，都採用 ư/i/ 來對應漢語"蒸"韻的元音。"真"韻則不同，雖然今天主要讀 ân，卻在早期材料裏面有讀 in 的。在早期的越南漢字音中，"真"寫作 chin（今作 chân），"信"作 tín。朝鮮漢字音裏則"蒸"讀증（jeung），"興"讀흥（heung）。也就是說，蒸韻在上古漢語裏面並不讀 ing，甚至可以說中古早期的漢語也不存在 ing。那麼上古的 ing 跑哪去了呢？

我們暫且先略過神秘失蹤的 ing，轉而關注與 ing 相配的入聲韻母，同樣神秘失蹤的 ik。《詩經・邶風》中有首名為《日月》的詩，開頭一句就是"日居月諸"，之後每節皆以"日居月諸"起頭。

> 日居月諸，照臨下土。乃如之人兮，逝不古處？胡能有定？寧不我顧。
> 日居月諸，下土是冒。乃如之人兮，逝不相好。胡能有定？寧不我報。
> 日居月諸，出自東方。乃如之人兮，德音無良。胡能有定？俾也可忘。
> 日居月諸，東方自出。父兮母兮，畜我不卒。胡

能有定？報我不述。

　　這首詩是發泄棄婦對負心郎的怨憤。每節開頭的"日居月諸"就是對著日月發出感歎，相當於"日啊月啊"。此處的"居"和"諸"二字上古時期元音都是 /a/，放在這裏只是為了記錄感歎的 /a/。

　　然而"居"和"諸"是有聲母的，兩字在上古時期分別讀 *ka 和 *ta。為甚麼要用這兩個字來表示"啊"呢？奧秘在它們前的"日"和"月"。"日"和"月"都是入聲字，中古時代都以 -t 結尾。正如今天普通話"天啊"會說成"天哪"，古代的"日"和"月"的入聲韻尾發生了連音，因此就把後面的 /a/ 帶成了 /ka/ 和 /ta/。

　　問題來了，中古時期"月"的韻尾是 -t，連成 /ta/ 天經地義，但是"日"怎麼會連出 /ka/ 來？要連音成 /ka/，豈不說明《詩經》時代"日"的韻尾不是 -t 而是 -k？

　　上古漢語的"日"很可能確實韻母是 ik。中古漢語一系列讀 in、en 或者 it、et 的漢藏詞，在藏文中以 -ng 或者 -g、-k 結尾。如"節（-t）"對應藏文 ཚིགས（tshigs，關節），繁體字"節"的聲旁"即"也是 -k 結尾；"蝨（-t）"對應藏文 ཤིག（shig，蝨）；"薪（-n）"對應藏文 ཤིང（shing，樹木）；"仁（-n）"對應藏文 སྙིང（snying，心）。也就是說，早在中古以前，漢語就經歷了一輪"前後鼻音"混淆，漢語本有的 ing 變成了 in，本有的 ik 變成了 it。

　　這還不是中古以前漢語鼻音韻尾發生變化的全部。同樣在

《詩經·邶風》中還有一首《綠衣》：

> 綠兮衣兮，綠衣黃裏。心之憂矣，曷維其已！
> 綠兮衣兮，綠衣黃裳。心之憂矣，曷維其亡！
> 綠兮絲兮，女所治兮。我思古人，俾無訧兮。
> 絺兮綌兮，淒其以風。我思古人，實獲我心！

　　根據押韻規律，最後一句的韻腳應該是"風"與"心"，這兩字在中古時期前者收 -ng，後者收 -m，顯然是很難押上的。根源是上古一部分 -m 後來就由於出現在圓唇元音 u 後，就變成了 -ng。"風"是個形聲字，聲符是"凡"，"凡"恰恰就是 -m 尾的字。傳統上一直認為楚國王室為熊氏，但是近年出土的竹簡裏面，卻把楚國王室的氏寫成"酓"。"酓"是一個 -m 尾的字，通過聲旁"今（-m）"就能看出來，而"熊"在中古卻是 -ng 尾。然而"熊"也是個漢藏同源詞，在藏文中寫成 ཌོམ（dom，藏文的 d 來自前綴），緬文中寫作 ဝံ（wam），都是 -m 結尾。所以上古時期"酓"和"熊"的語音足夠接近，才有假借的基礎。今天只有福建一些地方"熊"還讀 /him/ 或者 /kʰim/，有一定可能是保留了上古的 -m。

　　這波從 -m 變 -ng 的風潮可能最早起自今天的山東和江蘇北部。東漢人劉熙是今天的山東昌樂人。他在《釋名》中專門提到了風在"兗豫司冀"是要"橫口合唇言之"，大致意思就是得閉上嘴巴收 -m；但是在"青徐"就得"跟口開唇推氣言之"，在當時的山東和江蘇北部的方言中，原本的 -m 已演變

成了 -ng。

　　和 ing 變成 in 一樣，這一波 -m 變 -ng 的風潮隨後波及了全國各地的漢語方言，任何一種漢語方言都沒有逃過這些鼻音的變化。所以就算你"前後鼻音不分"，也不必過於著急，因為中國人說的某種意義上都是"前後鼻音不分"的方言。

19

前後鼻音不分
是甚麼時候開始的？

呼十卻為石，喚針將作真。忽然雲雨至，總道是天因。

——唐·胡曾《戲妻族語不正》

凡唱，最忌鄉音。吳人不辨清、親、侵三韻，松江支、朱、知，金陵街、該，生、僧，揚州百、卜。常州卓、作，中、宗，皆先正之而後唱可也。

——明·徐渭《南詞敘錄》

山西人以同為屯，以聰為村，無東字韻。江西、湖廣、四川人以情為秦，以性為信，無清字韻。歙、睦、婺三郡人以蘭為郎，以心為星，無寒、侵二字韻。

——明·陸容《菽園雜記》

我們之前提到早在上古時代，漢語的鼻音就經歷過一輪混淆，不過這輪混淆並沒有徹底打破漢語鼻音三分的整體格局。到了中古時代，漢語的“前中後鼻音”算是穩下了陣腳，繼續維持了 -m、-n、-ng 三強鼎立的格局。

　　如果從官定標準看，-m、-n、-ng 前中後鼻音三分從中古最早的南北朝時期一直延續到了明朝早期，前後跨度長達一千年。在這一千年中，無論是《切韻》《廣韻》還是《集韻》《蒙古字韻》《中原音韻》甚至《洪武正韻》，三個鼻音全都分立儼然。在這一千多年間，漢語的入聲韻尾體系發生了崩潰和重組，但是原本和入聲相配的鼻音則穩坐釣魚台，彷彿不為所動。這倒也談不上不合理，畢竟從明朝到現在又過了好幾百年，今天的廣州話仍然幾乎一動不動地維持了中古時代的三個鼻音尾巴。

　　然而官定標準是一回事，實際上怎麼說話，可能就不見得如此了。

　　提到明朝的漢語，有個外國人卻不得不提，他就是金尼閣。金尼閣本名 Nicolas Trigault，出生於今天的比利時杜埃，是第一位到中國的法國籍耶穌會傳教士。為了給他的後繼者們方便，他編寫了漢語教科書《西儒耳目資》，宣稱自己教的是當時中國正統的南京官話。以金尼閣本人的經歷來看，這是順理成章的事。

　　金尼閣於 1610 年抵達澳門，在肇慶短暫停留後於次年秋來到南京。他的漢語老師是兩個來自意大利的外國傳教士，高一志（Alfonso Vagnone）和郭居靜（Lazzaro Cattaneo）。兩人來華後都長期在南京地區活動，以常理推斷，他們在中國所學的漢語應該是南京地區的方言，傳授給金尼閣的大概也是他們所熟悉的南京話。

和當時的其他一些傳教士一樣，金尼閣為了在中國傳教方便，往往以儒家學者的身份示人；又因為來自西方，所以自命"西儒"。《西儒耳目資》究竟是不是真實的南京話暫且不論，但是金尼閣長期在華活動，無疑對當時中國流行的語言會有一定把握。而在金尼閣的拼寫中，中古漢語的 -m 已經全軍覆沒，和 -n 發生了合併，"心"和"新"都拼寫成了 sīn。

準確地說，《西儒耳目資》在拼寫上有大量的 -m 尾，但是這些並不代表真正的 -m 韻尾。在《西儒耳目資》中帶 -m 的字大多在今天的北方話中讀為後鼻音 -ng，因為《西儒耳目資》所要描寫的南京官話在當時只剩下了 -n、-ng 兩個韻尾，因此金尼閣決定直接把 -ng 韻尾寫作 -m 而已，如"京"就寫成 kīm。這可能和金尼閣的個人背景有關。他熟悉法語，法語拼寫中 -m 表示元音鼻化，聽起來和漢語的 -ng 比較像，因此在他看來，這是一種相當妥當的方法。

《西儒耳目資》的面世說明此時的官話大概確實已經沒有 -m 的容身之地了。由於金尼閣是外國傳教士，他整理的漢語讀音不像中國人自己整理的經常會有復古傾向，更能反映當時實際通行的語音。

不過此時要是能分 -m、-n、-ng，大概仍然可算語音純正，高人一等。我們能瞭解到當時人的心態還是得虧明朝流行昆曲。咿咿呀呀的昆曲在今天算是頗為小眾的娛樂，就算在諸多戲曲中也頗為冷門。但是在明朝，昆曲則一度唱響大江南北。

和常見的誤解不同，昆曲並不是江蘇昆山的地方戲。雖然名字上帶了"昆"字，也確實脫胎於早期的昆山腔，但是自從魏良輔改造昆山腔為水磨腔的昆曲誕生以來，它就喪失了簡單的地域屬性，變成了在全國士大夫階層中流行的戲曲。

由於昆曲全國性戲曲的崇高地位，昆曲的唱腔自然不可能使用昆山地區的方言，因此昆曲的演唱和唸白語言多是使用當時的官話，只有戲中的丑角才會在唸白時使用各類方言，如京白、蘇白等。由於算是士人雅樂，昆曲對演唱過程中的字音相當講究，因此也出現了一批專門教人昆曲字音的曲韻韻書。

以今天的觀點來看，這些曲韻的韻書往往有些晦澀難懂，甚至會出現體系上的紊亂，語音分析水平遠不如早於它們幾百年的《切韻》《廣韻》一系的中古韻書。如被奉為圭臬的昆曲韻書《韻學驪珠》中甚至於會出現"白，北葉排"這樣的注音，意思是昆曲北曲中"白"要讀"排"。主流的北方官話裏"白"當然不會讀"排"，類似這樣難懂的注音可能得需要一些江南吳語的知識才能理解 —— 和北方話"排"聲母一般是 /pʰ/ 不同，在蘇州話裏，"排"的聲母是 /b/，和"白"的聲母一致。身為蘇州人的作者沈乘麐自己知道北方話裏原本的入聲字韻母讀法和南方不同，但是在選擇注音字的時候卻不當心選了只有江南人才容易理解的"排"字。

不過其他方面不論，所有的明朝指導昆曲發音的材料都要求分清 -m、-n、-ng，甚至不惜反反覆覆舉例強調。

從昆曲行家們留下的記錄來看，雖然貴為昆曲發源地和重要中心，明朝的蘇州地區卻已經成了 -m、-n 不分的漩渦，甚至 -n、-ng 也分不清楚，已經和今天的江浙地區人說話狀態差不多。紹興人徐渭對此痛心疾首，他表示："凡唱，最忌鄉音。吳人不辨清、親、侵三韻，松江支、朱、知，金陵街、該，生、僧，揚州百、卜。常州卓、作，中、宗，皆先正之而後唱可也。"

　　此處的 "吳" 指的是吳縣，也就是蘇州。從當時的描述可以看出，蘇州不但 im（侵）已經消失，而且和 in（親）、ing（清）都發生了混淆，已經演變到了今天長江流域的 "南方話" 的狀態。另外幾處被點名批評的地方也是由於當地方言和 "正統官話" 出現了不合現象，有趣的是，這些現象往往今天在當地仍然如此。松江大約是由於 "支、朱、知" 都同音，今天上海地區不少地方確實這樣（上海市區今天都讀 /tsʅ/）。南京大概是由於當時的南京話 "街" 讀 /kai/，和 "該" 同音，這一點今天南京周圍的方言很多還是如此，另外南京話平捲舌分法和北方話不同，"生" 讀平舌音，和 "僧" 同音。揚州是因為 "百" "卜" 都讀 /poʔ/。常州是 "卓" "中" 不讀捲舌音，和 "作" "宗" 分別同音。這些都屬於在演唱時需要留意的 "語病"。

　　明末吳江人沈寵綏為了能讓吳人分清三個鼻音尾可以說操碎了心，他在《度曲須知》中專門提道：

　　　收鼻何音？吳字土音。（吳江呼吳字，不作胡音，另有土音，與鼻音相似。）

閉口何音？無字土音。（吳俗呼無字，不作巫音，另有土音，與閉口相似。）

抵舌何音？你字土音。（吳俗有我儂、你儂之稱，其你字不作泥音，另有土音，與抵舌相似。）

在吳江方言中，"吳" 讀 ng，"無" 讀 m，"你" 讀 n，所以正與收鼻（-ng）、閉口（-m）、抵舌（-n）一致。但是用如此迂迴的方法講解，反過來說明當時吳江人分辨鼻音尾已經非常困難了。清朝初年的吳江人鈕琇在廣東高明當過官，他記載 "通水之道為圳（-n），音浸（-m）"，廣州話 "圳" 說 zan，"浸" 說 zam，並不同音，鈕琇應該是受到自己家鄉吳音的影響，-m、-n 分不清楚。

不過鼻音混亂在明朝已經蔚為大觀，也遠遠不限於吳地。

《菽園雜記》是明朝成化年間陸容的筆記，陸容是江蘇太倉人，成化年間考取進士，後長期在各地為官，素來有博學的名聲。僅就《菽園雜記》中對各地方音的描述就可以看出，陸容至少接觸過全國許多地方的人，並且對他們的語音具有相當敏銳的洞察力。

可能是因為經常聽到北方人笑話南方人 "黃" "王" 不分，身為南方人的陸容相當不悅，他提出 "殊不知北人音韻不正者尤多"，並開始挑各地人說話時在他看來會有的 "毛病"。

其中他提道："山西人以同為屯，以聰為村，無東字韻。江西、湖廣、四川人以情為秦，以性為信，無清字韻。歙、睦、婺三郡人以蘭為郎，以心為星，無寒、侵二字韻。"在他看來，鼻音韻尾發生混淆是當時已經出現在全國許多地方的"語病"。

從中可以看出，西北特色的 un、ong 不分在當時已經頗成氣候，而長江流域中上游 in、ing 也已經不分，皖南和贛東北更有出現了 an、ang 不分的高段前後鼻音不分。

反過來說，在陸容生活的年代，他家鄉太倉的方言 -m、-n、-ng 三個鼻音韻尾應該還分得相當清楚，否則他大概也沒有抨擊其他地方方言的底氣。這也不是沒有旁證：徐渭作為紹興人能夠批評蘇州 -m、-n、-ng 不分，大概說明紹興自己得能分；同期昆山人和定海人自己編寫的方言韻書中，仍然還是能夠區分三個鼻音尾巴。不過方言韻書經常有泥古的現象，更直接的證據來自晚明湖州人凌濛初。他明確說："其廉纖、監咸、侵尋閉口三韻，舊曲原未嘗輕借。今會稽、毗陵二郡，土音猶嚴，皆自然出之，非待學而能者；獨東西吳人懵然，亦莫可解。"蘇州自古號稱東吳，湖州則號稱西吳。凌濛初自己承認家鄉人和蘇州人已經難以體會甚麼是閉口韻（-m），說了也是發懵。但是方言接近的會稽（紹興）、毗陵（常州），此時本地土話中 -m 仍然保存完好，按照土話開口就符合正音，不需要專門學習。

如果本來方言就能分辨 -m，那麼對於唱曲來說，今天昆曲理論上仍然要求分出 -m、-n、-ng。但是由於現在唱昆曲的人本身的方言分不出來，所以只能死記硬背，尤其是普通話對區別 -m 和 -n 也幫不上忙。這樣的死記硬背還很難投機取巧，明朝就曾經有人因為投機取巧鬧過笑話。

明朝有位著名的北曲曲師頓仁，籍貫不詳，可能是元滅後沒入南京教坊的元人後代。大概在正德年間明武宗南巡，入為供奉，後隨明武宗返回北京，晚年被松江人何良俊聘請為家班樂師。何良俊對他頗為尊重，稱他為老頓。由於工作性質的緣故，頓仁平時"《中原音韻》《瓊林雅韻》終年不去手"，也就是成天背標準讀音，因此頓仁的發音相當準確，何良俊評價為："故開口閉口與四聲陰陽字八九分皆是。"

然而某天唱曲正好遇到了"毡（氈）"字，頓仁直接就唱了 -m。何良俊指出這個字不是 -m 尾的。頓仁很自信地說自己"於韻上考索極詳，此字從占，當作閉口"。也就是說，既然聲旁是"占"，"占"是 -m 收尾的，所以"毡"自然也應該是 -m。

投機取巧的頓仁沒有料到，"毡"其實是個古代的簡化字，正字是"氊"。這個字原本的聲旁"亶"是個收 -n 的字，所以"氊"也應該是 -n 尾。只有 -m、-n 混淆才會誕生"毡"這樣的簡化字。反之這個字的出現本身就說明了當時 -m、-n 混淆已經相當嚴重，素來以自己音韻造詣自詡的老頓掉進了這個陷阱。而當時的松江口語大概就能分 -m、-n，何良俊並不需要強行背，自然也不會根據聲旁投機取巧，就能迅速指出問題。

因此，綜合來說，雖然今天江浙人不分前後鼻音，但是在明朝中晚期，江浙各地對鼻音尾巴的分辨能力正處於激烈退化過程中：有的地方如蘇州已經和今天一樣亂成一鍋粥；有的地方卻比北方人還要強一些，能夠分辨三個鼻音韻尾。

不過一如既往，引領時尚潮流的蘇州最後取得了勝利。到了清朝江浙地區分得清前後鼻音的勢力就日漸衰微。清朝乾隆年間的沈乘麐和陸容一樣都是太倉人。不過與陸容一點都沒提太倉人韻尾分辨有問題不同，沈乘麐在《韻學驪珠》中提到，太倉南城"干讀岡，寒讀杭"，已經一躍而至前後鼻音不分的高段位。本來因為嚴格區分 -m、-n、-ng 被凌濛初盛讚的常州，清朝初年本地人是奎所著的《太古元音》中，-m 已經大有消失跡象。乾隆年間的《吳下方言考》中，-ng 和 -n 已有混淆嫌疑。晚清《兒女英雄傳》裏出現了用北京話記錄常州話的文段，裏面把常州話的"請"用北京話"寢"注音，"能"用"吶恩"兩字合音注音，顯然已經 ing、in 和 eng、en 不分了。

類似晚明江浙地區，這樣分前後鼻音和不分的地區插花式分佈，在今天的中國也仍然可以看到。陸容說江西人把 ing 讀成 in，這對於江西大部分地區是成立的，但是在江西進賢、安義、萬年、都昌、寧都等地，ing 和 in 並沒有合併，其中安義也保留了 -m，所以"金、斤、京"都不同音。撫州一帶則保留了 -m，雖然"斤""京"相混，但是"金"保持了獨立。

雖然從南北朝到明朝的正音都要 -m、-n、-ng 三分，但是混淆的痕跡在更早的時候就已經出現。元朝《中原音韻》前記錄了一些各地語病，其中不少是涉及 -m 尾併入 -n 尾的，譬如就有"針有真""侵有親""庵有安""監有間""詹有氈""纖有先"。《中原音韻》作者周德清是江西高安人，他家鄉的方言至今仍然有 -m，這個警示並不是為了提醒自己，而是可能當

時這樣 -m 消失的方言已經頗具規模。

我們甚至能在唐朝找到 -m 消失的徵兆。晚唐胡曾曾經戲謔過自己的妻子，說她家族："呼十卻為石，喚針將作真。忽然雲雨至，總道是天因。"這首詩其實是調侃胡曾夫人家族語音上的幾個問題，即"十（-p）""石（-k）"同音，"針（-m）""真（-n）"同音，"因（-n）""陰（-m）"同音，都是韻尾發生了混淆。

可惜的是，今天我們雖然能讀到胡曾的這首遊戲之作，卻已經不能得知胡曾的夫人到底是哪裏人，因此我們不能從這首詩中推測到底是哪裏的方言已經發生了 -m、-n 的混淆。可以知道的是，胡曾本人是邵州邵陽人，既然他作詩調侃了夫人"前後鼻音不分"，大概可以推知當時的邵陽方言自身應該是可以分的。鼻音混淆在中國各地的方言中經歷了漫長而複雜的過程。

那如果你是北方人，可能會想知道，作為漢語的發源地，難道那麼大的北方就沒有一處地方還保留了 -m 嗎？就沒有一處地能像南方零碎保留 -m 的島狀區域那樣保留 -m 的嗎？

截至目前，北方進行的所有方言調查都沒有發現能夠以原狀保留中古漢語的 -m 的方言。如果不計朝鮮漢字音，江西鄱陽湖以南的幾處地方大約是目前 -m 保留的最北區域。然而，中古的 -m、-n 之別也確實沒有在北方完全消亡。

這片狹小的保留了古代 -m、-n 之分的區域在黃河晉陝交界段南側的兩岸，以陝西韓城和對岸的山西河津為中心，略向南擴展到陝西合陽。

陝西人經常開玩笑說韓城人買"鹽（-m）"說成買"羊（-ng）"，雖然是玩笑話，但卻說出了韓城方言的一大特點——其他北方話的 -n 在韓城經常變成 -ng。

然而韓城的這個變化並不是隨意瞎變，韓城所有變成 -ng 的字其實都是古代收 -m 的字。在韓城，-m 發生了和北方其他地方都不一樣的變化，-m 並沒有和 -n 合併，而是併進了 -ng。所謂把"鹽"說成"羊"，其實就是本來的 iam 變成了 iang，聽上去和陝西其他地方的羊讀音比較像。

韓城人不光把"鹽"說成 /iaŋ/，還把"三月"說成 /saŋ/ 月，把"鐮刀"說成 /liaŋ/ 刀，把"甜"說成 /tʰiaŋ/，把"蘸"說成 /tʂaŋ/，把"枕頭"說成 /tʂɤŋ/ 頭，把"淋"說成 /liɤŋ/，把"心"說成 /ɕiɤŋ/。這樣韓城人也就和河對岸的河津人一樣成為北方近乎絕無僅有的分 -m、-n 的人群了。

20

山西人愛吃的 "擦尖"
真是 "尖" 嗎？

更使他莫名其妙的是，小長工把 "狼" 叫作 "騾" ……

—— 當代·陳忠實《白鹿原》（1993 年）

　　小時候我家住在老城一個小黑浪（巷）裏，鄰居是個圪料（翹）人。有一天我放學回家，他家的狗正衝我卜來（擺）尾巴，我就過去想不撈（抱）它。沒想到還沒靠近，鄰居就衝了出來，手裏拿著木頭圪欖（杆）就要打我。我被逼到一個圪嶗（角）裏，眼看無路可逃，隨手抄起一把不浪（棒）就和他幹了起來。也不知道哪來的力氣，我竟然打得他毫無還手之力，他的撂（調）過頭就跑，結果被一個圪棱（梗）子不爛（絆）了一下，跌倒在地上，疼的滿地骨攏（滾）。我媽聽到動靜，趕緊過來把我撥拉（扒）開，說 "你是不是忽龍（昏）了心了，怎麼打人？趕緊給

我把不浪卜料（摽）了"。我委屈的很，明明是他先
打我……

—— 當代·Hynuza（山西汾陽人）

山西素以麵食大省出名，在山西各地有一類極其常見的麵
食，總稱為"某尖"或者"某節"，大體上都是用麵製成的湯
飯。我們暫時按照山西省城太原的常見用法，把這類麵食稱作
"尖"。常見種類有擦尖、剔尖、抿尖、切尖、波尖，大體是
山西人用不同的工具和操作方法做出來的各種形狀的"尖"。

在山西省城太原，"尖"讀 /tɕie/，接近漢語拼音的 jie。
在太原話中，"街"也是讀這個音，也就是說，"尖"本來有的
鼻音在太原話中已經消失了。

我們之前已經看到了中古時期的鼻音是如何一步步合併
的。鼻音的變化不僅僅是合併，在許多方言中，鼻音也會變得
越來越弱，直至趨於消失。

這並不值得奇怪。既然入聲的 -p、-t、-k 可以丟得一個不
剩，那麼鼻音韻尾自然也可以脫落。普通話的 an、en 在很多
北方方言中實際上 -n 也已經變得很弱，an 變成了 /ã/，en 變
成了 /ẽ/，這種發音非常普遍，徐州、安徽北部、山東西部、
關中等地都是如此，因此這些地方的人雖然普遍能分普通話的
前後鼻音，但是前鼻音聽起來總是和普通話有點差別。

類似的弱化還發生在成都。在 20 世紀中期以前，成都話
的 an 和重慶話一樣是扎扎實實的 an，但是現在的成都話 an
已經變成了 /æ̃/。重慶人聽起來這彷彿在發嗲一般，成都人嬌

滴滴的"好 /fæ̃/（煩）嗒！"可以讓他們毛骨悚然。這個音也被戲稱為"梅花音"，現在已是分辨相對接近的成渝兩地方言的最鮮明的特徵。

江浙地區更是鼻音丟失的重災區。"三"說 /sɛ/ 在江浙已經算是司空見慣。"關"和"官"也普遍丟了鼻音，如常州話"關 /kuæ/ ≠ 官 /kuɤ/"。寧波和台州"江"也說 /kɔ̃/，處於鼻音徹底脫落的邊緣。到了溫州"江"就徹底沒了鼻音，溫州話"江"就讀 /kuɔ/，和"交"同音。更厲害的是"溫"在溫州話裏也丟了鼻音，讀 /ʔjy/，"溫州"在溫州話的讀音和普通話的"淤究"差不多。

就算是鼻音保留得非常好的閩南方言，其實也只是讀書的時候鼻音特別嚴整，口語讀音反倒沒那麼講究。如"三"，口語讀音是 /sã/，只有用在"三國"這樣的場合才會說 /sam/。源自閩南的海南話，"三"就徹底丟了口語中的鼻音，讀 /ta/。

我們說回山西的"尖"。鼻音脫落雖然讓太原的"尖"變成了 /tɕie/，太原也確實把這類麵飯稱作 /tɕie/，但是 /tɕie/ 這個音在太原話裏對應了一大堆字，麵飯真的就是"尖"字嗎？

不幸的是，太原人可能真的寫錯了字。雖然太原話裏麵飯和"尖"是同音字，但是山西其他地方就不一定了，譬如汾陽，"麵飯"叫 /tɕia/，"尖"是 /tɕi/，顯然對不上號。更加麻煩的是，太谷話"尖"是 /tɕiẽĩ/，還有鼻音的痕跡，"麵飯"則是 /tɕie/，根本沒有鼻音了。

因此，我們有理由相信，山西流行的麵飯 /tɕie/ 並不是"尖"丟了鼻音形成的發音。"尖"在山西話裏丟了鼻音應該是相對比較晚近的事，在太谷等地還有鼻音的殘存。麵飯顯然不是這種情況，在今天晉中地區，麵飯已經都不帶鼻音了。

　　不過值得注意的是，晉中地區還有另外一類丟鼻音的現象。這類字以"杏"和"耕"為代表。太原話"杏"讀 /ɕie/，"耕"讀 /tɕie/（由於太原話這個讀音和"藉"相近，因此還有誤認為是"藉地"的），汾陽話則"杏"讀 /ɕia/，"耕"讀 /tɕia/，太谷話則"杏"讀 /ɕie/，"耕"讀 /tɕie/。三地"杏""耕"和"麵飯"的韻母都相同。

　　和"尖"不同，這些後鼻音的字在晉中地區丟鼻音似乎時日已久，各地都已經不帶鼻音了，而且往往作為口語讀音存在，讀書時則有個更接近官話的帶鼻音的讀音。你可能已經發現，其中"耕"和麵飯的讀音在幾個地方是完全一致的。當然不會有人把麵飯叫"耕"，不過"羹"是不是就比較像是麵飯了？山西人稱呼麵飯的 /tɕie/ 其實就是"羹"。無論從含義還是讀音，"羹"都比"尖"要合適得多。只是大部分山西人已經難以反應過來，他們口語中的 /tɕie/ 其實本是"羹"的本地讀音了。

　　這一類字的讀音甚至不局限於山西，而是也分佈在黃河對岸的陝西。西安話裏面"挖掘"說 /tɕie/，本也是"耕"，經常因為讀音被誤認為"揭"。西安話還把"歪著擋路"叫 /ɕye/，"反正"叫 /ɕye/ 順，"蠻橫"叫 /ɕye/，"多佔地"叫 /ɕye/ 地，"歪著"稱 /ɕye ɕye/ 子，這些聽起來像拼音 xue 的其實都是"橫"字。這其實是古代西北方言後鼻音脫落在西安方言中留下的最後的殘跡之一。對於多數西安人來說，"橫"字讀 /xuoŋ/，和

"哄"同音，口語中的 /ɕye/ 和"橫"字難以建立聯繫，無形中卻為這個讀音傳下創造了有利的條件。

如果說西安話只是少數幾個詞裏面掉了鼻音，山西中南部、陝北和關中東北部的各縣區 -ng 脫落簡直成了常例。如：

	合陽	韓城	臨汾	孝義	祁縣	汾西
狼	lo	luɤ	lɔ	luɤ	la	lɯ
牆	tsʰio	tɕʰyɤ	tɕʰyɔ	tɕiɛ	tɕia	tɕʰi
湯	tʰo	tʰuɤ	tʰɔ	tʰuɤ	tʰa	tʰɯ
放 / 房	fo	fuɤ	fɔ	xuɤ	xo	fɯ
桑	ɕyɤ	suɤ	sɔ	suɤ	sa	sɯ
張	tʂo	tʂuɤ	tʂɔ	tʂɛ	tsa	tsɯ
糠	kʰɤ	kʰɤ	kʰɔ	kʰuɤ	kʰa	kʰɯ
窗			tʂʰɔ	suɤ	so	tsʰu
巷			xɔ	xuɤ		xɯ
羊	io	yɤ	yɔ	iɛ	ia	i
生 / 甥	ʂɤ	ʂɑ	ʂɤ	ʂɑ	sɿ	sei
冷	liə	lia	lɤ	lia	li	lei
杏	ɕiə	xɑ	ɕiɛ	ɕia	ɕi	xei
棚	pʰiɤ	pʰia	pʰɤ	pia	pi	pʰei
橫	ɕyɤ	ɕya	xuɔ	ɕya		xei
聲	ʂə	ʂle	ʂɤ	ʂl̩	sɿ	sei
命	miə	mie	miɛ	mi	m̩	mi
聽	tʰiə	tʰie	tʰiɛ	tʰi	tʰɿ	tʰi
兄			ɕyɛ	ɕy	ɕyu	

要說這些晉陝方言為甚麼不約而同都沒了鼻音，答案倒也不難 —— 它們丟鼻音的進程在唐朝就已經開始，丟了一千多年丟得一乾二淨也就不足為奇了。山西方言是一種保守、相當有特色的語言，譬如開頭引用的那一段山西話就充斥著分音詞和圪頭詞，這些現象在北方方言中都以山西地區最為突出。

各地方言在鼻音方面有所齟齬，早在上古就是如此。漢朝鄭玄就曾經提道："齊人言殷聲如衣。"不過這個更有可能涉及上古時代其他韻尾的變化，對鼻音整體格局影響不大。然而到了唐朝，中國西北地區的方言卻出現了非常可觀的鼻音脫落現象。

中晚唐以前，現在大多數北方話讀 -ang 的字在藏文中也用 -ang 注音。如大昭寺前的唐蕃會盟碑，立於公元 823 年，碑文中"皇帝"用藏文拼寫為 ཧྭང་ཏེ（hwang te）。

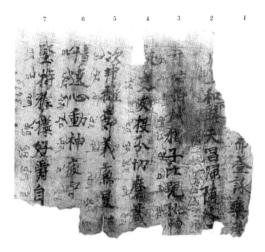

羅常培《唐五代西北方音》中所引漢藏對音《千字文》殘卷

200

中晚唐時期開始，藏文記錄的漢字讀音開始發生變化，藏族人開始用 -o 來記錄漢語的 -ang。

《千字文》裏面的"牆"用了藏文 ཛྱོ（dzyo）注音，"象"用了 སྱོའོ（syo'o），"傍"則用了 བོ（bo），同時也偶爾出現用 -ong 來寫 -ang 的情況，如"帳"就寫了 ཆོང（chong）。敦煌漢人自己用藏文拼寫的《遊江樂》中則把"恍惚"拼成 ཁོ་ཁྭར（kho khwar），"揚州"拼成 ཡང་ཆུན（yang chun，可能誤記為"陽春"），"長江"拼成 ཇོང་ཀང（jong kang），"雙"拼成 ཤོང（shong）。可能作者作為漢族人，有這些字在正音裏面應該有後鼻音的意識，因此脫落現象要稍微輕一些，但是也已經有"恍"這樣完全脫落的字了。

同樣是在《千字文》中，其他的 -ng 尾韻母也發生了類似的脫落現象，只是也像 -ang 的變化一樣不那麼徹底。"精"用了藏文 ཙྱེ（tsye）注音，"星"用 སྱེ（sye）注音，"京"則用 ཀེ（ke）注音，可是"明"的注音卻是 མེང（meng）。讓寫作者猶豫的原因可能是，此時西北方言這些字還有鼻化，聽起來介乎有 -ng 和沒有 -ng 之間，無法用藏文準確表記，就只好有時寫 -ng 有時不寫了。

發現這個變化的還不光是藏族人。晚唐五代敦煌以西有一股以今天吐魯番為中心的強大勢力，即高昌回鶻。自公元 840 年本來活動於蒙古高原的回鶻汗國被黠戛斯攻滅西遷後，大批回鶻人西遷至吐魯番盆地附近，高昌回鶻作為一方勢力一直活躍到公元 13 世紀歸順元朝為止。

在唐朝滅麴氏高昌前，漢語已經是吐魯番盆地的通行語言。又經過唐朝數百年治理，當地留下大量漢語來源的地名。高昌回鶻遷移至吐魯番盆地後，直接沿用了當地的漢語地名，並且採用回鶻字母拼寫，因此也就保留了晚唐時期當地地名的漢語發音。這其中不少地名甚至沿用到今天。只是今天這些地名大多根據回鶻語的後代維吾爾語的發音回譯回近代漢語，往往已經變得面目全非了。

如今天的"魯克沁"在回鶻文中寫作 Lükčüng，本來是自漢朝就有的地名"柳中"；"七克台"回鶻文寫作 Čïqtïn，本是唐朝的"赤亭"。當然最重要的地名則是高昌回鶻的都城 Qočo（回鶻語的 q 是一個比 k 更靠後的小舌位置的輔音），大概不用很費力就可以猜到 Qočo 的來源自然是沿用歷史悠久的當地地名"高昌"，其中"昌"已經變成了 čo。公元 10 世紀晚期，于闐派往敦煌使團的使者張金山用粟特字母簽了自己的名字，其中"張"拼寫為 cā，也是丟了鼻音的寫法。

把西北方言這一特徵體現得更為淋漓盡致的還有回鶻文版本《玄奘傳》。玄奘大師當時在高昌回鶻廣受尊崇，記錄玄奘一生事跡的《玄奘傳》也被翻譯成了回鶻文。《玄奘傳》全稱《大唐大慈恩寺三藏法師傳》，由玄奘弟子彥悰法師於公元688 年整理完成。回鶻文《玄奘傳》由勝光法師（Šïŋqo Šäli Tutung）翻譯，大約在公元 10 世紀和 11 世紀之交完成。可以看出勝光法師本人就把"光"寫成 qo，已經缺失了鼻音。

勝光法師是別失八里人，別失八里是回鶻語"五城"的意思，大概是以今天的吉木薩爾縣為中心的區域。

長久以來回鶻文《玄奘傳》一直處於失傳狀態。1930 年左右，在新疆南部某個縣城的巴扎裏居然有人售賣回鶻文《玄奘傳》。幸運的是，很快就有慧眼識珠的買家買下，可惜後來部分被攜往歐洲變賣。

回鶻文版的《玄奘傳》全稱"Bodisataw Taito Samtso Ačarining Yorïghïn Oqïtmaq Atlïgh Tsï-ïn-čüin Tigmä Kawi Nom Bitig"，即"名為說明菩薩大唐三藏法師的慈恩傳的經書"。從翻譯質量看，勝光法師精通漢文和回鶻文。僅僅在題目中，就出現了 Taito（大唐）、Samtso（三藏）兩處鼻音脫落的拼寫。玄奘法師的法號則被拼為 Hüintso，不出意外，"奘"的 -ang 也已經變成了 -o。

同樣在回鶻文《玄奘傳》中，洛陽被拼為 Laghki，也就是"洛京"的轉寫，也出現了鼻音丟失的現象。這一特徵在宋朝西北地區仍然很常見。陸游曾經說過："四方之音有訛者，則一韻盡訛……秦人訛'青'字，則謂'青'為'萋'，謂'經'為'稽'。"此時這個西北特色的讀音在秦地繼續穩定存在。到了明朝陸容批評各地方言毛病的段落中還有"山西人……以青為妻"，和今天的山西以及陝西部分地區的發音還頗為合拍。

明朝以後，西北地區的方言受到了越來越強的華北方言的影響。和西北不同，華北地區的方言 -ng 非常穩固，從中古到當下都沒有明顯的弱化現象。因此在華北方言的影響下，西北地區這些已經鼻音脫落的字又借了華北地區還保留鼻音的讀音。今天甘肅、青海、寧夏、新疆的方言已經幾乎找不到這樣後鼻音脫落的現象了，只有交通相對隔絕、外來移民又較少的山西以及陝西部分地區，才仍然能明顯地保留中古西北方言的遺風。

　　交通便利的地方，如西北第一大城市西安的方言中，這種後鼻音的特殊變化已經接近完全消失。西安口語中大概只剩了"橫""耕""蹦（讀 /pie/，跳的意思）"等極少數的幾個字有這種現象。這些字在大多數西安人的語感裏已經和漢字讀音失去了聯繫，所以並沒有被強大的華北影響蕩清。

　　然而在西安周邊的地名，仍然保留著一些西北方言的遺風。如西安西南郊的興隆村，本地人稱"龍王河"，"龍王河"已經變成了"/luɤ²⁴/（羅）河"；鄠邑區的養老宮村，村名源自元朝修建的道觀養老宮，但是當地方音為"/yɤ³¹/（約）羅宮"；陳兵坊又名"陳平坊"或"陳坪坊"，一說和漢朝曲逆侯陳平有關，一說和唐朝平陽公主陳兵於此有關，在當地方音為"陳/pei³¹/（伯）坊"。這類地名中的殘留在關中地區離西安較遠的澄城、大荔、白水、合陽、韓城等地更多，譬如澄城的"永內"當地讀"/y⁵⁵ næ⁵⁵/（育奈）"，大荔的"步昌"當地叫"步/ɕyɛ⁵⁵/"。也幸虧有這些一代代口口相傳的地名，我們才能有幸聽到一些古代遺音。

　　雖然在大部分地區，源於中古西北方言的後鼻音脫落並沒有留下太多痕跡，然而"打"字卻是個例外。這個聲旁為"丁"的常用字在中國絕大部分方言中已經丟了鼻音，只是在江浙地區"打"還有鼻音，如上海話的"打"外地人聽起來有些像普通話的"黨"。這得歸功於唐朝長安城的影響力。這座輻輳四方的世界級大都會使用西北方言，"打"在長安話裏丟

了鼻音，並通過長安話的影響力最終改變了中國大部分人口中
"打"的讀音，也讓全國大多數人的口語裏留下中古西北方言
的蹤跡。

21

上海人為甚麼
把 "生煎包" 唸作 "雙肩包"?

其聲大率齊韻作灰,庚韻作陽,如黎為來,聲為
商,石為鑠之類,與江南同,乃出自然,益信昔人制
韻釋經之不謬。

—— 明·[嘉靖]《興寧縣志》

"庚耕清青" 諸韻合口呼之字,他方多誤讀為
"東冬" 韻。如 "觥" 讀若 "公","瓊" 讀若 "窮",
"榮縈熒" 並讀若 "容","兄" 讀若 "凶","轟" 讀
若 "烘",廣音則皆 "庚青" 韻,其善四也。

—— 清·陳澧《廣州音說》

拜網絡語言 "恰爛錢" 所賜,現在全國人民都知道湖南人
把 "吃" 說成 /tɕʰia/。上海則流傳著 "生煎包" 和 "雙肩包"
在上海話裏同音的笑話。實際上一般上海人會把帶餡的包子稱
作 "饅頭",許多上海人也能夠區分 "生 /sã/" 和 "雙 /sã/",
只是在北方人聽起來兩個字都像 sang 罷了。

我們暫時把湖南話放一邊，把注意力集中在上海"生煎包"上。長江流域的方言普遍有前後鼻音不分的現象，也就是說普通話的 en/eng 和 in/ing 在長江流域的很多方言中分不太清。譬如蘇州話"新"和"星"就是完全的同音字。儘管如此，普通話讀 eng、ing 的一部分字在這些地處南方的方言中卻存在另外的讀音。如"餅"在江西南昌方言中讀 /piaŋ/，和"擯 /pin/"不同；"星"則讀 /ɕiaŋ/，不同於"新 /ɕin/"。上海話"生 /sã/"和"深 /səŋ/"並不同音；"櫻"則讀 /ʔã/，也和"音 /ʔiŋ/"不一樣。

　　如果你對山西人掉鼻音的字還有記憶的話，就會發現南方這些讀音比較特殊的字在山陝地區也是掉鼻音的字。而且和大多數華北地區的方言不同，山陝方言中這些字掉了鼻音以後對元音的區分相對更細致。譬如普通話裏韻母相同的"生"和"聲"，在這些方言中不少都並不同韻，如韓城的"生 /ʂɑ/ ≠ 聲 /ʂle/"；"扔"在韓城更是讀 /zɿ/，和"生""聲"都不同韻。

　　事實上，西南地區雖然這些字的數量遠遠不及東南、中南以及山西，但是也有幾個頗好玩的例子，如四川人把"橫"說成 /xuan/，和"還"讀音一樣，用在"橫起走""扯橫筋"裏。

　　陝西、東南、中南、西南地理上相距遙遠，不大可能這些字集體出現巧合。出現這麼多和普通話的韻母大不相同的字，實在是因為普通話的 eng、ing 兩個韻母來源太複雜了。

　　這兩個韻母在《廣韻》中涉及"登蒸耕庚（二）清庚（三）青"一共七個韻母（庚韻分二等和三等兩個韻母）。也就是說，這七個韻母的合併形成了今天普通話的 eng、ing 兩個韻母。

然而在其他地區的方言中，這七個韻母未必按照普通話和華北地區的通行模式合併，這樣就產生了方言之間的種種區別。

這七個韻母大體可以分為兩類，"登蒸"為一類，"耕庚（二）清庚（三）青"為一類。相對而言，各地方言"登蒸"讀音特殊的並不多，絕大部分還是老老實實地讀 eng、ing 或者類似的音，宋朝人將這兩個韻歸為一類，稱為"曾攝"。讀音特殊的主要是後一類韻母，宋朝人把這類韻歸為一類，稱作"梗攝"。

中古時期，這大類的元音有相當差別，基本不會發生互相混淆的現象。曾攝的狀態較為簡單，特別是中古後期以後，登韻和蒸韻大致分別和今天北方話的 eng、ing 兩個韻母的讀音相差不遠，因此各地方言的讀音也就比較類似。而梗攝則大不相同，在中古早期，梗攝各韻母的主元音大約都分佈在比較靠前的位置。中古後期經過整合大體形成了 /ɛŋ/ 和 /iɛŋ/ 兩個韻母，和曾攝的 /əŋ/ 以及 /iŋ/ 相對立。

此時曾攝和梗攝的韻母相對接近，一不留神就會發生混淆。混淆果然出現了——宋代以後，華北地區的方言曾攝和梗攝發生了合流。舉個例子，本來讀音不同的"朋"和"棚"發生了合併，本來讀音兩樣的"菱"和"鈴"也併到了一起。

但在南方地區和西北地區，它們接下來並沒有朝著合併的路線走。在南方很多地方，梗攝維持了獨立的地位，/ɛŋ/ 沒有串進其他韻母，如閩南話"棚"就讀 /pɛ̃/~/pĩ/。同樣是在福建，福州話"棚"就讀 /paŋ/。這類降低為 /aŋ/ 的讀音在南方非常普遍，因此在南方許多地方，"生"也都有類似 sang 的讀音。江浙以外的南方地區，/iɛŋ/ 也多與 /iŋ/ 維持了對立，因此諸如"餅"讀 /piaŋ/ 這樣的讀音在南方地區可謂司空見慣。

山西地區的方言由於早早地鼻音弱化，反倒有利於維持元音上的對立（參考普通話分 ia、ie，不分 ian、ien，分 i、ie，不分 ing、ieng 的情況），因此山西方言也和東南方言一樣維持住了梗攝的獨立地位。雖然山西話和東南方言聽感差距極大，但在保留古代對立方言方面卻取得了難得的一致。

你可能會好奇，中古時期帶鼻音的韻母都有與之相配的帶入聲的韻母，如果山西地區的方言由於鼻音早早脫落保留了這些韻母的區別，那麼入聲早早脫落的河北地區方言會不會也能保留這些韻對應的入聲韻的分別呢？

這個在理論上當然是可以實現的。事實上，長沙人把"吃"讀成 /tɕʰia/ 就是梗攝入聲的讀音。廣州人雖然日常用"食"表示飲食，但是如果心情不佳或者咒罵時也會使用"吃"，這裏的吃就會讀 jaak 或者 hek。

正如之前提到入聲時所說，河北地區的方言早早丟了 -k 尾，但是 -k 尾的喪失卻為保留本來 /ək/ 和 /ɛk/ 之間的區別提供了有利條件。如"墨"和"脈"，在河北地區就維持了對立，前者讀 mei，後者讀 mai；同樣"刻"和"客"在河北地區讀音也並不相同，前者讀 /kʰei/，後者讀 /tɕʰiɛ/。根據遼代契丹小字的材料，當時河北"百"和"擺"韻母也還尚有差別，所以"擺""百""北"都不同音，"百"韻母可能尚讀 /ɛi/，後來河北地區"百"的韻母和 ai 徹底合併，才和"擺"同音。"客"的韻母則從 /iɛi/ 最終變成 /iɛ/，與"且"的韻母合流。

其他地方的官話普遍也發生了梗攝混入曾攝的音變，因此"刻""客"在河北以外，如中原地區和江淮大部分地區，普遍不能區分。只有在安徽巢湖等少數地方，"刻""客"才保留了區分的痕跡，如巢湖話"刻"讀 /kʰəʔ/，"客"讀 /kʰeʔ/。普通話裏這兩個字同音則是來自中原以南的相混讀音，而非北京所在的河北本地音。

不過梗攝的問題還不止這些，我們剛才說的都是中古時代的開口 [1] 字，也就是沒有 -u- 的，但是無論是曾攝還是梗攝，都還有合口字。譬如梗攝就有"觥""橫""永""礦""榮""轟""兄""傾""瓊""薨"等字，曾攝則有"弘""肱"等。

只要你和四川人打過交道，不難發現他們有一些常用字的發音和普通話是不一樣的。譬如四川人會把"永""榮"說成 yun；還有"橫"，除了讀 huan 以外，四川話裏還有另外一個讀音 hun，和"魂"同音，這和北方許多地方"橫"讀成 hong（如西安）是大不一樣的。

在大多數情況下，四川話的 un、ong 與 ün、iong 和普通話是大致對應的。就像我們之前所說，四川人不分前後鼻音一般限於 en、eng 或者 in、ing 分不出來，而 un、ong 和 ün、iong 不分則不是通常情況下四川話會出的問題。

這個特點早在明朝就為人所注意了，明朝江西新建人張位

---

[1] 漢語的韻母根據其開頭元音的發音口型，可以分為"四呼"，即"開口呼、合口呼、齊齒呼、撮口呼"。其中，開口呼指韻母不是 i、u、ü，或不以 i、u、ü 開頭的韻母，合口呼指韻母為 u 和以 u 為開頭的韻母。

的《問奇集》中提到"三楚永為允",說明在當時他已經發現了這個現象。

我們得為四川話鳴一下冤,四川話並沒有發生簡單的前後鼻音不分。雖然由於四川話"永""榮"讀 yun,"榮"和"雲"同音(和"永"聲調對應的"允"在四川則普遍讀 /zuən/),但是反過來,四川話的"容""勇"還是讀 yong,所以和多數北方話不一樣,四川話"永"和"勇"或者"榮"和"容"的讀音是能夠區分的。

一如既往,如果今天的某種方言能夠區分一些讀音,古漢語也可以區分。在這一點上,我們甚至不需要依靠古代的韻書。廣州話裏面這些都可以區分:"永"和"榮"讀 wing,"勇"和"容"則讀 jung,"允"和"雲"則讀 wan。在區分這些韻母方面,廣州話堪稱漢語方言的典範,其他方言則往往走上了不同的混併道路。

普通話中 ong、iong 韻母的大部分是來自古漢語的通攝,這些字在中唐以後已經讀為 /uŋ/ 和 /iuŋ/,與今天他們在北方話裏的讀音差不多。然而此時曾攝和梗攝的合口字則情況並不相同,如"紅"的韻母為 /uŋ/,"弘"的韻母為 /uəŋ/,"橫""宏"則為 /ueŋ/;"胸"的韻母為 /iuŋ/,"兄"則為 /iueŋ/。

早早脫落鼻音的山西方言再次體現了其保守性。山西許多地方"兄"有脫落鼻音的讀法,如臨汾話說 /ɕyɛ/;陝西地名裏面"永"脫落鼻音以後則變成了 /y/,和"芋"當了同音字;汾陽話"兄"是 /sʅ/,"塋"是 /ɥ/。這些方言中,這些掉了鼻音的字自然都逃過了和"凶""勇"等字變成同音字的命運。

而在東南方言中，梗攝的合口字也沒那麼容易和通攝串聯，梗攝元音滑向 /a/ 的老規矩在這裏仍然適用。譬如常州話"橫"就說 /ɦuaŋ/，完全不用擔心和"紅"相混，反倒和"黃"成了同音字。對於"兄""傾"這樣細音的合口字，福建、廣東、江西不少方言則丟掉合口，直接參照"輕""鏡"這樣的開口字處理。如"兄"在福州口語讀 /hiaŋ/，書音為 /hiŋ/；閩南地區則口語說 /hiã/，書音為 /hiŋ/；江西各地則多有 /ɕiaŋ/ 的讀法，廣州話則讀 hing。

梗攝和通攝不混對海南島來說尤其重要。海南的簡稱是"瓊"，這個稱呼本是來自海南古稱瓊州。在普通話和大多數北方話中，"瓊"的讀音和"窮"一模一樣，本來含義相當美好的"瓊"字就不幸和"窮"搭上了邊。不用多想也可以知道，在瓊州作為地名出現的時候，"瓊"和"窮"肯定不能同音。幸好海南話自己是能夠區分"瓊""窮"的，在海南話中，"瓊"一般讀 /xeŋ/，"窮"則讀 /kiaŋ/ 或 /xioŋ/。此外廣州話也能區分"瓊 king"和"窮 kung"。只是有一利必有一弊，廣州話和海南話雖然能分"瓊"和"窮"，但是卻以"瓊"丟了合口為代價，"瓊"和"擎"又成了同音字。

在後來的演化中，長江流域的官話曾攝、梗攝和通攝的字在長時間保持了獨立，但是曾攝、梗攝的字最後卻伴隨前後韻母混淆混入了相應的前鼻音，從而導致"永"讀成"允"。這個演化規律也不僅僅限於官話之中，如說吳語的常州地區，唸書的時候文縐縐的"甍"字就讀 /huəŋ/，和當地的"昏"讀音相同。北方的官話中曾攝、梗攝的合口字則走上了和通攝合併的道路，這個變化在元朝處於進行時。《中原音韻》裏"永"既有 /iuəŋ/ 音，也有和"勇"同音的 /iuŋ/ 音；"橫"也有兩個讀音，既有比較老的 /xuəŋ/，也有混進 /xuŋ/，和"紅"同音。

但是後來普通話"橫"則是不走尋常路，丟了 u，沒有按照正常規律變成 hóng，而是丟了 -u- 直接混進了 héng。這種丟了合口的字在北京地區相對常見。譬如"傾"，在山東、河南、陝西、甘肅、青海、新疆經常讀成類似漢語拼音 qiong 的音，在長江中上游地區的湖北、四川許多地方都類似 qun，在北京則和"橫"一樣，丟了合口。有意思的是，北京話"傾"還有個口語的讀音 kēng，老北京人說"kēng 家蕩產"。現今年輕的北京市民雖然照著字不大唸 kēng 了，但是口語裏面"把人坑了"的"坑"很有可能就是"傾"。宋元時代的文獻經常有"傾陷"的寫法，明朝以後"坑"逐漸多用在這個場合，可能是個俗字。這個讀音在兩湖地區一些地方的 /kʰən/（武漢）、/kʰuan/（長沙）也頗對得上號。

最有趣的是，北方話的梗攝合口還出現了一個叛徒"礦"字。在今天的普通話裏，"礦"與"曠"同音。以北京話的演變規律，梗攝字"礦"無論如何不應該變成 kuàng。世世代代生活在京城的老北京可能會知道，在舊時北京人把"礦"說成 gǒng。這個讀音在 1962 年版的《新華字典》中還有出現，符合"礦"字在北京話正常演變的結果，應該算得上是京城正音。可是不知怎麼搞的，在近幾十年卻莫名其妙被人揚棄，逐漸變得沒人用了。反而是來路不明，疑似唸別字的 kuàng 反倒取得了正統地位。

22

n、l 不分
是南方人的説話特徵嗎？

嬴，郎佐切，音螺去聲，讀若糯。

—— 明 · 李實《蜀語》

要是上網搜索一下 "如何糾正普通話……"，大概說得最多的就是如何糾正 n、l 不分。大概是 n、l 不分的口音實在是太過明顯，涉及的字數又數以百計。更絕的是，對於能分清 n、l 的人來說，分清它們不費吹灰之力，而對分不清 n、l 的人來說，不但發音時發不出它們的區別，就連聽到的也是一模一樣。

很多中國人認為，n、l 不分和 "黃" "王" 不分一樣，是一個寬泛的 "南方人" 說話的特徵。實際上南方許多地方的人是能夠分清 "黃" "王" 的。這兩個字在中古最早期是一個聲母 /ɦ/，韻母也很接近，差別在 "黃" 是一等字，讀 /ɦʷɑŋ/，"王" 是三等字，讀 /ɦɨuaŋ/。後來 "黃" 在北方濁音清化後變成 h 聲母，但是 "王" 的三等介音最終讓聲母發生了弱化，沒有能夠清化變成 h。在粵語等一些南方方言中，"黃" 的聲母

214

也早早弱化，最後在粵語中變成 w。在隨後的演變中，“王”的三等介音丟失，和“黃”韻母相同了，反映到廣州話就是“黃”“王”同讀 wong。

廣州粵語的情況在南方方言中並不是普遍現象。雖然早在南宋時期安徽舒州人朱翌就提道：“黃王不分，江南之音也，嶺外尤甚。”但是一些吳語至今還是可以區分“黃”“王”的。如溫州話就把“黃”讀 /ɦuɔ/，“王”讀 /jyɔ/。嘉興話裏面，地名“王店”的“王”、上海崇明王姓的“王”都讀 /ɦiã/，和當地“楊”的讀音 /ɦiã/ 在外人聽來較為接近，可能也是《中原音韻》裏面周德清所謂“王楊不分及諸方語之病”的基礎。粵東潮汕地區則“王”說 /heŋ/，“黃”說 /ŋ/，近於福建泉州廈門以及台灣的閩南話。“黃”的這個接近北方人“嗯”的讀音，曾經讓清朝首任台灣巡察御史的北京人黃叔璥大為驚駭，他感歎：“黃則無音，厄影切，更為難省。”

與“黃”“王”不分實則在南方覆蓋面有限不同，n、l 不分在廣大南方地區則頗具群眾基礎。實際上，淮河流域到江淮地區的蘇北、安徽一帶已經有大把人 n、l 不分，江西、湖北、湖南、福建、四川、貴州等省很有可能不分 n、l 的人比分的人還要多。總之七七八八加起來，說中國有幾億人不分 n、l 應該問題不大。

這麼多中國人分不清 n、l 情有可原。這兩個輔音發音位置極其接近，區別只在於 n 是鼻腔共鳴，l 發音時氣流則從舌頭兩側通過。這兩個輔音的混淆在全世界語言中都極其常見。嚴格以中古漢語為準繩的話，普通話也稍有 n、l 混淆的情況，譬如中古屬於來母的"弄"在普通話裏成了 n 聲母，反之屬於娘母的"貢"成了 l 聲母。基本分 n、l 的法語把"等級"說成 niveau，在古代法語中這個詞還是 livel，英語 level 正是來源於此。

不過普通話裏 n、l 的混淆只涉及個位數的字，但是在南方很多方言裏，n、l 則是系統性地不能分辨。正如前後鼻音不分有不同段位一樣，n、l 不分也不見得會全都不分。相對來說，混淆程度最嚴重的大約是蘇北、安徽、湖北、重慶、川東等地區。在這些地方，他們說普通話 n、l 是完全混淆的，也就是"難＝蘭""你＝李""年＝連"。這樣最高段位的 n、l 不分在北方地區確實相當少見，然而蘭州附近的方言 n、l 混淆程度絲毫不見遜色，也是處於全混狀態，可算是讓北方地區也破功了。

當然在大多數情況下，這個變化應該是明清以來才發生的。1899 年傳教士殷德生記錄的漢口話裏，本來讀 n 的字基本都有 l 的異讀，本來讀 l 的字卻不會讀 n，音變正在發生。今天 n、l 全混的揚州，在其郊區一些鄉鎮，也仍然是能夠區分 n、l 的。

程度稍輕的不分則是"難＝蘭"，但是"你≠李""年≠連"。這是因為後兩組都是細音，在許多方言裏面，n 後面跟著細音會引發一定程度的腭化，也就和 l 的距離拉得更開。包括成都在內的川西以及陝西寶雞、湖南長沙、江蘇溧陽等許多方言處於這個狀態，可以說是半吊子相混。除了長江流域以外，這種現象也出現在西北部分地區。

還有一些地方則混淆的程度更加輕一些，局限在少數幾個韻母上，譬如除了寶雞 n、l 混淆相對嚴重以外，陝西關中地區普遍有一定程度的 u 前 n、l 不分的現象，主要體現在 "農 = 籠" "內 = 類"（關中話這兩個字都讀 luei）等。

　　儘管存在 n、l 相混的問題，不過相對於其他輔音來說，n、l 幾乎算是最穩定的一類了。從中古到現在，絕大部分方言的 n、l 都沒有發生明顯的變化。相比各類濁音聲母走了不同的清化模式，"精" 組和 "見" 組聲母的大規模腭化，"知" "章" "莊" 組聲母複雜的捲舌變化，"幫" 組聲母向輕唇音的分化，n 背後的 "泥" 母和 "娘" 母以及 l 背後的 "來" 母卻擁有著驚人的穩定性，簡直讓人覺得他們是不是一路從上古到今天都沒甚麼變化。

　　遺憾的是，事情再一次沒有那麼簡單。假如你聽過福建泉州、廈門、漳州地區的人說話，可能會發現一個有意思的現象，就是他們發 l 的時候會有點 "大舌頭"。譬如讓他們說 "福建人"，這個 "人"（其實是 "儂"）的發音會比較奇怪，大概類似普通話的 lang，但是又有點像 dang。

　　漳泉廈所在的閩南地區屬於 n、l 相混的地方，但是閩南裏面 n、l 相混的結果並不是一個特別典型的 l，反而讓人覺得介乎 l、d 之間。更加有意思的是，閩南地區的鼻音讀音普遍有這樣的怪異之處，如 "閩" 字在閩南地區直接讀了 /ban/，而 "我" 在閩南地區則說 /gua/。前者在大多數中國方言中都是 m 開頭；後者雖然普通話是零聲母，但是你不妨回想一下影視劇作品裏面陝西人和山西人怎麼說 "我"，相信不難發現山西、陝西的"我"也帶個鼻音聲母 ng。這並不是山陝人別出心裁，而是古代的漢語"我"就帶 ng。在山西、陝西的許多方言裏面，甚至古代不帶 ng 的字，如"安"現在也變成了ngan。

也就是說，在閩南方言裏面，其他方言的 m 變成了 b，其他方言的 ng 變成了 g，其他方言的 n 和 l 變成了有點像 d 的 l。請注意這裏的 b、d、g 可是地地道道的濁音，而不是漢語拼音的 b、d、g。

山海環繞的福建由於特殊的地理環境孕育了極為特殊的方言。福建北部和西部是連綿的武夷山脈，武夷山絕對高度並不算高，但是山勢極其險要，在古代已可以算是難以逾越的地理障礙。福建主要的人口聚居區則是山間盆地和沿海的小片平原，互相之間相對隔絕。除了南北朝到唐朝遷入移民較多之外，人多地少的福建在後世主要向外輸出移民。福建移民的遷居地從華北沿海一直延伸到東南亞，這樣的地理和人口條件決定了福建方言相對來說不受其他方言的影響。因此，在整個北方的方言由於大規模人口流動不斷變化時，安居東南一隅的福建方言卻可以長時間保存原貌。

福建方言向來以保守存古著稱，保存了一大批在其他方言裏面比較罕見的古詞，如福建方言普遍還把眼睛稱作"目"。在絕大部分福建之外的漢語方言中，這個基本的詞彙已經被"眼"所代替。

在這方面中國人是幸運的，由於悠久的書面語傳統，在口語中已經消亡的詞往往仍然在書面語中得到保留。雖然多數中國人不再在口語中用"目"指眼睛，但是諸如"目錄""比目魚""頭目""拭目以待"這樣的書面詞彙確保了"目"仍然死而不僵。在和漢語的諸多親屬語言表示眼睛的詞彙——如藏文的 མིག（mig/眼睛）——比較時，我們仍然能夠相對容易地找出"目"這個同源詞。倘使漢語並沒有這樣深厚的文字傳統，要想找出 མིག 的同源詞，就只能依靠福建方言了。

福建方言的詞彙之古幾乎是一眼就能看出來的。除了"目"之外，其他方言說的"蛋"閩語仍然叫"卵"，"蛋糕"在閩南地區稱作"雞卵糕"。北方人說的"鍋子"在江浙和廣東叫作"鑊"，在福建則是文縐縐的"鼎"，福州有一道著名的早點"鼎邊糊"，就是在鍋邊淋米汁，稍稍凝固後鑱入湯中。其他方言說的"走"在福建直接說"行"。這些用詞在上古到中古時期曾經通行全國，後來隨著新詞的出現、擴張，在許多地區的方言口語中已經退縮並趨於消亡，但在福建還在廣泛使用。

福建方言不但用詞古雅，而且語音也很古老。現代中國現存的絕大部分方言都是《切韻》的子集，即大體而言，《切韻》裏的同音字到現代方言仍然是同音字。唯有福建地區的方言不但用詞多有上古遺風，連語音上也保留了一些《切韻》中已經消亡，只有在上古漢語中才有的分別。中古漢語的"匣"母在上古時代有部分來自 g，這些字的讀音在福建地區略有保留。在閩南口語中"寒"讀 kôaⁿ，福州話則把"鹹"叫 /keiŋ/。在其他方言中，部分吳語也有類似現象，如常州話"環"說 /guæ/，"厚"說 /gei/，但是字數遠遠不如福建方言多。

因此，閩南地區 m → b、n → l（d）、ng → g 的變化，不由會讓人疑惑這是否也有較為古老的來源。

出乎意料的是，閩南方言中的這一現象在日語漢字音中可以看到類似的現象。日語中的漢字音最主要的是吳音和漢音兩套，吳音是來自南北朝時期江南地區的讀音，漢音則是來自唐朝長安的讀音。日語的漢音也發生了類似閩南方言的塞化現象，如"米"，吳音為まい（mai），漢音為べい（bei）；"內"，吳音為ない（nai），漢音為だい（dai）。由於日語不區分 ng 和 g，因此疑母 ng 的塞化就難以通過日語進行判斷了。

然而，和福建方言其他古老特徵不同，閩南方言的這一特徵並不一定真是從唐朝沿襲下來的，閩南以外其他的福建方言普遍不存在這樣的現象。如在福州方言中，"閩"說 /miŋ/，"我"說 /ŋuai/。"我"的韻母非常古老，可以追溯到《切韻》以前的時代，但是聲母卻並沒有發生閩南式的塞化。此外福州方言，至少是一部分老人的福州方言可以基本完整區分 n、l，也從側面說明福州方言不大可能經歷過塞化。

但是閩南方言的鼻音塞化無疑說明這樣的變化是有可能出現的。而在唐朝，包括長安在內的西北地區，鼻音塞化就出現了。

我們並非僅能從日語的漢字音中看出端倪。唐以後，佛教密宗開始在中國盛行。密宗中有大量咒語，咒語原文多為梵語。和之前翻譯佛經主要求意思準確、語言精當不同，各類密咒則要求發音的絕對準確。也就是說，一個唐朝人想要唸出可以奏效的、威力強大的咒語，那他的發音必須要和這條咒語的梵語原音足夠接近。

不消說，絕大部分中國人，就算是想唸咒的那一幫，也是不大可能直接閱讀梵語字母的。因此為了讓中國人也能準確唸出咒語，又興起了一輪新的翻譯運動。這其中的佼佼者是不空大師。不空大師的生平籠罩在一片迷霧之中，甚至唐朝關於一代大師的出身就已經有互相齟齬之處。有說他祖籍北天竺，生於西域的，還有說他是獅子國人，也就是今天的斯里蘭卡人的。兩種說法可說是南轅北轍、互相矛盾。相對來說，第一種說法出現得更早，應該更加可信。他的母親是康國人，也就是今天烏茲別克斯坦的撒馬爾罕附近，因此他隨母姓康。康國當時是粟特諸城邦中較為強大的一邦，不少康人也在華活動，不空少年時也正是因其舅家的關係來華。

據唐人的記載，不空作為密宗大師擁有極其高強的法力和咒術。遭遇乾旱時，他升壇作法能夠唸咒祈雨，雨下夠了拿個銀瓶加持就可以止風。他常年在各地活動，以密咒祈福消災。安史之亂時他更是投靠太子（唐肅宗），用密法消弭兵燹之禍。後來叛軍攻入長安，不空落入叛軍手中，但是他仍長期與唐肅宗秘密通信表忠，商討平亂之策。最離奇的是，他還準確預言了收復長安、洛陽兩京的時間，因此其地位愈加崇高。

不空翻譯的《佛說除一切疾病陀羅尼經》裏面就有一個這樣的密咒。顧名思義，這個咒語可以用來祛病，尤其是積食、咳嗽、瘧疾、痔瘡等。咒語為："怛儞也（二合）他（一）尾摩黎尾摩黎（二）嚩曩俱枳黎（三）室唎（二合）末底（丁以反四）軍拏黎（五）嫩奴鼻（六）印捺囉（二合）儗顜（二合七）母隸娑嚩（二合引）訶。"

　　這個咒語對應的梵文是：tadyathā vimale vimale vana kuṭile śrī mati kuṇḍale dundubhi indrāgni mauli svāhā。

　　可以看出，不空為了讓人能讀準咒語可說是煞費苦心。這裏面"口"旁的字一般是因為梵語的原音實在沒有合適的漢字，就寫一個讀音相對接近的加上"口"旁提示讀音稍有區別。還可以看出，梵文原文幾處濁音都採用了普通話讀鼻音的字來對，如 dya 用"你也"，ḍa 用"拏"，dun 用"嫩"，du 用"奴"，drā 用"捺囉"，g 用"儗"。

怛	儞也	他	尾	摩	黎	尾	摩	黎

（怛 儞也 他 尾 摩 黎 尾 摩 黎
嚩 曩 俱 枳 黎 室唎 末 底
軍 拏 黎 嫩 奴 鼻
印 捺囉 儗顟 母 隸 娑嚩 訶）

　　甚至可以看到，由於鼻音發生了塞化，碰上梵語的鼻音時，往往出現一些難以直接對應的，必須委曲求全權宜一下。比如 na 被迫使用"曩"這樣一個生僻字進行翻譯，可能是因為"曩"本來帶有 -ng，在當時的西北方言中，這樣的字可能可以依靠鼻化作用讓聲母不那麼塞化，還更接近 n。此外 agni 的 ni 更是用了極罕見的生僻字"顎"來對。這在日本的漢音中也有所反映，如"寧"在漢音中讀ねい（nei），並沒有發生塞化。現代的閩南方言也有這樣的交替，譬如"麻"有一個讀音因為韻母發生鼻化，聲母也就保持了鼻音（môa）；"磨"的一個比較接近的讀音則由於韻母沒有鼻化，聲母就發生了塞化（bôa）。

　　儘管這種不空法師翻譯咒語時記錄下的長安方言在唐朝一度非常盛行，甚至遠播東瀛，晚唐到北宋的漢藏對音、西夏對音和回鶻對音也都是傾向鼻音塞化（如敦煌曲子《遊江樂》裏把"望"拼寫為 ᵐɡ/boˀu），但是宋朝後來隨著西安的政治經濟地位下降，古代西北方言的影響也就慢慢減退，曾經的塞化讀音也被華北地區維持鼻音的讀音所取代。尤其是西安話，今天鼻音和普通話差別甚微。不過在關中東北部的韓城一帶，說話的時候 m、n、ng 仍然略有塞化的感覺。一河之隔的山西塞化更加明顯。在山西不少地方，鼻音 m、n、ng 讀得都略接近 mb、nd、ngg。與遠在福建的閩南方言不同，今天的山西方言是古代西北方言的後裔，因此今天山西方言的鼻音塞化很有可能和中古時代的西北方言確有傳承關係。

　　甘肅南部的一些方言則也體現了西北方言的鼻音塞化。在定西地區的某些地方如隴西的方言中，這種塞化也仍然有保留痕跡。在隴西話中，歷史上的 ng 聲母都發生了 ng 變成 g 的塞化，然後又發生了清化，變成了 /k/。所以在這種方言中，

"安"發音為 /kæ̃/（和陝甘許多地方一樣，隴西發生過增生 ng 聲母的音變），和"干""甘"同音。

江西和湖南的一些方言則發生了 /l/ 的塞化，在這些方言中，這種塞化一般發生在 /i/ 前，如撫州和衡陽都把"梨"說成 /ti/，贛北的湖口一帶則說 /di/。而在閩南、潮汕和海南方言中，有幾個來母字讀音非常特殊，如廈門話"鯉"讀 /tai/；"鹿"潮汕話讀 /tek/，海南話讀 /dĩak/。這幾個發音和福建中部的山地地區"螺"的特殊讀音（如沙縣 /sue/）一樣，都是閩語中超越中古漢語範疇，可以直追上古的發音。

值得一提的是，雖然 mb、nd、ngg 的塞化讀音在中國大多數方言中並未流行，有一個鼻音卻在中國絕大部分方言中永久地塞化了。這就是令無數學習普通話的中國人頭疼的一個聲母 —— r。

23

上海人為甚麼
自稱"上海寧"?

> In fact, in Wuchang, all the R-sounds seem to become L, while in Hankow I cannot detect any consistent change of all of one sound into another.
>
> （事實上，在武昌，所有 R 聲似乎都變成 L，但在漢口我沒能發現某種系統的一個聲母變成另一個的變化。）
>
> —— 殷德生《漢音集字》，1899 年

在學校裏學到"形聲字"這個概念的時候，不知你是否會想到："霓"的聲旁為甚麼會是"兒（兒）"？如果按照普通話來讀，這兩個字的讀音可說是天差地別，實在難以想象古人是如何認為這兩個字能夠諧聲的。

當然如果你老家在蘇南、上海、浙江，這可能對你來說構不成疑惑。因為這些地方的方言許多"兒"和"霓"的讀音都是 /ŋi/，至少表面上看似乎解決了形聲字的問題。此外，這些地方其他普通話讀 r 的字也往往會讀鼻音，像上海話把"人"

讀成 /ɲiɲ/，所以經常在網上被戲稱為"上海寧"。

　　普通話的 r 是個非常古怪的音。它在中國各地的讀音往往會非常不一樣。譬如東北和膠東許多人會把"人"讀成"銀"；在四川，普通話的 r 則多會讀成 /z/；長江中下游和江淮地區則混入 /l/ 比較常見，這些地方往往會把"讓"讀成"浪"。不過這可能也是近一百多年發生的變化，譬如殷德生就提過 19 世紀末期的漢口許多人把 r 混入 l，這個變化在武昌已經基本完成，在漢口則處於進行階段。專門拿漢口和武昌對比，反過來說明當時漢口至少有一部分人 r 是沒有混入 l 的。

　　南方的方言中，廣州話把"日""人"這些字的聲母都讀成 /j/，然而比較值得注意的還是各種鼻音的讀法。雖然今天的

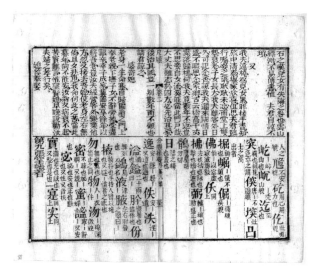

《分韻撮要》書影

廣州話"日"和"人"都是 /j/ 聲母，但是於乾隆四十七年（1782）刊行的粵語韻書《江湖尺牘分韻撮要合集》裏卻分開設立"以"和"日"兩個聲母。如當時的粵語"日"屬於日母，"逸"屬於以母，今天的廣州話"日"和"逸"兩字則完全同音。

雖然廣州話今天不分《分韻撮要》中的日母和以母，但是可以推測，在清朝早期日母應該是鼻音。在《分韻撮要》中"迎、凝、認"也都屬於日母，"盈、贏、型、營"則屬於以母。"迎、凝"在中古漢語屬於疑母，也就是 ng 聲母。北方官話中 i 前的 ng 以脫落為主，今天河南山東的方言裏"迎凝"一般讀 /iŋ/，北京話的 "凝" 則略有些意外地保留了鼻音，只是發生了腭化，所以讀 /niŋ/。

幸運的是，在其他的粵語方言，尤其是廣西地區的粵語中，仍然保留了日母和以母對立的原貌。如廣西東部的梧州話，"日"讀 /ȵɐt/，"逸"讀 /jɐt/。甚至有人把"認"讀 /ȵɪŋ/ 和"盈、贏、型、營"讀 /jɪŋ/ 對立，"迎、凝"則讀 /ŋɪŋ/，可算保留了比《分韻撮要》更加古老的狀態。

普通話的 r 在南方讀鼻音相當普遍，並不僅僅限於江浙地區，粵東的客家話也把"日"說 /ȵit/，"仍"說 /ȵin/；福州則"日"讀 /niʔ/，"仍"讀 /neiŋ/。更加有意思的是，古代漢藏語中能找到的普通話 r 的同源詞，幾乎都是鼻音開頭的。譬如"日"，藏文為 ཉི་མ （nyi ma），西藏"尼瑪縣"就因此得名，緬文則是 နေ （ne）；最基礎的數詞 "二"，藏文為 གཉིས （gnyis），緬文為 နှစ် （hnac）。

就連北方話也不是完全沒有日母讀鼻音的痕跡。山西、陝西、河南許多地方把“人家”稱作 nia，這個 nia 就是“人家”的合音，n 來自古代的“人”的聲母。而表示 20 的“廿”，聲母 n 也來自“二”的古代聲母。更重要的則是“你”字，“你”在中古才出現，這個字本是上古的“爾”或者“汝”在口語中的變讀，後來發明了一個新的俗字來書寫，也是北方日母讀鼻音的殘留。

因此問題並不在於 r 以前讀甚麼，我們幾乎可以肯定中古早期的“日母”是個鼻音 /ɲ/。真正神奇的是，這個鼻音是怎麼能變成北方話的 r 的。

在這點，閩南方言又給了我們極佳的參照。

閩南方言中發生了非常系統的鼻音塞化，那麼作為鼻音的一類，/ɲ/ 自然也不能免俗。遺憾的是，在今天廈門和泉州的閩南話中，/ɲ/ 塞化的結果和 /n/ 完全一樣，都變成了介乎 /l/ 和 /d/ 之間的音，但是在漳州、潮汕和海南的方言中，/ɲ/ 塞化成了 /dz/。譬如“熱”，在漳州讀成 /dzuaʔ/，在潮汕地區讀成 /zuaʔ/。

幾乎可以肯定的是，在日本人從長安學去漢音的時候，長安方言的日母也和其他鼻音聲母一樣發生了塞化。譬如“如”字，在吳音中是にょ（nyo），漢音則讀成了じょ（jo）。敦煌的漢藏對音《千字文》中，“兒”用了藏文 ཞི（zhi），可見和日本漢音一樣，此時藏族人聽來西北漢語的日母已經沒有鼻音了。

和其他鼻音聲母塞化主要局限於西北地區不同，日母的塞化則迅速擴張到了整個北方地區。至少宋朝中原地區，日母也不太像是鼻音，此時中國的音韻學家在聲母分類時把日母歸入非常奇怪的一類 —— 半齒音。事實上半齒音作為七音之一也只有一個成員 —— 日母。

對於此時中原地區的日母讀音，我們可以從一本奇特的書中知道一二。北宋時期曾經有一位叫孫穆的人擔任 "奉使高麗國信書狀官"，他在高麗期間寫了一本《雞林類事》，成書於公元 1103 年。雞林是朝鮮的古稱。孫穆在朝鮮活動期間，朝鮮文尚未發明，因此記錄了三百多條朝鮮語詞語的漢字對音的《雞林類事》也就成了研究古代朝鮮語非常珍貴的資料。

《雞林類事》記錄朝鮮語大致採用漢字音譯朝鮮語發音的方式，其中就涉及了日母字。譬如有 "四十曰麻刃"，現代朝鮮語雖然有一套從漢語引進的數詞，但是也有一套自己的可以數到 99 的數詞，這套數詞裏面 40 是마흔（ma-heun）。不過在朝鮮文剛發明不久，1447 年的《龍飛御天歌》中，40 的寫法則是마·ᅀᅳᆫ。ᅀ 在早期諺文中系統性地用來對應漢語的日母字，在朝鮮本土詞似乎多出現在和ㅅ（s）交替的場合，如：두：ᅀᅥ（一些，今天寫作두어 /du-eo/）是由朝鮮語本土數詞두（du，2）和서（seo，3）組合而成，因此一般認為歷史上，朝鮮語的這個字母曾經代表 /z/。和두어一樣，當代朝鮮語用這個字母拼寫的詞一般改為ㅇ（零聲母）。

與吐蕃和西夏對音不同，孫穆主要使用的漢語大概仍然是華北中原地區的，不會是西北方言，但是日母照樣發生了塞化。到了更晚的時候，現代普通話的 r 的雛形就出現了。

《龍飛御天歌》書影

　　在《遼史》的《國語解》中，有個叫作"起兒漫"的地名。今天伊朗的"克爾曼"已經翻譯成"起兒漫"。這個地名出自遼朝末年。當時遼朝本部已經被金朝所滅，但是遼朝契丹貴族耶律大石成功收拾遼朝殘餘勢力西遷。耶律大石的西征非常傳奇，新疆和中西亞的各方勢力不是耶律大石的對手，尤其是卡特萬戰役（發生在尋思干，即今撒馬爾罕附近）大敗塞爾柱蘇丹率領的十萬聯軍，奠定了西遼在中亞稱雄的基石。根據《遼史》的說法，耶律大石於"起兒漫"稱帝，建立西遼，漢尊號

"天佑皇帝"，改元延慶。

　　由於《遼史》是元朝時所修，距離耶律大石活動的時代已有一定距離，因此記錄事件時間和地點的準確性可能會有所欠缺。耶律大石並非在"起兒漫"稱帝。西遼契丹貴族巴剌黑在西遼滅亡後曾在"起兒漫"建立王朝，可能因為和西遼一樣都是契丹人建立的王朝，因此《遼史》裏把在"起兒漫"稱帝安在了耶律大石頭上。所謂"起兒漫"，也就是今天伊朗的克爾曼，波斯語叫کرمان（Kermān）。波斯語的 -r 用了漢語的"兒"來翻譯，可見此時"兒"的讀音已經比較接近 r。只不過此時的"兒"大概還讀 /ɻi/，也就是較為接近普通話的"日"，"日"在此時的官話中則讀 /ʑi/。後來的滿語哪怕是比較早的借詞日母也讀 j，譬如"福晉（ᡶᡠᠵᡳᠨ/fujin）"，本就是漢語"夫人"稍早一些的讀音。

　　北方有一些方言的"兒"演化到 /ɻi/ 這裏就算大功告成，譬如山西西南的運城和永濟，"兒"就停滯於此。晉南還有關中其他一些地方，則由於捲舌音一部分會平舌化，"兒"受到了波及，因此讀 /zɿ/，和四川人說"日"差不多。但是在華北大部分地方，可能由於"日"從 /ʑi/ 變成 /ɻi/，也就是"兒"原本的讀音，產生了一定的壓迫，"兒"的讀音發生了演變，成了 /ɚ/。成書於 17 世紀初的《重訂司馬溫公等韻圖經》反映了當時的北京話，作者徐孝把"兒"歸於影母。顯然當時北京話"兒"的讀音已經和現在差不多，處於零聲母狀態了。有趣的是，關中地區存在渭南這樣"兒"還讀 /zɿ/ 的守舊讀音的同時，西安周圍卻比普通話更進一步，連"日"也變成了

。/ər/

　　這樣本來源自上古的鼻音就一步步變成了 r。那麼 r 出現了，北方話常見的兒化也就順理成章地出現了。最開始的時候，"兒"只是作為一個單獨的小稱後綴。但因為是虛化的後綴，所以在詞裏面，這個"兒"字會讀得弱一些，輕一些。久而久之，"兒"就喪失了自己獨立音節的地位，粘上了前一個音節，從而完成了從兒尾到兒化的轉變。如果"兒"並沒有充當小稱詞綴的功能，也就不會走上這條弱化路徑。

　　中古以來，"兒"綴開始流行，這是北方話出現兒化現象的基礎。北方話的兒化和蒙古語、滿語這樣的語言並無關係，而是自身發展的結果。當然各地方言"兒"的讀音不同，兒尾或者兒化的結果也就不一樣。譬如在江浙"兒"還讀鼻音的地區，兒化往往會以加鼻音的方式體現，"耳刮兒"變成了"耳光"，"女兒"變成了"囡"。這樣的兒化現象在江浙地區一般越向南越多，像台州溫嶺，平時說"橘"都會說成兒化的"橘兒（/kyn/）"，溫州地區甚至"兒"本身都能兒化，只是因為溫州"兒"本來就讀 /ŋ³¹/，再加個"兒"只能通過變調來體現了（讀 /ŋ²¹²/）。

　　倘若你家鄉不在吳語區，可能會好奇這種"鼻音兒化"與自己有甚麼關係。不要著急，你的一項愛好 —— 打麻將 —— 非常有可能和這種兒化音息息相關。中華大地幾乎各地都有一種常見的小鳥叫"麻雀"，在蘇南、浙北、上海的吳語裏，"雀"字一般發音是 /tsiaʔ/。那麼聰明的讀者，假設有人把"雀"兒化了，加上鼻音，您覺得"麻雀兒"該讀甚麼呢？

f？

h？

"胡建""扶蘭"與 "一蚊"錢

輕唇化

"hú 建" 人為甚麼 發不出 f 這個音？

凡輕唇之音，古讀皆為重唇。

—— 清·錢大昕《古無輕唇音》

"你好，你是哪裏人？"

"我來自一個 h 開頭的省份。"

"湖北？湖南？"

"不是啦！"

"河北？河南？"

"也不是啦！"

"難道是黑龍江？"

"更不是啦！"

"那是哪裏？"

"是 hú 建啦！"

　　這個經久不衰的段子，概括了福建人說話的一個很大的特點，他們發不出 f。

許多關於口音的段子往往會和語言事實有所出入，但是這個段子裏的描述卻是基本準確的。福建的大多數方言確實都沒有 f，甚至不少福建人在說普通話的時候也發不出 f，以至於英語中有個詞 Hokkien，指閩南人和閩南話。這得歸功於東南亞的閩南移民，和他們在福建的祖先一樣，他們也是把 f 說成 h 的，因此他們自稱 Hokkien 人，其實就是“福建”人。廣東的客家人把潮州人稱作“學佬”人，其實也是因為潮州人祖先來自閩南地區，所謂“學佬”不過是潮州話版的“福佬”罷了。

　　段子雖然好笑，不過 f 這個音在許多方言中的分佈可確實是相當複雜。在今天絕大多數漢語方言中，如福建方言那樣 f 完全缺失還是較為少見的，但這種情況也絕不僅僅限於福建地區。今天山西中部祁縣、平遙、太谷、文水、孝義等縣的方言和福建方言一樣沒有 f。在這片晉中區域，“福”普遍讀成 /xuəʔ/ 之類的音，和閩地方言頗有幾分相似之處。反過來說，也有不少方言，普通話不讀 f 的字它們也讀 f。哪些字讀 f 在不同方言裏是花樣百出：粵語裏把“褲”讀 /fu/，溫州話“呼”讀 /fu/，客家話“話”讀 /fa/，西安話“水”讀 /fei/。

　　所以，飄忽不定的 f 到底是怎麼來的？福建人和晉中人為甚麼就不會說 f 呢？

　　首先要明確的是，如果你是福建以外地區的中國人，就算你覺得福建人的發音再滑稽，最好也不要嘲笑福建人發不出 f，否則你不小心就會把自己祖宗也一起嘲笑進去。因為 f 在漢語中算是相當年輕的一個聲母，在隋唐以前並不存在。

　　漢語屬於漢藏語系。漢藏語系中具有比較古老的拼音文字的藏文和緬甸文都沒有為 f 設立一個字母，因為在這些文字發明的時候，藏語和緬甸語並沒有 f。甚至到了今天，f 在拉薩藏語和仰光緬甸語中都是很邊緣的音位，大體只出現在一些外來詞中。一些普通話讀 f 的漢藏同源詞，在藏語和緬甸語中往往讀 p、b 之類的音，譬如 "房" 在藏語中有個同源詞 ཝང་བ（bang ba，倉庫），藏文是 b 開頭；藏文把 "紡錘" 叫 ཕང（phang），大概不難猜出這個就是漢語中的 "紡"；漢語的 "飛"，藏文就是 འཕུར（'phur）；你覺得有東西 "妨礙" 到你了，到了緬甸就是這玩意 ပင်း（pang：）住你了；你最親近的男性長輩，漢語叫 "父"，遠方的緬甸親人把這門親戚叫 ဖ（pha），近一點的藏族親人叫 ཕ（pha）。總而言之，藏族人和緬甸人同福建人一樣都對 f 退避三舍。從邏輯上推論，如果相當一部分說漢語方言以及漢語的 "遠房親戚" 都沒有 f，那麼漢語中 f 的來歷就很可疑了。

然後宋朝以後，f 已經成為大多數中國人日常交流常用的音，中國人把 f 的存在視作理所當然，幾乎沒有人對 f 產生過任何興趣。甚至到了當代，捲舌音、後鼻音都有人懷疑是外語帶入漢語的，可是 f 除了說點 "hú 建" 笑話，鮮少有人質疑過這是不是漢語本來就有的。為甚麼福建人發不出 f 呢？用南宋大儒朱熹隨便拋出的一句 "閩浙聲音尤不正" 就可以解釋。

巧合的是，朱熹本人出生於今天福建的尤溪縣。和大部分福建方言一樣，尤溪話也沒有 f。如果朱熹像今天的福建人一樣不會發 f 的話，當他在北方為官時，很有可能遭遇過今天福建人民會遇到的揶揄，促使他做出了 "閩浙聲音尤不正" 的總結。

　　作為一代大儒，朱熹對古代語言有一定的研究，著名的"叶音說"就是他提出的。他認為宋朝人讀一些古代的詩歌韻文發生不押韻的現象，是因為古人讀到這些詩歌韻文的韻腳的時候，可能會臨時改變讀音，這就是所謂"叶韻"。

　　儘管朱熹對古代語音進行了研究，但是他根本沒有意識到語音會發生變化。他認為古代人說話和宋朝人是差不多的，只是寫詩的時候會臨時改音。加上他研究古代語言的目的是解釋押韻，所以對聲母並無太多關心。因此他也並沒有對福建沒有f的現象做像樣的解釋，而是只是單純說"閩浙聲音尤不正"，給自己家鄉人民扣上了讀音歪的大帽子。

　　福建人民的冤屈得要靠一個上海嘉定人洗刷。18世紀時，嘉定學者錢大昕發現了f在古代不存在的事。他發現這一事實不是跑去福建聽了福建方言，也不是聽到了藏族人或者緬甸人說話，而是通過挖掘漢字得出的結論。通過梳理文獻，錢大昕發覺許多後來讀輕唇音（f、v）的字，往往都有讀作重唇音（p、pʰ、b）的異寫，譬如"汶山"也叫"岷山"，"伏羲"也叫"庖羲"，"扶服"也叫"匍匐"。最後他得出結論，"古無輕唇音"，今天的輕唇音都是從重唇音中分化出來的。

　　我們不妨沿用中國古人的術語，把p、pʰ、b稱作"重唇音"，把f、v稱作"輕唇音"。通過種種研究可以發現，輕唇音不但在漢藏共同語時代尚未出現，在漢字造字的年代也不見蹤影。我們甚至可以進一步推測，到了中古早期，輕唇音還沒有分化出來。

漢字起源於上古時代，在漢字中佔據主體地位的是形聲字，形聲字由形旁和聲旁構成，理論上說，形聲字的讀音應該和聲旁較為接近。在很多形聲字中都可以發現，輕唇音的字有重唇音的聲旁（如"赴"的聲旁為"卜"），重唇音的字又有輕唇音的聲旁（如"鋪"的聲旁為"甫"），說明在上古漢語中，輕唇音和重唇音仍然有著非常密切的關係。

　　到了上古晚期，重唇音和輕唇音的分野仍然沒有出現。中國人都知道"佛"字，這個字在今天的普通話裏是 f 聲母，但是在佛教源頭的古印度的梵語裏，"佛"來自 बुद्ध（Buddha），意思是"覺醒者"，也有翻譯為"佛陀"的。儘管"佛"並不一定是直接從梵語中借入，無論如何，對於當初音譯這個詞的古人來說，他們無疑認為用"佛"翻譯 bud 是妥當的做法。還有一個常見說法："救人一命勝造七級浮屠。"所謂"浮屠"其實也是 Buddha 的音譯，這個翻譯比"佛陀"還要更加早一點。同樣，今天讀 f 的"浮"最早也是被用來翻譯 b 的。

　　甚至到了中古早期，反切法仍然流露出輕重唇不分的痕跡。之前已經提到，在遙遠的古代，以拉丁字母為基礎的拼音還沒有在中國廣泛流行時，中國人查字典確認一個字的讀音，是依靠反切法推出的。按照反切原理，被切字的聲母應該和反切上字的聲母相同，如"東"注音為"德紅切"，"東"的聲母應該和"德"相同。

　　在中古早期的韻書中，輕唇音和重唇音在反切中屢屢有相混跡象，並不能完全區分。譬如呂忱的《字林》中，把"邶"切為"方代"。也就是說，在呂忱時代的語音裏，"邶"的聲母應該和"方"的聲母一致。到了中古時代以後，輕唇音分化出來時，福建的各路方言已經和其他方言分化，因此福建的方言並未受到輕唇音的波及，也就沒有 f 了。

當然，正如之前說過的，古代的漢語是有濁音的，這不僅僅體現在塞音方面，古代的擦音也有濁音，因此在輕唇音出現後，古代的 p、p^h 分化出了 f，b 分化出了 v。在保留濁音的方言譬如江浙的吳語中，這個 v 延續至今，常州話裏"浮"就還讀 /vei/。而在濁音清化的方言裏面，v 後來又變成了 f。

從 p 變成 f 是個相當常見的音變，古代印歐語的 *p 在今天的英語裏統統變成了 f（這也是格林定律除了濁音清化以外的另一部分），譬如英語的 father（父）在拉丁語裏是 pater，英語的 fish（魚）在拉丁語中是 piscis，英語的 foot（腳）在拉丁語中是 pes，拉丁語的讀音比英語要更接近古代的印歐語。不過拉丁語自己其實也未能免俗，古代印歐語的 *b^h 在英語中還是重唇的 b，在拉丁語中倒變成了 f。譬如拉丁語的 flos（花）在英語中是 blossom，拉丁語的 fundus（底部）在英語中是 bottom，拉丁語的 frater（兄弟）在英語中則是 brother。兩種語言都發生了古代的重唇音變成輕唇音的音變。

如果你比較敏感，此時大概已經發現了一個問題：假如福建方言真的保留了輕重唇分化之前的古音，那麼"福"無論如何不應該是 h 聲母，而應該是 p 聲母才對。

事實上，"福"讀成 h 聲母確實不是福建方言保留重唇音的案例。在福建各地的方言中，如果是口語會用到的字，則大多都保留重唇音的讀音，這些字確實並未受到中古時期輕唇化浪潮的影響。但是碰上讀書的場合或者口語中不大用的字詞，絕大多數情況下是讀 hu 的。今天 hu 的讀音是模仿已經發生了輕唇化的當時的官話裏面的 f，但由於福建本地沒有 f 聲母，就只能權宜一下用較為接近的 hu 代替了。

因此在福建方言中，不少其他方言讀 f 的字都會有重唇和 h 兩個讀音。以廈門話為例，"飛" 有 poe、hui 兩音，"飯" 有 pn̄g、hoān 兩音，"墳" 有 phûn、hûn，"放" 有 pàng、hòng 兩音。有些詞在福建方言中已經基本被 h 讀音取代，但是如果細細追溯，往往還是能找到一些重唇音的蛛絲馬跡。譬如在口語常用詞中，"風" 是少有的聲母只讀 h 的字，但是南方常見的烏風蛇，在泉州話中這裏的 "風" 就讀 /pŋ/。

可以說，在 f 出現以後，福建人較努力地試圖學習漢語通語中出現的這個新聲母，只是受限於方言本身無 f 的強大習慣，還是用 hu 來替代，最終就造成了 hú 建人的口音。

實際上，在很多方言裏面，往往還零星保留著一些重唇音的常用字，並沒有經歷這一波輕唇化的浪潮。

粵語中把 "媳婦" 稱作 "心抱"，這個讀 pou（/pʰou/）的所謂 "抱" 字其實本是 "婦" 的重唇讀音，"心抱" 本是 "新婦"，是一個頗為古雅的說法。而在江浙一帶的吳語中，也多多少少有一些這樣的字殘留，如常州鄉下把施肥用的糞讀成 /pəŋ/；夏天人捂汗後皮膚上長的痱子在常州話裏說 "/bai/子"，其實就是 "痱子" 的重唇讀音；"肥皂" 則在吳語區大部分地方有個類似 "皮皂" 的讀法。

客家話保留的重唇音更多一些，如廣東梅州話裏有 "飛

/pi/""斧 /pu/""肥 /pʰi/""放 /piɔŋ/"的讀音。可能有些出人意料的是,湖南西部和南部的一些方言同樣也是保留重唇音的重鎮。這些地區的方言迥異於一般人印象中的"湖南話",極其難懂,可能是主流湖南話進入湖南前湖南本地的老方言的殘存。這些方言很多字的讀音完全出乎人意料之外,如湖南江永土話"風"說 /pai/,"紡"說 /pʰaŋ/,"浮"說 /pau/。

甚至普通話也不例外,口語中,我們叫的"爸爸",書面語中我們則稱"父"。"父"的古音其實就是 ba,和藏文、緬甸文的讀音非常相近。在書面語中,"父"的讀音隨著歷史演變發生了變化。但是在口語中,這個中國人從嬰兒時期就使用的字仍然保留了古代的讀音,因此發明了一個新的形聲字"爸"來表示。大部分漢語還有一個保留了重唇讀音的常用字 ——"不"。這個字在江浙地區的吳語中普遍輕唇化,但是在中國大部分方言中仍然保持了重唇讀音。這大概是由於"不"作為一個虛詞一般出現在讀音容易弱化的位置上。有些地名中重唇讀法也比較頑固,如秦始皇修建的著名宮殿"阿房宮"的"房"就有個保留重唇的讀法;廣東的"番禺",北方人經常不明就裏讀錯,但是在廣東當地是讀 pun。

總而言之,古代的一部分重唇音演變出了今天的 f。至於哪些字會變成輕唇音,大多數漢語也遵循了相對一致的規則。雖然常用口語字在各地往往會有幾個例外情況,但是大部分重唇音變出來的 f(v)在全國各地都可以對應。

對於普通話來說,這差不多就是 f 的全部故事:普通話中的 f 幾乎全盤來自中古早期的重唇音,沒有其他來源。但是和保守的福建人不發 f 不同，在很多地方的方言中，f 出現以後範圍逐漸擴大，捲入了更多的字，其來源已經遠遠不限於古代的重唇音了。

還記得福建人用甚麼音來模仿官話的 f 嗎？是 hu。這充分說明了 hu 和 f 的聽感是相對接近的。我們經常可以聽到說某地方 f、h 不分，這個說法不僅指福建人把 f、h 全說成 h，還包括其他一些地方把 h 發成 f，譬如所謂 "大扶蘭"（大湖南），就是說湖南人把 "湖" 讀成 fu。

在絕大部分情況下，這句總結可以更加精確地描述為 hu 和 f 不分。由於發 u 的時候張口很小，容易導致上牙和嘴唇接觸，就會出現 hu 變成 f 的現象。相反，一個後面沒有跟著 u 的 h 絕少會出現變 f 的現象。因此湖南一些地方如長沙確實把 "湖" 說成 "扶"，但是你絕對不會聽到一個長沙人把 "汗" 說成 "飯"。恰恰相反，長沙話裏某些歷史上的輕唇音 f 已經弱化成了 h，譬如 "風" 在長沙年輕人的口中已經變成了 /xən/（國際音標中的 /x/ 接近普通話 h 的發音，/h/ 是廣州話 h 的發音，後者要靠後很多），聽起來和普通話的 "痕" 有點像。

在這類方言中一般最容易出現的是 hu 讀入 fu，如 "呼" 讀 fu，次之則是 hu- 讀入 f-，譬如 "花" 讀 fa。這類變化在中南和西南地區相當常見，粵語、客家話、西南官話中都有這樣讀的方言。在江浙地區也能找到蹤跡，譬如一部分上海人就把 "火車" 說成 fu 車。當然由於不同方言讀音不一樣，這個變化的範圍也千差萬別，不能用普通話的讀音一概而論。譬如廣州話雖然 "花" 讀 fa，但是 "華" 就讀 wa。這是因為廣州話的

"華"並沒有經歷過讀 /hʷa/ 的階段，而是早早就變成了 /wa/，因此逃過了 hw- 變 f- 的音變。反之，由於廣州話的"科"歷史上由 /kʷhɔ/ 變成了 /hʷɔ/，最終變成了今天廣州話的 fo。

而在從魯南、徐州到陝西關中及甘肅、青海的區域，發生了普通話讀 shu- 的字到 f- 的變化，其原理和 hu 變成 f 類似，也是發生了唇齒接觸後 f 逐漸取代了本來的聲母，所以西安話"水"說 fei，"書"說 fu。由於新疆的漢語方言多是這些區域的移民帶入，因此新疆話裏也往往有這樣的現象，譬如烏魯木齊話把"說"唸成 /fɤ/。在一些地方，這個變化甚至殃及了普通話裏讀 zhu-、chu-、ru- 的字，出現了"床"說 /pfʰaŋ/，"磚"說 /pfã/，"如"說 /vu/ 的現象。在廣西的一些方言中，則出現有普通話的 s 讀 f- 的現象，如在梧州蒼梧"三"讀成了 /fa:m/，與周圍的方言對比可以看出，這個 f 實際是來自邊擦音 /ɬ/。由於普通話的 s 聲母在這種方言裏幾乎整個變成了 f，這些地區的語音中 f 出現的頻率可以說是頗為可觀。

但是要說到另一種 f 用得特別多的方言，卻多少有些叫人意外。這個方言其實脫胎於福建方言，但是奇特的是，它不但放棄了不發 f 的特點，反而將 f 發揚光大。

這種方言位於中國最南方的海島上，即海南話。海南雖然地理位置緊鄰廣東，但是海南島大多數居民說的海南話卻和福建的閩南方言更為接近。大多數海南人把祖先追溯到福建莆田一帶，大約在一千多年前的宋朝，海南人的先祖從海南島東北部的文昌一帶登島。經過一千多年的分化，海南話發展出了諸多自身的特點，已經和大陸的閩南話或者潮州話拉開了相當距離，互相之間並不能順暢通話。

海南人對 f 顯然並沒有福建人那麼排斥，在海南島北部的海口等地，實際上不存在 /pʰ/ 這個音，普通話讀 p 的字在這些地方多有個 f 的讀音。如在海口話中"皮"讀 /fue/，"潘"讀 /fua/。也就是說，/pʰ/ 整個變成了 /f/。相應的，在海口話中，/tʰ/ 變成了 /h/，而 /kʰ/ 變成了 /x/，已經完全沒有了漢語諸方言中常見的送氣塞音。

這究竟是由於海南島的炎熱氣候還是其他甚麼原因導致的，已經不得而知。不過大致可以確定的是，這並不是很古老的現象，海南島南部的三亞話尚沒有受到波及。而一百多年前西方傳教士記錄的海南島北部的海南話，似乎受這波擦音化狂潮的影響還遠遠不及今天這麼徹底。然而在 20 世紀，海南島中部和北部，無論是漢語方言還是非漢語，幾乎都被這個迅速發展的音變席捲了。

25

廣東話的"一蚊"錢與
"Ip Man"有甚麼關係？

> 東風破早梅，向暖一枝開，冰雪無人見，春從天
> 上來。
>
> —— 明·蘭茂《韻略易通》

不知你在少年時，是否有過成為武林高手行俠仗義的遐想？現實中，我們大部分人和武學是絕緣的，但這並不妨礙我們崇拜武林高手，譬如大刀王五、燕子李三、霍元甲、黃飛鴻以及葉問等。

如果稍加留意，你會發現，一代宗師葉問的名字在英語裏譯作 Ip Man，看上去很像 Superman、Spiderman、Batman 這樣的超級英雄的名字。只是 Ipman 的組合稍顯奇怪，葉問雖然是武林高手，但是並無證據證明他曾經操作過計算機，更加不會是互聯網時代的超級英雄"IP 人"。

以上只是個玩笑，葉問的名字是 Ip Man 其實不過是這兩個字的發音而已。他是廣東人，在漢語拼音推廣以前，外文名採用自己的方音拼寫非常常見，在閩粵地區甚至基本可算通

例。實際上，如果照讀 Ip Man，確實和廣東話"葉問"的發音 /jip mɐn/ 頗為類似。

此時問題出現了，普通話的 wen 到了廣東話中，怎麼就變成了 man 呢？

這並不是唯一一個普通話的 wen 在廣東話裏讀 man 的例子。廣東人把"一塊"叫"一 man"，一般在當地寫成"一蚊"——這當然只是個俗字而已，"蚊"怎麼可能充當錢的單位。但是這也恰恰說明廣東話"蚊"確實是讀 man 的。

要理解廣東話"一 man"到底是甚麼東西，其實用人民幣就可以。請不要誤會，想要解決這個問題並不需要花掉人民幣。儘管現在是一個現金逐步退出大家錢包的時代，我們還是希望你能夠找出一張人民幣的紙幣，翻到背面。

在紙幣背面右上方有四種很多讀者不熟悉的文字，它們分別是蒙古文、藏文、維吾爾文和壯文。現在忽略前三種用非拉丁字母拼寫的文字，只把注意力集中在看起來像漢語拼音但是又有些奇怪的壯文上。

10 元人民幣背面

在上面這幅圖中，有兩個單詞為 cib maenz。如果你是南方人，可能會覺得這樣的讀音有點似曾相識，不要猶豫，cib 就是漢語的"十"，而 maenz 則是貨幣單位，相當於"元"。其中 z 表示的壯語的聲調，排除聲調這個單位就是 maen，和廣東人說的 man 基本可算同音。

　　不過也不要誤會是廣東人從壯語裏借用了貨幣單位的讀音。歷史上的壯語受到漢語的影響非常之深遠，尤其是商貿方面的詞彙大量來自漢語。譬如壯語表示"買"的詞借用漢語"市"，"集市"則借用漢語"墟"，"錢"則借用漢語的"銀"。壯語的金錢單位也借用了漢語的，不管是壯語的 maenz 還是粵語的 man，來源其實是一回事，也就是"文"。不錯，"文"也是一個普通話讀 wen、廣州話讀 man 的案例。

　　事實上，如果梳理一下拼音裏面 w 打頭的字在廣東話裏的讀音，很容易發現有兩個大類，其中一大類在廣東話裏也是 w 打頭，如穩、灣、王、挖、為、烏、皖、踠、歪，另一大類則是 m 打頭，如文、晚、亡、襪、微、武、萬、未、味。後一組字不但在廣東話中讀 m，在南方許多方言裏面也多多少少有幾個字讀 m，尤其是在口語當中。譬如江浙地區有種較常見的迷信活動"關亡"，大致是神婆請亡者附身說話，這裏的"亡"（常州音 /maŋ/）就普遍和"忙"同音。由於是不大上台面的怪力亂神之舉，時日一久，本來的寫法"關亡"好些參與者也有所遺忘，往往誤寫為"關忙"。

　　說到這裏，提醒你注意一下"忙"這個字，普通話中它的聲母是 m，聲旁是"亡"。可能你已經猜到了，在幫組的 p、

p^h、b 發生輕唇化時，同組的鼻音聲母 m 可也沒閒著，也發生了變化。我們同樣能在形聲字上觀察到這些普通話裏的 w 古代來源於 m。更有甚者，普通話裏"蔓"和"芒"兩個字自己就身兼 w、m 兩讀。前者"蔓延""藤蔓"的讀音區別，一直是許多致力於把普通話說標準的人的噩夢之一。後者則曾經有個 wáng 的讀音，特別用在"麥芒"上，並被收錄於早期的字典中。近年則可能由於城市化的關係，農業在許多人生活中的重要性下降，這個讀音正在逐步退出日常生活，但是在北方廣大農村，麥農對這個讀法仍然相當熟悉。

與 p、p^h、b 的輕唇化波及了除福建以外的絕大部分的漢語方言不同，m 的輕唇化在許多方言中可以說中道崩潰，半途而廢。尤其在東南地區的各方言，m 的輕唇化最終沒有能夠持續進行下去，而是中道回歸了 m。也因此，廣州話裏中古早期讀 m 的字到今天仍然基本讀 m。

不過 p、p^h、b 的輕唇化最終變成的是上齒咬下嘴唇的 f，m 的輕唇化又是怎麼會變成 w 呢？

假如你老家是在河南、陝西或山西，你可能會發現普通話讀 w 而廣東話讀 m 的這一批字，在你老家的方言裏面都是 v 開頭的。以西安、洛陽、太原三座古都的方言為例，在這些地方，"晚"和"碗"往往聲母不一樣，前者是 v，後者是 w。如果你家住北方而且也能區分"晚"和"碗"，那你的方言就有很大概率較好保留了 m 輕唇化後的初始狀態，也就是 v。v 讀法形成後就不斷向南方擴散，尤其在江浙地區，會出現一個字在口語中讀 m，在書面詞彙裏面讀 v 的現象。如常州話裏

"問問題" 這個詞組,第一個 "問" 因為是口語裏的動詞,說 /mən/,第二 "問" 作為 "問題" 這個詞的一部分,讀 /vən/。

在近代以前的北方地區,v 曾經非常普遍,如明朝《韻略易通》把北方話的聲母整理成《早梅詩》。其中有一個聲母用 "無" 字表示,就是 v。甚至到了清朝,山東、河北一些地方的韻書中 v 仍然是獨立聲母。在北京地區 v 和 w 的合併是明朝後期以後的事情。由於今天的普通話語音以北京話為基礎,所以普通話也就沒有設置 v 聲母了。

然而在近幾十年,北京乃至許多北方地區出現了新的動向,消失已久的 v 聲母又重新開始冒頭了,把 "晚" "碗" "萬" "丸" 都說成 van 的人數迅速增加。在北京的年輕人裏面,這種讀音似乎已經成了新的主流。雖然這個 v 嚴格說來已經不是中古漢語 m 輕唇化的產物了,但無論如何,v 可說正在重新回歸。

a o e

i ü

u

各方言
都搭乘過的
"列車"

元音

26

廣東人為甚麼
把"雞"說成"gai"?

石室詩士施氏，嗜獅，誓食十獅。施氏時時適市
視獅。十時，適十獅適市。是時，適施氏適市。施
氏視是十獅，恃矢勢，使是十獅逝世。氏拾是十獅
屍，適石室。石室濕，氏使侍拭石室。石室拭，施氏
始試食是十獅屍。食時，始識是十獅屍，實十石獅
屍。試釋是事。

—— 趙元任《施氏食獅史》

宋嘉定中，有屬布衣者……廣人土音稱賴布
衣云。

—— 明·葉盛《水東日記》

廣人呼蹄為台。

—— 清·方以智《通雅》

翻開任何一本漢語字典，不難發現拼音裏面的 i 都是同音字的重災區。如果使用拼音輸入法，碰上帶 i 的拼音，會有非常大的概率必須再選擇自己想要的到底是哪個字，有的音節如 shi、yi 更是重災區中的重災區。漢語語言學之父趙元任曾經寫過一篇遊戲文章《施氏食獅史》，整篇文章只用讀 shi 的字，竟然能夠順利成篇。

事出反常必有妖，我們的祖先似乎也並沒有特別鍾愛 i 的理由。如此多的 i，最可能的解釋是，許多古代讀音不同的字隨著語言的演變其韻母都變成了 i。以《施氏食獅史》首句為例，這中間"石""室""食""十"都是古代的入聲字，在今天的廣州話裏分別讀 sek、sat、sik、sap，總之如果用廣州話來讀，效果必然沒有普通話那樣滑稽。

可是刨除入聲因素，讀 i 的字仍然多得可怕。假如一個南北朝時代的中國人穿越到現代，大概會驚異於自己的後代說話的時候有這麼多的 i，這些 i 在他的時代可是讀各種各樣的讀音的。

把入聲字排除可以發現，在粵語中，另外有一個字的讀音相對來說比較特殊，那就是"誓"。這個字粵語讀 sai。普通話中"誓"和"事"完全同音，但是粵語裏面，"誓"讀 sai，"事"讀 si。

一些北方話的 i 在廣東話讀類似 ai 的音早就為人所注意。清朝初年方以智就提到廣人把"蹄"說成"台"，更早明朝葉盛（江蘇昆山人）也發現廣東人說"厲"的土音是"賴"。這裏必須要說明，此處應該理解成廣東人說的"蹄""厲"，北方人聽起來像北方話的“台”“賴”。廣州話自身“蹄”讀 tai，“厲”讀 lai（/lɐi/），“台”讀 toi，“賴”讀 laai（/la:i/），分得很清楚。

廣東話很多方面是要比北方話更加保守的。那麼從廣東話能區分這幾個字而北方話卻不分的現實出發，大概就可以推知，其實古代的漢語對這幾個字也是有區分的。我們以周朝為例，周朝國姓可是“姬”。以今天中國中部、北部絕大部分方言的讀音看，這個姓和“雞”的讀音一模一樣。更為誇張的是，周朝初年著名的攝政王，周武王的弟弟周公單名“旦”，也就是說，他姓名連起來恰恰是“姬旦”，在普通話裏甚為容易和“雞蛋”發生聯想。

當然，上古的中國人並不把“蛋”叫“蛋”，“卵”或者“子”才是相對來說更為古老的稱呼。福建地區往往今天仍然把蛋稱作“卵”。儘管如此，刨除這個因素，也不需為周公的名字會和雞蛋諧音而擔心：古代北方的“姬”和“雞”讀音並不一樣。就如現代的廣州話“雞（gai）”和“姬（gei）”不會那麼容易產生聯想一樣。

我們可以從很多方面看出，古代北方沒有這麼多 i。中國人熟悉的彌勒菩薩的“彌勒”，其實是音譯梵語 मैत्रेय（maitreya），意譯則是“慈氏”，“彌”對應的是 mai。而在敦煌地區出土的藏文拼寫漢語詞的文檔中，則出現了把“細”“西”拼寫為 སེ（se）的現象。非常巧合的是，這幾個字在廣東話裏韻母都是 ai，而在唐詩押韻的時候，這批字也是自己和自己押，不會和粵語裏讀 i 或者 ei 的字押韻。

中古時代的韻書幾乎都會把這兩類音分開。中古時代把一類相近的韻母稱作一個“攝”。其中，現在廣東話讀 ai 的這些，歸類於蟹攝，而廣東話讀 i、ei 的則歸類於止攝。廣東話止攝和蟹攝分明。除了粵語之外，閩南地區的方言分得也比較清楚。閩南方言因為分化歷史比較悠久，層次較多，往往一個字有多個音，但是在閩南方言來自中古北方話的文讀裏，蟹攝字仍然是 e 為主，譬如廈門話裏“西”有 se 的讀法，“世”則讀 sè，“系”則讀 hē。口語中的讀音往往就離 i 更遠了，“雞”在廈門口語說 koe，在潮州和海南則說 koi。

其他地處南方的方言對止攝和蟹攝的區分雖然未必有粵語或者閩南話那麼完整，但也多多少少有些蟹攝字讀法特殊。譬如江蘇南部吳語區經常見到把“薺菜”誤寫成“謝菜”的，“薺”屬於蟹攝字，在這裏往往讀非常規的 ia、ie，因此許多人才不明就裏寫了同音的“謝”。而屬於蟹攝的“雞”，因為是極其常見的動物，更是在南方很多地方有相當獨特的讀音：廣東梅州的客家話就讀為 /kiɛ/，溫州永嘉則是讀 /tɕiai/，江西許多地方也有把“雞”讀成 /kai/ 或者 /kɛi/ 的，乍一聽倒是和廣東話大差不差。

就算是北方話，雖然今天止攝和蟹攝多有混淆，但是也並不全部相混。譬如在聲母 z、c、s 後面，止攝字如“滋四寺”越變高，變成了舌尖發音，最後演變為今天漢語中非常有特色的舌尖元音（也就是漢語拼音 zi、ci、si、zhi、chi、shi 裏的 i）；中古的蟹攝字則在止攝讓出了普通 i 的位置後也逐漸變高取而代之。所以今天的多數方言能分“四”“細”，對應廣東話的 sei、sai 之分。

在一部分北方話和江浙地區的吳語裏，章組聲母後也往往可以這種形式區分止攝。來自中古時期止攝的字早早被聲母同化成了舌尖元音，來自蟹攝的字則長期讀 i。譬如在膠東半島的榮成、乳山、文登等地，"試"讀 /ʂʅ/，"世"讀 /ʃi/，讀音基本還是元朝《中原音韻》的狀態；浙東的寧波、台州等地，"試"讀 /sʅ/，"世"讀 /ɕi/，也可以區分。

總而言之，僅僅通過廣東話，我們就可以確定，至少歸於蟹攝的這部分，在古代中原也並不讀 i。現代普通話多得令人詫異的 i 在古代可以剝離掉一大塊，那麼剩下的呢？

27

"胭脂"
其實是錯別字？

失我焉支山，使我婦女無顏色。

—— 西漢 · 佚名匈奴人

北人以庶為戍，以如為儒，以紫為姊，以洽
為狎。

—— 隋 · 顏之推《顏氏家訓 · 音辭》

胭脂是從古至今中國女性最鍾愛的物品之一，一般來說，古代女性化妝必不可少的就是胭脂。只要在面頰上抹上胭脂，女子的面容就鮮亮可愛起來。因為胭脂對女子美麗容貌的烘托作用，從古至今，中國人往往喜歡把胭脂和美人聯繫在一起。尤其在胭脂所出的北方，那裏的美人往往被比喻為"北地胭脂"。至今殷紅的胭脂仍然是中國許多女性家中必備之物。

但是作為讀者，你現在得接受一個壞消息：你從出生到現在寫的"胭脂"，是錯別字。請不要慌張，"胭脂"確實是現代漢語規範的寫法，你和你的語文老師寫的"胭脂"都完全符合

21 世紀的現代漢語標準。只要你不貿然穿越到古代，沒人能夠質疑你的漢文水平。

但是要真的回到古代，"胭脂"恐怕真的是錯別字了。這和"胭脂"的詞源有關。表面上看，"胭脂"這個名字似乎很容易理解，"胭"是紅色的顏料，形容胭脂的顏色，而"脂"則是形容胭脂細膩的質地。然而實際上，胭脂如今的寫法是相對晚近時期才出現的，《本草綱目》中，胭脂寫作"燕脂"。李時珍對此給出了自己的解釋，那就是"產於燕地，故名燕脂"。而在更早的文獻中，不但"胭"的寫法有變化，連"脂"也有其他寫法，如"燕支""煙肢"等。

不一而足的種種寫法暗示"胭脂"的來路並不那麼簡單。胭脂真正的根源，則得追溯到古代中國北方的強敵 —— 匈奴人。從戰國到南北朝，匈奴人曾經長期是中國北方最大的威脅，幾乎整個漢朝，中原人都在和匈奴進行著不懈的鬥爭。

匈奴人雖然軍力強勁，卻並沒有留下甚麼自己的文字記錄。因此，時至今日，關於匈奴人到底來自何方、說甚麼語言尚無定論。大概可以肯定的是匈奴人並不說漢語，但是關於匈奴語言的有限認知基本都出自漢文材料。其中西漢武帝時期，霍去病將軍大破匈奴，佔領河西走廊，被迫倉皇撤退的匈奴人留下了這樣的詩句："失我焉支山，使我婦女無顏色；失我祁連山，使我六畜不蕃息。"

這首歌謠應該是翻譯的作品，被漢族人以漢族詩歌的傳統改造，甚至能押上漢語的韻（"色""息"押韻）。雖然並非原作，但在匈奴人已經煙消雲散千多年後，這也是他們留下的不多的文學作品之一了。最值得注意的是，其中仍然保留了一些非漢語的名詞，如"焉支"。

焉支山位於今天甘肅山丹縣和永昌縣交界處，焉支山一帶有大片的草原，曾經是匈奴人遊牧的場所。不過對於匈奴人來說，遊牧的草原多的是，失去焉支山何至於讓婦女無顏色？這則和焉支山出產的一種植物有關。

這種植物稱作"焉支花"，而盛產焉支花的區域就被稱作"焉支山"。所謂焉支花，就是紅藍花。人類利用紅藍花由來已久，早在古埃及時代，古埃及人就利用紅藍花製作染料。

在沒有化學染料的古代，紅藍花是紅色染料的重要來源。紅藍花的花朵其實是橙色的，因為其中含有不少的黃色素。由於黃色素在酸性溶液中的溶解度比紅色素高，因此可以利用酸性的米漿水或者醋加以淘洗，把黃色素洗掉，去除黃色素後，則用可以溶解紅色素的鹼性溶液濾出純正的紅色汁液。

經過處理的紅藍花汁液除了用來浸染布料之外，還可以和白米粉拌和，製成婦女塗抹面部的化妝品。由於這種化妝品和焉支花有分不開的關係，因此也被叫作"焉支"，這才是後來的"胭脂"的本源。也就是說，胭脂其實原本是個進入漢語的借詞，不過是一個音譯而已，後人穿鑿附會才改寫成了意思更為美好的"胭脂"。

從"焉支"的寫法演變來看，在中古以前，"支"雖然有"肢"的寫法，但是並未出現"脂"，直到中古以後"脂"才開始出現。我們能夠非常確定"焉支"才是真正正確的寫法，因為在一些方言中間，"胭脂"還是讀為"焉支"。

請先不要嘗試讀"胭脂"和"焉支"兩個詞，我們可以肯定 95% 以上的中國人讀這兩個詞是完全同音的。這也是後世把"焉支"附會成"胭脂"的基礎。不過，如果你是溫州人的話，現在就是你的高光時刻了。可以先唸一下"支 /tsei/"，再念一下"脂 /tsʅ/"，然後再回想一下"胭脂 /i tsei/"怎麼說，如果你溫州話過關的話，就會發現"支"和"脂"在溫州話裏讀音不同，其實你自己一直說的是"焉支"。

　　現在你已經知道"胭脂"其實應該寫作"焉支"了，那麼讓我們結束討論中國人的顏面問題，轉回本篇的核心話題，為甚麼漢語裏面有那麼多 i。你大概已經發現我們其實簡單陳述了一個事實，那就是這些 i 在如溫州話這樣的方言中，是可以繼續細分的。

　　中古時期的韻書《切韻》中，"支"和"脂"分別是兩個韻的代表字。也就是說，在這本書的撰寫者看來，分屬這兩個韻的字是不同音的。這兩類字數量頗多，如屬於"支"的有"皮""離""紫""支""智""是""畸""移"等，屬於"脂"的有"枇""梨""姊""脂""致""視""饑""姨"等。

　　這種細分在當代方言裏是不多見的，能分的很多也是位於人跡罕至的交通死角或者山溝溝裏的小方言。但是恰好在浙江南部和福建東北部有兩座大城市 —— 溫州和福州，雖然兩市在地理上相隔不算遠，但是方言差別非常大，互相之間無法通話，然而它們有一大共同點，就是上面的兩組字，在這兩種方言裏或多或少都能區分。

	溫州	福州
避（支）	bei	pie
備（脂）	bei	pi
離（支）	lei	lie
梨（脂）	lei	li
刺（支）	tsʰei	tsʰie
次（脂）	tsʰ1	tsʰøy
紫（支）	ts1	tsie
姊（脂）	ts1	tsi
支（支）	tsei	tsie
脂（脂）	ts1	tsie
紙（支）	tsei	tsai
指（脂）	ts1	tsai
智（支）	ts1	ti
致（脂）	ts1	ti
是（支）	z1	si
視（脂）	z1	si
移（支）	ji	ie
姨（脂）	ji	i

溫州方言和福州方言都屬於非常古老保守，但在歷史上又不斷被當時的北方話疊加影響的方言，因此兩種方言演化過程都很複雜，層次眾多。但是今天這兩大城市的方言都能在一定程度上區分"支"韻和"脂"韻，相對來說，福州分得更加清

楚一些。

我們得要感謝方言學的發展讓我們能夠接觸到古老的溫州話和福州話，因為"支"韻和"脂"韻的區別曾經在數百年間都是個漢語歷史的謎案。由於這兩個韻的區別在現代方言中極少能找到痕跡，甚至在宋元以來的韻文押韻中都基本混為一談，因此長期以來，一直有人認為"支"韻和"脂"韻的區別可能是中古韻書的作者為了追求心目中的完美語音而進行的強行分別。

這自然是無稽之談。如果看中古時期的描述，至少有些人對這兩個韻的區別相當在意。活躍在南北朝後期到隋朝的名士顏之推在《顏氏家訓·音辭》中寫道："北人以庶為戍，以如為儒，以紫為姊，以洽為狎。"

顏氏家族的經歷相當特殊。這個南北朝時期的名門望族本來出身北方，在西晉末年的永嘉南渡時南遷金陵。根據《顏氏家訓》內的說法，顏氏家族極端重視語音的正誤，顏家的孩子如果說話出現訛誤，族人一定要馬上糾正，因此顏氏家族南遷200年始終保持從北方帶去的北方音。到了顏之推時代，隨著隋朝統一中國，南北對峙結束，顏之推又返回了北方。他發現此時北方人說的北方話和顏氏家族在南方傳承的北方話已經有了一定的區別。作為正音觀念極強的士大夫，顏之推認為許多方面自己的讀音比同期北方人的更加正統，其中一條就是當時的北方人把"紫"讀得和"姊"一樣，這在顏之推眼裏無疑是個語音錯誤。

後來的事情今天的我們自然很清楚，不要說北方人"紫"

"姊"再沒有分出來，顏氏家族的南方大本營金陵，也就是現在的南京，也完全沒有區分"紫""姊"的痕跡。在《顏氏家訓》中，顏之推聲稱顏氏家族對於後代的語音教導非常嚴格，聽到任何錯誤長輩都必須糾正，否則就是自身的罪過。假使今天的江南還有顏氏家族的後代，顯然在這一千多年時間，顏氏家族的教導對語言演變的滔滔洪流來說不過是螳臂當車。事實上，今天中國大城市的方言中，大概也只剩下福州話能夠區分"紫""姊"了。

由於唐宋以後的語音演變，甚少有人意識到，在我們祖先的語言中，這是截然不同的兩個韻母。人們對這兩個韻母的混淆熟視無睹，甚至認為它們自古以來就是一回事。這一局面直到 18 世紀才被段玉裁打破。

雍正十三年（1735 年），段玉裁出生於江蘇金壇。像當時江南地區大部分書香門第的子弟一樣，段玉裁早年也參加過科舉。他的科舉表現一般，在 25 歲那年成為舉人後就難以再進一步了，後來他先後在北京教過書，當過貴州玉屏縣和四川幾個縣的知縣。在他 28 歲那年，同齡人戴震也到了北京。段玉裁和戴震一見如故，戴震精於聲韻訓詁，通過和戴震的交流學習，段玉裁也找到了一生的真愛——研究古音。

段玉裁一生最得意的無疑是他成功把上古音的"支""脂""之"三部分了出來。在他之前，儘管隋唐時期的韻書也把"支""脂""之"三個韻分立，但是唐朝人寫詩時仍然不同程度地出現過混合押韻的情況，甚至在對韻律要求相當嚴苛的科舉考試時也不例外，考生並不特別擔心自己寫的詩會由於這三個韻混押而被判不及格。

到了宋朝，官方編寫的《廣韻》雖然仍舊承襲隋唐傳統把三個韻分立，但是卻明確注明可以"同用"，也就是官方認為歸屬這三個韻的字完全可以互相通押。在更加能反映宋元時期口語的宋詞元曲之中，這三個韻的字隨意押韻，已經和今天的情況別無二致。

長期以來，古人並沒有語音會隨著時間的流逝而變化的認識。漢字是一個非常奇特的文字系統，雖然大多數漢字是形聲字，然而漢字並非直接的拼音文字，並不直接反映語音。而自從秦始皇統一文字以來的兩千多年，漢字的形態高度穩定，除了 20 世紀的簡化字運動之外，幾乎沒有系統性的改變。文字上的極度穩定成功掩飾住了語音上的變化。一個英國人看到古英語把 day 寫成 dæg（日），較容易領悟到英語古今語音一定發生過變化；法國人看到拉丁語的 saputum 在現代法語拼寫為 su（已知道的），更是幾乎不可能意識不到其間語音上一定發生過重大改變。相較而言，中國人仍然能夠較輕鬆地看懂兩千年前的文字，會意識到我們祖先語言的語法和詞彙與今天有一定區別，而在語音上則未必能夠知曉。

因此，當中古以後的中國人讀到這些韻書的時候，往往百思不得其解，甚至認為這些韻書是強行分別或者用了某種奇怪的方音。直到明朝人陳第提出"時有古今，地有南北，字有更革，音有轉移"，才第一次明確指出漢語的語音會發生變化。

從明朝開始，中國人才逐漸通過多方面證據來試圖釐清古音。有人發現中古時代的支韻在上古分為兩類，有一類跟中古的歌韻有關係，譬如歌韻的"波"的聲旁就是支韻的"皮"。然而支韻的另一部分則長期仍然和脂韻以及之韻放在一起。直到段玉裁通過分析《詩經》的押韻，發現"支""脂""之"在上古也是三個韻部，和中古分為三個韻一脈相承。

段玉裁無疑是正確的。在上古時期，中古漢語屬於支韻的字和屬於脂韻的字不但很少押韻，也基本屬於不同的聲旁。在上古中國人的口中，它們確實分屬不同的韻部。在中古最早期的一批詩歌中，支韻字還會和齊韻字押韻。東晉時著名的詩歌作品《子夜歌》，相傳是東晉女子子夜所作的系列情歌，其中有一首著名的情詩為：

> 儂作北辰星，千年無轉移。
> 歡行白日心，朝東暮還西。

這是作者在嗔怪自己的情郎（即"歡"），作者把自己比作千年不變的北極星，情郎則像太陽每天都在移心。從自稱為"儂"（本是吳地表示"人"的詞，近似當代女孩子自稱"人家"）看確實是出自江南的情詩，可能也因此語音上更加保守一些，這裏支韻字"移"和齊韻字"西"押韻。甚至唐朝一些詩人的詩歌中支韻字也基本獨立，不和脂韻字押韻。如王勃的《泥溪》一詩中：

> 弭棹凌奔壑，低鞭躡峻岐。
> 江濤出岸險，峰磴入雲危。

溜急船文亂，岩斜騎影移。

水煙籠翠渚，山照落丹崖。

風生蘋浦葉，露泣竹潭枝。

泛水雖雲美，勞歌誰復知。

　　六個韻腳（岐、危、移、崖、枝、知）均為支韻字。王
勃是初唐時期絳州龍門人，也就是今天的山西河津人。以王
勃的押韻來看，顏之推說北方人已經"支""脂"不分怕是略
微有些武斷，就算在稍後的時代，北方仍然有一些能夠區分
"支""脂"的地區。

　　然而作為江蘇金壇人，段玉裁說的北部吳語"支""脂"
"之"三個中古韻母已經幾乎完全合併，基本都讀 i。在缺乏
合適標音工具的清朝，博學如段玉裁也只是能將這幾個韻母分
開，他並不能想象出這三個韻部到底應該如何發音。

　　這成了段玉裁終身的遺憾。在他晚年給朋友江有誥的信
件中，曾經寫過："足下能確知所以支、脂、之分為三之本源
乎？"在給出了這個提問之後，段玉裁又感歎："僕老耄，倘
得聞而死，豈非大幸也？"作為開創性地將支、脂、之分為三
部的大學者，段玉裁卻一生沒有想明白它們到底應該怎麼讀。

　　以段玉裁生活年代的技術水平，他很難接觸到能夠反應
語音的材料。福州是福建省城，按說也是很有影響力的方言
了，但是福州話能區分"支""脂"兩韻也是 20 世紀以來的
發現，其他能區分"支""脂"的方言影響力只會比福州話更
少。以清朝的交通條件，這些方言都不在段玉裁的接觸範圍之

內，因此他並沒有能夠從現存分"支""脂"的方言獲得啟發。

不過福州話裏支韻字的讀音 /ie/ 已經相當接近中古時代的讀音。在中古伊始的南北朝時期，一些押韻的文段中，中古支韻字會跟佳韻字互相押。如顏之推的先輩，同屬於南遷顏氏家族的顏延之，在《赭白馬賦》結尾段寫道：

> 亂曰：惟德動天，神物儀兮。於時駉駿，充階街兮。稟靈月駟，祖雲螭兮。雄志倜儻，精權奇兮。既剛且淑，服羈靮兮。效足中黃，殉驅馳兮。願終惠養，蔭本枝兮。竟先朝露，長委離兮。

每兩句在"兮"前的字都是韻腳。這一段幾乎所有的韻腳都是支韻字，卻獨獨混進去了一個佳韻的"街"字。當時佳韻字的元音是 /ɛ/，支韻讀音與之相近，所以才出現了混押的情況，因此福州話的 /ie/ 有很大可能和中古時代支韻的讀音相差不遠。

福州話支韻的古老讀音還能在東瀛取得共鳴。和中國的漢語方言不同，日語和漢語本非一種語言，就算是借用了大量的漢語詞彙，仍有大量本土詞需要書寫，這些本土詞中，不少採用日文中的假名書寫。日本文字是由漢字改進而來，假名也不例外，現代假名是漢字草書或者取其中一部分部件書寫。但是漢字剛傳入日本時，日語裏的這些本土詞是直接借用音近的漢字書寫的。

金錯銘鐵劍細部圖，
來自埼玉縣博物館網站

　　1968 年，在日本埼玉縣稻荷山一座古墳中曾經出土過一
把古代鐵劍，上面寫道，在鐵劍主人生活的年代，當地在一位
叫獲加多支鹵大王的治下。鐵劍銘文還提到該劍鑄於辛亥年七
月。根據紀年推斷，鐵劍主人大約生活在公元 5 世紀後期，劍
鑄於公元 471 年。這個辛亥年時值中國南北朝初期，南方此
時為宋朝泰始七年，北方為北魏皇興五年。由於交通和文化傳
播路線的原因，此時日本所接收的中國文化更多是從中國南方
渡海東傳來的。根據《宋書·倭國傳》所記載，此時倭國的君
主是“倭王武”。8 世紀初成書於日本本土的《古事記》和《日
本書紀》中則有一位“雄略天皇”，“雄略天皇”是日本所謂
的“漢風謚號”，實際是個漢語稱號。漢風謚號的流行是雄略
天皇去世數百年後日本奈良時代受到漢文化的強烈影響後給之

前的歷代天皇追封的結果。這位天皇的"和風諡號"根據《日本書紀》記載為"大泊瀨幼武天皇",《古事記》則在他即位前就則稱其為"大長谷王"或"大長谷若建命"。依照當時日本王族的命名規則,"大長谷""大泊瀨"都是地名,"王""命"則是天皇所用的稱號,所以實際上雄略天皇個人的名字是"幼武"或"若建"。此時日本已經形成了一套訓讀漢字的系統,即把一些日語本土詞彙用意義相近或讀音合適的漢字書寫。這兩個漢字組成的名字,表示的其實本是一個日語名字わかたける(wakatakeru)。

這個名字後半部分有勇猛的意思,和《宋書》中同時代的"倭王武"相合。此時倭國已經擴展為西起九州、東至關東的大勢力,但是稱號仍然使用"大王",並不像後來用天皇。其稱號制度也遠不如後世成熟,對漢字的使用也尚處於摸索階段。可以看出,"獲加多支鹵"是用漢語直接音譯雄略天皇的名字,是把漢字當作拼音來用。由於拼寫的仍然是後來稱"幼武"或"若建"的 wakatakeru,我們可以推知這個拼寫的原則是一個漢字對應日語中的一個音節,其中"支"對的是日語的 ke。

這個讀音幾乎和所有現存的漢語方言都大相徑庭。但是如果暫時忽略聲母 /k/(有意思的是,福州方言和閩南方言一樣,"支"還有另一個讀音 /ki/,本書其他章節會解釋聲母的問題),光看韻母的話,福州"支"的韻母讀音 /ie/ 和 e 仍然相當接近。

在南方許多地區的方言中,儘管支韻的古讀音保存得遠遠

不如福州完整，但是口語中一些零零星星的支韻字不讀 i 則是
屢見不鮮。譬如"騎"字，廣州大片的騎樓聞名於世，但是廣
州話裏"騎樓"稱作 ke 樓，"騎（ke）"的讀音和"奇（kei）"
並不一樣。閩南、潮汕以及海南的閩南話中，"騎"則普遍有
個 /kʰia/ 的讀音；浙江西南部衢州下屬的常山、開化等地甚至
有讀 /guɛ/ 的音。表示站立的"徛"，在江浙地區的吳語普遍
也有特殊的讀法，甚至在江浙吳語區西北角，與官話區交界的
常州話中都讀 /gai/。

除了"騎"以外，"蟻"也是一個在眾多南方方言中讀音
特殊的支韻字，這可能得歸功於螞蟻在南方實在過於常見。
"蟻"在廣州話裏唸 ngai，浙江南部一些地方的方言，如溫州
話、蘭溪話、遂昌話和鬆陽話中，"蟻"甚至讀了 /ŋa/。在浙
南其他地區，"蟻"的讀音也甚為特殊，例如有讀 /ŋai/（玉
山）或讀 /ŋuɔ/（麗水）的；閩北地區則有 /ŋye/（石陂、建陽）
或 /ŋyai/（崇安）的讀音；閩南潮汕、雷州地區則普遍有類似
/hia/ 的讀音；江西多地則有諸如 /nie/、/nɛ/ 此類的讀音。

如果讀者還是認為上面的證據過於抽象，我們就只好請出
一個特別有意思的支韻字——"羋"。這個字本來是個冷僻到
家的古字，主要有兩個意思：一個是楚國王室的姓，另一個是
模仿羊叫的擬聲詞。由於一些以春秋戰國時期的楚國為背景的
影視作品的出現，本來沒多少當代中國人認識的"羋"字竟然
意外翻紅。

今天"羋"的普通話讀音 mǐ 和羊叫完全不像，不過之前
已經說過"羋"是一個支韻字，也就是說在古代，"羋"的讀

音一度是 /mie/。這樣的讀音是否會覺得頗為貼近羊的叫聲？事實上，在"芉"走音不像羊叫以後，中國人又創造了一個接近羊叫的"咩"字，讀音恰恰和古代的"芉"如出一轍。

把支韻字剝離出去之後，i 的數量看起來就會正常不少，但是我們仍然可以繼續剝離：根據中古時期的韻書，今天的 i 韻母，刨除入聲字、蟹攝字和支韻字後，剩下的那些還可以繼續細分為之韻、脂韻和微韻。在中古時期，只有脂韻是真正的 /i/，其他的韻讀音都有稍許區別。之、脂、微三韻的區別相比支韻在中國保留得更加有限，但也不是全無痕跡。譬如福建北部政和的方言之韻的"起"讀 /kʰy/，"嬉"讀 /hy/，"蒔"讀 /tsʰy/，"治"讀 /ty/；閩南地區屬於微韻的"氣"讀 /kʰui/，"幾""機"讀 /kui/；潮州話"衣"讀 /ui/。除了一向以語言保守存古著稱的福建方言外，湖南西部和南部的一些方言也保留了一些這幾個韻之間的區別，例如湖南永州道縣的土話中，屬於之韻的"耳"讀 /niɤ/，屬於脂韻的"二"讀 /nɤ/。

因此，假如一個古代的中國人穿越到今天，讀到趙元任先生的《施氏食獅史》，儘管他大概會覺得這篇文章有些奇怪，有些拗口，但是很難產生用普通話朗讀的戲劇化效果。

28

唐朝的“矩州”怎麼變成了現在的“貴州”？

> 諺云四月初八一夜雨，豌豆小麥變作鬼，清明次日雨亦然，鬼方音讀如矩叶韻。
>
> —— 清·《常州府志》

> 矩州治今貴陽府城，貴州為矩州之轉。
>
> —— 清·《貴陽府志》

　　唐高祖時，唐朝在今天的貴陽設置了矩州，從屬黔中道。這是貴陽歷史上第一次上升為州，從此貴陽開始了成為雲貴高原東部政治經濟文化中心的進程。

　　從歷史來源論，矩州才是貴陽本來的名字，然而到了宋朝，矩州土著首領普貴歸順，宋朝敕書卻寫道：“惟爾貴州，遠在要荒。”“矩州”莫名其妙變成了“貴州”，從此貴州之名沿用，並在明朝以後成為貴州的省名。

　　普貴歸順一事最早出自明朝的記錄，是不是真在宋朝發生的可說是非常可疑。但是這個故事本身卻說明了一個事實：明朝人對唐朝的矩州怎麼變成貴州也是疑惑重重，以至於需要找個合理的來源。對矩州變成貴州，一般解釋為：“梁、益方音魚、脂同呼，土人語矩曰貴。”

在今天各地方言裏中，往往出現一些 ui 和 ü 互相串門的現象。四川“遂寧”，當地叫 xu 寧，湖北人同樣把“遂”叫 xu。江浙地區，東西“貴”往往叫 ju，“鬼”也叫 ju，“水”讀“如暑”。甚至很多地方把“鵝”稱作“白烏龜”，這裏的“龜”一樣讀 ju。而鱖魚的“鱖”則因為和“寄”諧音，所以在江浙有些地方認乾兒子（寄子）時有贈送鱖魚的習俗。陝西人把“渭河”叫 yu 河，西安地名“韋曲”在當地讀 yu 曲。反過來廣東許多地方“徐”讀 cui，雲南話“屢”讀 lui，天津地區“女”叫 nui。“尿”有個 sui 的讀音，在許多地方卻讀 xu，和“需”的讀音差不多。

今天的普通話裏多數讀 ü 的字來自中古時代的“魚”韻和“虞”韻。這兩個韻母從上古以來逐漸升高，尤其“魚”韻從上古時代的 a 一路上聲，大約在宋元時期變成了 /iu/，明清以來最終成了 /y/。

然而在“魚”“虞”上升的過程中，卻碰上了另一類韻母。中古時期的止攝和蟹攝都有為數不少的合口字，這些字是今天普通話裏 ui 韻母的主要來源。譬如“灰雷對最會罪歲鱖”屬於蟹攝，“輝圍水鬼醉”屬於止攝。

這兩類字在中國南方的方言中一般多少能夠區分。譬如廣州話“灰”讀 fui，“輝”讀 fai；廈門話“最”讀 /tsue/，“醉”讀 /tsui/。在中古時期，其中屬於止攝的那些字一度讀過

/iui/。普通話為代表的北方地區的眾多方言在宋朝時尚能夠區分，前一類字讀 /uei/，後一類字讀 /ui/；到了元朝以後兩類字則合併了。然而在諸多方言中，/iui/ 並沒有直接變成 /ui/，而是和一路上升的魚韻正好發生合併，因此就出現了普通話裏讀 /ui/ 的字在這些方言裏讀 /ü/。

這樣的現象可能中古時期在一些方言中已經初見端倪。敦煌藏文拼寫的《遊江樂》中，出現了兩次“水”字，兩次均拼寫為 ཤུ（shu），和“數”的拼寫完全相同，此時的敦煌方言裏，“水”的讀音可能已經和“數”相同或相近。由於明朝以後移民重新遷入敦煌地區，導致其方言發生了改變，“水”讀 shui，和普通話區別不大。但是在更加保守的西北，如陝西大荔、合陽、韓城等地，“水”讀 fu。這些地方歷史上發生過 shu → fu 的音變，因此 fu 其實本就來自 shu，和歸義軍時期的敦煌方音相當接近。

正如之前所說，類似的現象遍佈中國各地，從西北地區到東南沿海，許多方言都發生過類似的變化。由於這樣的變化很符合語音的自然演變，各地方言中的變化也可能是在不同時間各自獨立發生的。因此在不同的方言中，這樣的現象波及範圍有大有小。江蘇泰州、如皋，江西宜春等地甚至“對”都讀成了 /ty/。蘇州“蕊”讀“女”的現象早在明朝馮夢龍的《山歌》中就有所提及，“蕊”韻母是 ü 的讀音甚至還分佈在長沙、武漢等兩湖地區大城市的方言中。四川人不光“遂寧”讀“xu 寧”，“雖然”也是“xu 然”。哪怕華北地區的濟南，也有“圍”讀 yu 的音，可見這個音變在中國分佈之廣了。

反之，在另一些方言中，魚韻和虞韻的一部分字在演變過程中變成了 /ui/，和本來的止攝合口字發生了合併，"矩州"讀成"貴州"就屬此類現象。雲南人"屢"說成 lui，天津人"女"說成 nui，都是"矩州"說成"貴州"的同類現象。把"雖"讀成 xu 的四川話，卻把"絮"唸成 sui，這個現象可能在這兩個韻讀 /iu/ 的階段就已經發生。此外，這個 /iu/ 還可以變成其他的發音。今天東北人把"取"讀 qiu，就是"取"未能跟著魚韻的大部隊繼續變成 /y/ 造成的。而在廣東地區，"娶新婦"有讀成"cou 新婦"的，"芋頭"在粵語中則是"wu 頭"。近段時間風靡大江南北的油柑飲料的"油柑"，是一種能夠回甘的植物，本名"餘甘子"，名字可謂非常貼切，"油甘子"本是華南地區的叫法，屬於"餘"的特殊變化。以粵語為例，這裏的"餘"在粵語中變成了 jau，也就俗寫成同音字"油"了。

29

"遠上寒山石徑 xiá" 的讀法有沒有道理？

南（協句，宜乃林反）。

—— 梁 · 沈重《毛詩音》

所謂一韻當析而為二者，如麻字韻自奢字以下、馬字韻自寫字以下、禡字韻自藉字以下，皆當別為一韻，但與之通用可也。蓋麻馬禡等字皆喉音，奢寫藉等字皆齒音，以中原雅聲求之，復然不同矣。

—— 南宋 · 毛居正《增修互注禮部韻略》

"遠上寒山石徑 xiá（斜），白雲生處有人家。"語文老師認認真真地讀了這首詩，然後課堂上的學生問："老師，這個'斜'為甚麼讀 xiá？"老師回答："這是讀了'斜'的古音，是為了押韻。"學生這才恍然大悟。

較真點說，遇上韻文中不押韻的字，臨時改動個讀音，可算是中國一個自古以來的傳統，稱作叶音。這一傳統至少可以追溯到南北朝時期。譬如《詩經》裏面有句："燕燕于飛，上下其音。之子于歸，遠送於南。”哪怕是南北朝人讀起來也不押韻。怎麼辦？就把“南”臨時改讀成“乃林反”（以當時讀音大概會讀成 nim）就是了。在今天中國的一些地區如潮汕地區，這仍然是讀詩文時要遵循的規矩，認為不這樣就難以體會到韻文韻律之美。

在很多時候，這種“復古”頗具有人工成分。譬如把“南”讀成 nim 並不會讓它更接近上古時期的讀音。事實上硬要說的話，南北朝時期應該是“林”跟上古時期的發音距離更大，如果真需要復古叶音，改“林”會是更加合理的選擇。

然而在“斜”這個字上，xiá 在一定程度確實復古成功了。

這個復古的基礎恐怕還在於有許多方言可供參考。“斜”字的韻母在蘇南、浙北、上海的大部分吳語，江蘇沿江到淮南的江淮官話，福建的大多數方言，廣東的潮汕客家話以及部分鄉鎮粵語，江西的大部分方言，湖北東部、湖南的一些方言，以及北方的山西和陝西的部分方言中，都是 /ia/，可以說這個讀音佔據了半壁江山。

這當然不會是說這些方言的人互相心靈感應，將這個字的韻母集體向一個方向轉變，它們都讀 ia 的原因很簡單，因為古代也是讀 ia。中國中古時代的韻書中把“家”和“斜”所屬的韻都算作“麻韻”。在當時它們元音相同，只是“家”是二等字，“斜”是三等字。宋朝以前“斜”的韻母就是 /ia/，由於華北地區 /ia/ 裏頭的 a 受到 i 的影響逐漸升高，這才和“家”分家，變成了 /iɛ/。而在華北地區，由於“家”這樣的二等字出現了 /i/ 介音，韻母變成了 /ia/，填補了“斜”這樣變化之後留下的空檔。

這個變化可能發生在南宋初年，1162 年成書的《增修互注禮部韻略》中，毛居正認為"麻字韻自奢字以下、馬字韻自寫字以下、禡字韻自藉字以下"，"一韻當析而為二"，因為"中原雅聲"讀起來"复然不同"。毛居正本人是衢州江山人，所謂"中原雅聲"，以宋朝語境大致是指中原汴洛一帶的讀音，此時中原地區的"斜"字已經開始了向現代北方話轉換的進程。元朝的《中原音韻》則已經徹底分立了"斜"和"家"，和現代中原華北一帶的方言一致。

從 /ia/ 高化並不算稀奇。雖然大體上來說南方地區不少地方保留了未高化的 /ia/，但是也有很多地方發生了各式各樣的高化。如"斜"的韻母在溧陽話中成了 /io/，和官話走前高化路線不同，在這裏走了一條後高化路線。由於溧陽話"家"也高化成了 /ko/（這項在吳語區相當普遍），因此要是拿溧陽方言讀"遠上寒山石徑斜，白雲生處有人家"就完全押韻了。毛居正老家江山話現在"斜"的韻母也變成了 /iə/，浙東南的溫州話已經高化到了 /i/，高到不能再高了，而溫州市區更是進一步變成了 /ei/，廣州話則 /ia/ 融合成了 /ɛ/。這些方言的高化都未必和北方話的影響有關，應是自己發展的結果。

事實上，a 的不斷高化幾乎是漢語漫長發展史上最穩定的一條規律，從上古到現在，各類來源的 a 不斷升高，就如一列列疾馳的火車，各種方言都搭乘過火車，有的中途下車，有的又轉上了另一列，但是沒有哪種方言完全沒搭過高化快車。

30

湖北人、雲南人為甚麼
把 "去" 説成 "ke" ？

唐宋以上，凡歌戈韻之字皆讀 a 音，不讀 o 音；
魏晉以上，凡魚虞模韻之字亦皆讀 a 音，不讀 u 音或
ü 音。

—— 民國 · 汪榮寶《歌戈魚虞模古讀考》

君東南面而指，口張而不掩，舌舉而不下，是以
知其莒也。

—— 漢 · 韓嬰《韓詩外傳》

民國時期，著名的外交家汪榮寶曾經寫過一篇小文《歌戈魚虞模古讀考》，大致意思是標題上的這幾個字和它們代表的韻在古代都曾經讀 a。這篇發表於 1923 年的論文影響巨大。這篇論文獲得了另一位民國文化名人林語堂的贊同。林語堂閱讀後認為 "歌戈" 曾經讀 a 可以肯定，"魚虞模" 則未必。總之，這篇論文出現後，"歌" 讀 a 基本已是公認。

汪榮寶能夠有這一發現，可能和他的留日經歷有關。日

語中“歌”無論吳音還是漢音都是か（ka）。汪榮寶也發現，日語元音為 a 的假名其漢字來源往往是中古的歌韻字，如さ（sa）的字形來自“左”的草書，わ（wa）的字形則來自“和”的草書。

民國時期包括汪榮寶和林語堂在內的研究者發現，“歌”韻不光在日本元音是 a，在朝鮮漢字音中“歌”是가（ga），在越南漢字音中“歌”是 ca，連中國人常常念叨的“阿彌陀佛”，在梵語中是 अमिताभ（Amitābha），“阿”和“陀”對應的元音都是 a。敦煌發現的漢藏對音材料中，歌韻字“河”“何”也寫作 ɽ（ha）。

也就是說，所有和唐朝人打過交道的外語都一致認為唐朝人把“歌”的元音說成 a。奇怪的是，近乎全部的漢語方言卻沒有“歌”讀 a 的。20 世紀後期，隨著各地方言逐漸被詳細調查，發現廣西南部的一些方言保留了較多的歌韻讀 a，這些方言中，“舵羅籮鑼左搓鵝我”等字都有比較大的概率讀 a 韻母。

當然，今天的你並不需要學會日語、朝鮮語、越南語，去唸佛經或者掌握關係方言，才能體會到歌韻讀 a。實際上，只要你說普通話，你口中一般至少三個歌韻字元音是 a，這就是普通話裏三個特別常用的字——“他”“大”“那”，它們都保留了古讀。這三個字在北方地區讀 a 也非常普遍，不過晉南和陝西的“大”普遍按照正常歌韻的讀音演變，比如西安話“大”在“老大”裏面就讀 /tuɤ/，和“墮”同音。這雖然離古代發音更遠，卻是很規則的演變。此外北方人說的“俺”本是“我們"的合音，這個字大概是在"我"的元音還是 a 的時候合上的，因此在華北方言中韻母還是 an（早期是 am）。

這樣的殘留在南方也有出現。今天北方話的"甚麼"，在南方不少地方還用更老的"何"來表達。如溫州話問"甚麼"是 /a ŋi/，根據早期溫州的資料，以前第一個字唸 /ga/，其實就是"何"的古音，不但韻母是古音，聲母也是，整個詞則是"何樣"。

這個 a 在宋元以後走上了高化的道路。元朝《中原音韻》時期 a 已經變成了 o，今天長江以南大部分方言的歌韻停留在這個位置，因此四川人、湖北人都把"哥哥"叫 go go。明朝以後，北方地區的 o 則逐漸發得不那麼圓，和 e 發生了合併，所以今天北京人說話"鵝"和"額"都是 e，不能區分。但是在大多數長江流域的官話，如成都話中，"鵝"是 ngo，"額"是 nge，分得很明顯。

然而汪榮寶的另外半句："魏晉以上，凡魚虞模韻之字亦皆讀 a 音，不讀 u 音或 ü 音。"這則和歌韻讀 a 有了衝突：假如上古時期這些都讀 a，那麼上古人又如何區分"鵝"和"魚"呢？也因此，林語堂對這部分推論持保留態度。

從汪榮寶的文章來看，上古時期雖然中國對外交流留下的記錄遠不如中古時期豐富，但是仍然有一些堪稱不錯的證據。譬如中古時期把梵語 बुद्ध（Buddha）翻譯成"佛陀"。但是佛教甫一進入中國的東漢時期，這個詞是被翻譯為"浮屠"的，早期佛寺叫"浮屠祠"。梵語的讀音並未改變，漢語翻譯的用字卻發生了替換，說明"屠"已經不再適合翻譯 dha 了。反過來說，頭開始翻譯的時候，"屠"的讀音必然和 dha 相去不遠。

汪榮寶生活的年代，對漢藏語系的研究遠不如今天深入，因此汪榮寶並沒有提出漢藏同源詞的材料。假設他能看到藏文中"魚"是 ཉ（nya），"五"是 ལྔ（lnga），緬文中"魚"和"五"都是 ငါး（nga:）的話，可能會對自己的結論更加自信。

更為離奇的是，上古時期的一次情報泄露事件中也透露出我們現在的 ü 在當時應該讀 a。這個故事出自《韓詩外傳》，講的是齊桓公當年在討論討伐莒國的時候，發生了消息外泄。泄密者當時離齊桓公很遠，聽不到齊桓公在說甚麼，但是他看到了齊桓公"口張而不掩，舌舉而不下"，也就是說嘴巴張得很大，舌頭還向上舉，因此判斷出齊桓公應該在說"莒"字。這個故事雖然出自漢朝的文獻，但是應該流傳已久，更早的《呂氏春秋》同樣記了這個故事，對"莒"發音時的描述則是"呿而不唫"，同樣是嘴巴大開。

今天要是發 ü，嘴巴肯定是不會大開的。因此如果描述足夠準確，可以判斷當年齊桓公發音時，"莒"的元音應該是 a。

那麼如果"歌"和"魚"都是 a，這兩者後來又怎麼分化呢？

問題的解決可以仰賴客家話。客家人最大的特點就是自稱 ngai。因為"我"在口語中出現的頻率很高，在聽不懂客家話的外人聽來，客家人說話成天 ngai 來 ngai 去，於是一些地方把客家話稱作"ngai 話"。

客家人的 ngai 其實就是"我"，而客家話"我"的讀音卻給解決"歌""魚"的衝突帶來了啟發。或許上古時代不是

"魚"不讀 a，而是"歌"不讀 a，卻讀 ai。

我們今天能從南方各地找到一些歌韻讀 ai 的例子。譬如北方話說"我的書"，在東南各地方言普遍說"我個書"，這裏的"個"在潮州話和海南話讀 /kai/。福州方言裏面"我"則讀 /ŋuai/，"舵"讀 /tuai/，"破"讀 /pʰuai/，這三個字的韻母在閩南地區則對應 /ua/，一般認為兩地都是從 /ai/ 一路變化的結果。

因此，在上古後期"魚"的韻母曾經是 a，"歌"的韻母曾經也是 a。但是隨著"歌"的韻母逐漸從 ai 向 a 轉變，擠壓了"魚"的生存空間，"魚"就被迫向高處發展尋找新生活了。不過屬於虞韻的許多字確實不曾讀 a，而是讀 o，只是後來在高化進程中，魚韻因為嘴唇也變圓了，和虞韻撞車合併了。

"魚""虞"合併的讀音在唐朝還屬於被笑話的對象。武則天時，酷吏侯思止因為出身皂隸，語音不正。有一次他跟同事說："今斷屠宰，雞（云圭）豬（云誅）魚（云虞）驢（云平縷），俱（云居）不得吃（云詰）。空吃（詰）米（云弭）面（云泥去）。如（云儒）何得不飢！"被譏笑之後侯思止向武則天抱怨，武則天問清原委後也大笑了一場。說明此時要是"魚"說成"虞"還是惹人發笑的。

從今天的大部分方言來看，魚韻高化的最終結果是衝向了 ü，有的方言如昆明話，則由於 ü 變成了 i，所以多數魚韻字讀了 i。然而在許多方言裏面，從 a 到 ü 的高化進程並不是一帆風順的，而是中途走走停停，在搭乘高化列車時，一路丟了很多行李下來。

粵語把"他"稱作"佢"，也寫作"渠"。這是一個頗為古老的用例。家喻戶曉的"問渠那得清如許，為有源頭活水來"出自南宋朱熹，此處的"渠"並非水渠的意思，而是指代之前詩句裏面的方塘，也就是"它"的意思。這個詞第三人稱的用法出現得非常早，早在《三國志》中，吳國趙達在拒絕給之前許諾的書時，就說："女婿昨來，必是渠所竊。"以被女婿偷走為由推脫。

趙達雖然在吳國活動，但他本是北方河南洛陽人。無論如何，把"渠"當作第三人稱的用法後來在南方地區非常普遍。"渠"本義是水渠，用來寫第三人稱其實是同音假借。上古漢語並無固定的第三人稱，有時會借用指示代詞"其"來代指，如《論語》中有："愛之欲其生，惡之欲其死。"

"其"在中古屬於之韻，上古時代元音接近 /ɯ~ə/。三國時期逐漸高化的魚韻從 a 向上移動，和之韻的讀音一度接近，也因此產生了用"渠"表示第三人稱的寫法。後來，魚韻繼續高化，並產生了 i 介音，和虞韻合併讀 /iu/，並在元朝以後正式變成今天的 ü/y/。

在廣州話中，"渠"隨後的發展道路一帆風順，非常規律，至今粵語第三人稱的"佢"和水渠的"渠"除了聲調不同外完全同音。然而南方不少方言的"渠"並不都是這樣的簡單變化。如江西南昌的第三人稱變成了 /tɕie/，溫州話的第三人稱則在 /ge/ 和 /gi/ 之間搖擺，江蘇常熟的第三人稱則變為了 /ge/。此外常熟當地也把"魚"叫 /ŋe/，"去"叫 /kʰe/，表示浮腫的"虛"叫 /he/，第三人稱語音的變化顯然是魚韻的一個特色讀法。這套讀音在吳語中相當常見，哪怕是和官話區交界的常州話，也有"去"讀 /kʰai/，"鋸"讀 /kai~ka/，"虛"讀 /hai/ 的讀音。

這套在南方方言中常見的讀音，可能就是南宋陸游所說的："吳人訛'魚'字，則一韻皆開口。"此時北方話的"魚"已經讀了 /iu/，進了合口；江南"魚"的讀音雖然已高化，但還保留在開口讀音上，其狀態可能和今天的泉州話差不多。泉州話"魚"讀 /gɯ/（讀書音，口語說 /hɯ/），"虞"讀 /gu/，仍然分得很清楚。

在早期的一些借詞裏面，我們也可以看到讀 /ɯ/ 的魚韻。越南漢越音"去"讀 khứ，"書"讀 thư。有趣的是，泰語中"書"說 สือ（sue/sɯː/），這個字就是借的中古漢語"書"的讀音。

事實上，哪怕是官話和北方話，魚韻的古讀也並非毫無蹤跡可尋。南京話口語中把"去"說成 /kʰi/。但是今天的南京話 i 前面的 /kʰ/ 按理應該發生腭化，譬如"氣"就說 /tɕʰi/。幸好明朝的陸容曾經說過："又如去字，山西人為庫，山東人為趣，陝西人為氣，南京人為可去聲，湖廣人為處。"可見當時的南京"去"並不讀 /kʰi/。今天和明朝南京話關係密切的武漢話和昆明話中"去"讀 /kʰɯ/ 和 /kʰɤ/，很可能就是陸容所說的"可去聲"；四川話"去"則普遍讀 /tɕʰie/；山西地區則很常見"去"說 /kʰəʔ/。

況且，不要忘了，就連北京話和西安話，"去"在口語中也是讀 /tɕʰi/ 而非 /tɕʰy/ 呢，安知這不是魚韻留下的一點痕跡呢？

31

為甚麼這麼多人
把“疫情”説成“yu 情”？

> 岐山當音為奇，江南皆呼為神祇之祇。
>
> —— 隋·顏之推《顏氏家訓·音辭》

可能讀者已經發現，我們講述的大部分保留了古漢語區分的現象多集中在南方，在北方的又高度集中在山西。這一方面是由於南方和山西不少方言確實語音上比較保守，另一方面則是由於南方與山西的方言多樣性更高，東邊不亮西邊亮，比起廣袤的華北大平原更有利於在犄角旮旯保存一下其他地方沒有的語言現象。

不過我們最後要提到的這個現象可就恰恰相反。這個從上古就有的區別，在廣大的北方地區多有殘存，反倒是在南方地區基本都混為一談。而正是因為這個現象的存在，“疫”在許多地方才會讀 yu。

時光回到宋朝，此時冒出了一本書叫《墨客揮犀》，作者是彭乘，在這本篇幅不長的筆記集中提到了五代時楊行密佔據揚州時期的往事。假設你生活在此時的揚州，你最好不用去跟蜂蜜打交道，就算一定要打交道，請記住一定要把蜂蜜說成蜂糖。因為在此時的揚州，"蜜"因為和"密"同音，屬於避諱字。不過作者對此表示不理解："夫'蜜''密'，二音也，呼吸不同，字體各異⋯⋯甚哉，南方之好避諱者如此！"

明明音不一樣，字不一樣，南方人也太喜歡搞避諱了。當然，南方人不會無端端給自己找不痛快，在當時的揚州，"密"和"蜜"大概確實同音了。只是在其他地方，尤其在中原地區，這兩字未必同音，所以以北方音的視角來看南方的避諱，就未免有些讓人哭笑不得了。

不止一人對南方不分"蜜""密"提過一嘴。北宋大臣王闢之是齊州臨淄（今山東淄博）人，他在筆記《澠水燕談錄》裏也提到了五代時期："錢鏐之據錢塘也，子跛鏐鍾愛之，諺謂跛為瘸。杭人為諱之乃稱茄為落。蘇楊行密之據淮陽，淮人避其名，以蜜為蜂糖，由乎淮浙之音訛也。以瘸為茄，以蜜為密，良可笑也。"除了楊行密的避諱外，這裏還提到了杭州因為避諱"瘸"，把茄子叫"落"。今天江浙的許多地方還是把"茄子"叫"落蘇"，可能和這個避諱有關。山東人王闢之對這兩個避諱都大加嘲笑，覺得"瘸""茄"同音，"密""蜜"同音都是可笑的"淮浙之音訛"。

不幸的是，今天大部分北方話"蜜"和"密"沒有區別，很難得知所謂"呼吸不同"到底是甚麼意思，就連王闢之老家山東淄博現在也"可笑"地不分"密""蜜"。天無絕人之路，還是王闢之的山東老鄉為他挽回了尊嚴，在山東北部的德州一帶，就出現了"蜜"和"密"不同音的現象。德州話裏"蜜"

讀 mi，"密" 讀 mei。

更絕的是，德州的這個讀音居然和元朝《中原音韻》裏的讀音能夠對上。在這本元朝的書裏頭，"蜜"和"密"被分到了不同的小韻裏："蜜"和"覓"分到了一起，"密"則和"墨"分到了一起。

蘇酥穌甦　逋餔脯　樞樗攄　粗麤　桮蔬疏踈
居裾琚鶋車駒拘俱　諸豬豬朱姝株蛛誅珠邾侏
陰
平聲
魚模
憶擋射䏶翼　勒肋　剅匿
逸易場譯驛益溢鎰鷁液腋掖後一佾泆逆乙邑
日入　頁蜜　墨客　立粒笠歷歷椴瀝靂皪力栗
欽定四庫全書　卷上

《中原音韻》中"蜜""密"被分到了不同的小韻裏

由於北方地區 "墨" 的 mei 音非常普遍（也包括德州在內），因此我們大概可以推知《中原音韻》裏 "密" 讀

/muəi/，而“蜜”讀 /mi/。刨除一些音值上的變化，實際上和今天的德州話情況差不多。

事實上北方話裏這樣的例子還有幾個，譬如“筆”和“必”，在中原西北和長江流域的官話以及南方各方言（粵語除外）中也大部分是一個韻母。然而在山東和河北地區，“筆”普遍讀 bei，和讀 bi 的“必”能夠區分。

可惜的是，這些河北、山東的讀音很不幸沒能進入普通話。由於北京地區歷史上受到南方的嚴重影響，這些字並沒有跟隨河北、山東本地的讀法，不過北京本地也還殘存一些例子。譬如普通話能分“被”“避”，能分“眉”“彌”。雖然普通話“披”讀 pī，但是北京不少人是讀 pēi 的，“披”“譬”韻母不同，這些字在南方的方言裏面往往韻母都是 i。

這些北方話能分的字屬於中古漢語的“重紐”區別。這是個非常古怪的術語。簡單說來，這些字在中古時代屬於一個“韻”，聲母也完全一樣，但是它們的反切互相比較獨立，很難連到一起。在製作韻圖時，韻圖的作者把它們分為兩類，分別塞進三等的格子和四等的格子。

可能由於被分成兩類的大多數字在今天讀音都一模一樣，頗有認為所謂“重紐”可能是古人臆想出來的區別。然而隋朝公認的語音標準顏之推曾經特意說過：“岐山當音為奇，江南皆呼為神祇之祇。”也就是說，他認為“岐”的讀音應該是“奇”而非“祇”，既然特別強調，那麼“奇”和“祇”的讀音就必然不同了。這麼煞有介事，實在不像是多此一舉的臆想。

	齒音舌音		音　喉				音　齒					音　牙				音　舌				音　唇			內轉第四開合
韻　鏡	清濁	清濁	濁	清	清	濁	清	濁	次清	清	濁	清	次清	清	濁	清	次清	清	濁	清	次清	清	
支	○○	離 見	○○	犧	詑	○○	斯	祇 施	疵 眵	齜 支	離 宜	奇	歧 觭	羈	○○	馳 摛	摛	知	糜 皮	陂	鈹 帔	拔 單	
	○○	移	○○			○○		觜 雌			○○	祇			○○				彌	罦			
紙	○○	爾 邐	○○	倚	氏 弛	○○	徙	紙 侈	此	紫 批	○○	技 綺	技 綺	掎	○○	扼 舄	褫 撤		靡 被	彼	破 被	弭 婢	
	○○		○○	俾		○○		俾			○○	企	跂		○○				婢	諀	諀	俾	
寘	○○	累	○○	戲 倚	賜 翅	○○		豉	翅 刺	寘	○○	義 芰	芰 徛	寄	○○		智		髲 帔	賁			
	○○	智 易	○○		臂 漬	○○					○○	企	馶		○○								

韻圖中出現的重紐三等，可以看到"被"放在了第三個格子，"婢"放在了第四個格子

　　無論是"蜜""密"或"必""筆"，還是"避""被"或"彌""眉"，都屬於這樣被分進兩個格子的情況。北方話的區別並不像是無中生有，因為在漢越音當中，後三組也能有區別，只是區別方法顯得非常怪異："必"讀tất、"筆"讀bút，"避"讀tị、"被"讀bị，"彌"讀di、"眉"讀mi，"譬"讀thí、"披"讀phi。

　　儘管漢越音的實際發音和華北方言天差地別，但是能看出一個確定的趨勢，就是華北方言說i的字，漢越音聲母為t、d、th，華北方言說ei的字，漢越音聲母為b、m、ph。這些字都是唇音字，中古漢語的聲母都是p、ph、b、m之類的，漢越音卻"別出心裁"讀進了t、th、d。長久以來，連越南人

自己也說不清楚他們為甚麼要這樣讀漢字，但是越南唇音讀進 t、th、d 的字，卻都是韻圖裏面放進四等格子裏的字。也就是說，雖然區分的方法怪異了點，但是漢越音和北方話一樣，唇音都能保存一些重紐對立。

不過漢越音能區分的範圍比北方話大一些。北方話能區分的基本集中在 i、ei 韻母上，漢越音則要多一些，如"賓 tân""斌 bân"，"名 danh""明 minh"，"鞭 tiên""變 biến"，"妙 diệu""廟 miếu"，"緬 diến""免 miễn"。這些漢越音的對立除了涉及中古的重紐對立外，也涉及一些三等字和四等字的對立。

在漢越音中，四等的唇音字並不會發生變成 t、th、d 的現象。也就是說，漢越音"鞭（放進四等格子的三等字，稱 A 類）tiên、變（放進三等格子的三等字，稱 B 類）biến、邊（真四等字）biên"這三個字中，漢越音的表現後兩個字比較接近。在中國南方的一些方言中，則是兩類三等字讀一個音，四等字讀另外一個音，如江西樟樹，"鞭""變"都讀 /pien/，"邊"則讀 /piɛn/，四等字張口要大一些。廣東大埔的客家話則"連"讀 /lien/，"練"讀 /lɛn/。這樣的模式在江浙地區也能見到，如浙江慶元"鞭""變"讀 /ɓiẽ/，"邊"讀 /ɓiã/。溫州話則三等的"囂"讀 /ɕiɛ/，四等字"曉"讀 /ɕa/。尤其在保守的閩方言中，四等字經常沒有 -i-。如海南話四等字"先前"讀 /tai/，"千"讀 /sai/，三等字"煎"則讀 /tsi/。哪怕在位置已經很靠北的常州的方言中，也有"薺、底（表示甚麼）、鱭（太湖裏的一種魚）"韻母為 /ia/，"捏"讀為 /ŋiaʔ/ 的讀法（三等的

"钂" 讀 /ŋieʔ/）。

　　相較而言，北方話很少能夠像南方一樣保留三四等的區別。但是在兩類重紐方面，北方話可就佔據了相當大的優勢了。今天，和其他的對立多存留於中國南方不同，重紐的區別似乎對北方情有獨鍾（廣州話"一（jat）"、"乙（jyut）"讀音有別，可能算是一個南方案例）。在北方話保留的重紐痕跡中，基本遵循一個規律，那就是填進四等格子裏的那一類跟真的四等字表現比較接近。這可能是因為北方的四等字早早地增生出了一個 /j/ 介音，就和重紐 A 類三等字混併了。

　　如果你覺得上面那一段話仍然像囈語或是聽起來如聞天書，不要著急，想想我們每天都要做的一件事情——吃。

　　假如你是個去過挺多的地方的人，可能會發現南北方的"吃"讀音會對不上號。在南方地區，排除主要用"食"的廣東、福建，大部分方言裏的"吃"聲母都是拼音的 k 或者 q，譬如著名的"qia 爛錢"就來自湖南。如果你還記得前面關於尖團音的篇章，那你一定知道 k 和 q 本質上是一回事，今天那些讀 q 的地方，這個 q 都是來自 k。這個"k 飯"的區域包括了東南各方言區域和安徽中南部，以及長江中游的兩湖地區，稍向重慶、四川方向延伸，但是並不包括雲貴川的大部分地方，和之前整個長江流域的官話是一家的局面並不相同。這是因為 k 區出了個"叛徒"南京，南京話的"吃"是屬於 ch 系的，與南京關係密切的雲貴川方言也就跟著南京走了。

　　華北地區的方言則主要屬於"ch"系，這也是早期南京話和周圍不同的"吃"的來源。作為長期以來的東南大都會，又緊鄰長江，正如北京受到了不少南方影響，南京也受到了不少北方影響。而出了南京城，郊區就又恢復了 k 系。正常情況下，大多數漢語方言之前並不會發生 k、q 和 ch 的對應關係。而從來源上說，"吃"是溪母字，中古讀 /kʰ/，也就是說 k 系才是語音正常發展的產物，北方的 ch 系相當奇特。

這時我們應該再次請出侯思止作為北方代言人。他鬧出笑話的那段話中，有一句是"空吃（云詰）米（云弭）面（云泥去）"，也就是說他把"吃"說成"詰"，把"米"說成"弭"。"吃"其實是個四等字，"米"也是，但是侯思止把他們都說成了三等的"詰"和"弭"（這兩個字都是 A 類）。武則天時代，官場上的體面人口語中應該尚能維持三四等之間的對立，但是出身比較低下、後來雞犬升天的侯思止的口音更接近北方老百姓的口語，變化要快一些，此時四等字已經增生了 /j/ 介音向 A 類三等字的合併。

也正是因為 /j/ 介音強烈的齶化作用，讓"吃"在北方早早地從 /kʰ/ 齶化成了 /tɕʰ/。此時北方話裏讀 /tɕʰ/ 的是章組的昌母，從見組跳槽到章組的"吃"後來就跟著章組大部隊一起變成捲舌音了。然而南方地區四等字並沒有很快出現有強烈齶化作用的 /j/ 介音，因此"吃"仍然老老實實屬於見組。

在普通話裏，這樣的提前齶化基本只限於"吃"一個字。但是如果你還記得我們之前提到的二等字在膠東和山西某些地方提前齶化，可能會猜到這些方言裏面重紐 A 類和四等字的 /j/ 介音也會導致他們加入二等字的行列提前齶化。確實如此，在山西萬榮方言中，四等字"雞 /tʂʅ/、（城外）澆叫

/tʂɑu/、肩見 /tʂæ̃/、經結 /tʂɛ/"，重紐 A 類字"翹 /tʂʰɑu/、緊 /tʂei/"都讀了翹舌音。這些字在山東榮成則也按照當地規律併入精組，如榮成話四等字"系 /tsi/、澆 /tsiau/、肩見 /tsian/、經 /tsiŋ/、血 /siɛ/"，重紐 A 類字"翹 /tsʰiau/"。

我們之前說過，關中話歷史上零聲母情況下會附上 ng-，所以"安"變成了 ngan。但是如果是 /j/ 開頭的字就不會有這個現象，如關中話"以"還是說 /i/。但是關中也有一批讀音頗為獨特的字，以華縣為例，華縣就有"淹、醃、閹"說 /niæ̃/，"陰、飲"說 /niẽ/，"椅"說 /ni/，"影"說 /niŋ/ 等。雖然用華縣舉例，但在關中和晉南鄉下這其實是非常普遍的現象，有的地方字數還要比華縣多不少。這些字都是重紐 B 類字，重紐 B 類字歷史上沒有產生 /j/ 介音，因此也就和其他零聲母的字一樣加上了 ng-，後來這個 ng- 又被腭化成了 n-。尤為有意思的是，華縣地近河南澠池，"澠"在華縣話中讀 /niæ̃/，這個字也是重紐 A 類字，m- 腭化成了 n-。侯思止把"面"說成了"泥"，可能也是這麼回事。這樣的腭化在藏語中也頗為常見，如"年楚河"藏文為 ꍍꇫ（myang chu），但是在拉薩和日喀則的藏語中，前字已經腭化為 /ȵaŋ/。

那麼說了這麼多，如果你既不是膠東人又不是晉陝人，這個重紐對立和你還有甚麼關係呢？

普通話裏"血"的讀音有兩個，一個是口語中的 xiě，另一個是書面語裏的 xuè。兩者意思基本沒有差別。對於很多有志於說一口標準普通話的人來說，這兩個讀音的共存真是豈有此理，近年甚至有把兩個音串成一個 xuě 的。

當然，正如本書一再展現的，北京話裏面如果一個多音字的兩個讀音沒啥意思上的差別，多數情況下其中一個是南方舶來的讀音。在"血"這個案例中，xuè 音是南方來的讀音。譬如南京話裏"血"的讀音是 /ɕyeʔ/，xiě 則是北方本土的讀音。不光在北京，河北、東北、山東、河南、陝西西北和山西南部大部分方言都是讀沒有合口的讀音的。

這樣南北有所差距的字還有不少。譬如"營"在西南地區普遍讀 /yn/；"季"在廣州話讀 gwai，"遺"在廣州話讀 wai；"尹"在宜興讀 /ɦyŋ/，在重慶讀 /yn/；河南滎陽的"滎"是 /ɕiŋ/，四川滎經的"滎"是 /yn/；陝西地方特色姓"惠"在當地讀 /ɕi/，外人往往不明就裏唸錯人姓氏；北方和西南許多地方把"縣"唸開口，但是南方就一般讀合口，如廈門就把"縣"說 /kuãi/。

如果仔細梳理這些北方讀開口、南方讀合口的字，不難發現它們基本都是四等字或者中古以母（聲母為 /j/，相當於重紐三等 A 類）字。這些字在北方地區出現了合口成分脫落，顯然也是和 /j/ 聲母帶來的影響導致合口成分脫落息息相關。

恰恰"疫"本身就是個以母三等字，因此，"疫"也是屬於南北會出現差異的字之一。只是和其他許多字不一樣，"疫"南北方互相影響比較小，南北方內部大規模的參差並不多，就連南京話也讀 /ʐuʔ/，武漢和長沙的 /y/、成都的 /yo/、溫州的 /ɦy/ 都是頗為規律的南方讀音，反倒是合口保留特別完整的廣州讀了 jik。不過粵語地區讀合口的地方還是頗多，包括離廣州不遠的順德話，"疫"就讀 /wet/。

那麼，我們的中國方言之旅就此告一段落。不管你是把"疫"讀 yi 的北方人還是讀 yu 的南方人，希望你都會繼續你的方言探索之旅。

責任編輯	郭　楊
書籍設計	道　轍
書籍排版	何秋雲

書　　名　　**南腔北調：方言裏的中國**

著　　者　　鄭子寧

出　　版　　三聯書店（香港）有限公司

香港北角英皇道 499 號北角工業大廈 20 樓

Joint Publishing (H.K.) Co., Ltd.

20/F., North Point Industrial Building,

499 King's Road, North Point, Hong Kong

香港發行　　香港聯合書刊物流有限公司

香港新界荃灣德士古道 220-248 號 16 樓

印　　刷　　美雅印刷製本有限公司

香港九龍觀塘榮業街 6 號 4 樓 A 室

版　　次　　2023 年 6 月香港第一版第一次印刷

規　　格　　大 32 開（140 × 210 mm）304 面

國際書號　　ISBN 978-962-04-4866-9

本書中文繁體字版由銀杏樹下（北京）圖書有限責任公司授權獨家出版發行。